FOLIO BIOGRAPHIES

collection dirigée par

GÉRARD DE CORTANZE

Christophe Mory a exercé des fonctions de responsable de communication, notamment à la Bibliothèque nationale de France, et de producteur à Radio France. Auteur de pièces de théâtre, *Paris 1778*, et *Les Sauvages*, (Art et comédie, 2002), il a aussi publié des essais (*Le Mystère Schubert*, Buchet et Chastel, 2006) ; *La Passion de l'art, entretiens avec Christophe Mory*, série d'entretiens avec Ernst Beyeler (Gallimard, 2003) ; *Charles de Foucauld* (Pygmalion, 2005), et deux romans aux Éditions du Rocher, *La Maladie des autres* (2004) et *Casta Diva* (2005).

« Sans nous tous les hommes
Deviendraient mal sains,
Et c'est nous qui sommes
Leurs grands médecins. »

MOLIÈRE
L'Amour médecin

« Être franc et sincère est mon plus grand talent. »

MOLIÈRE
Le Misanthrope

Acte I :
de Poquelin à Poquelin

Du côté de chez Jean

Comment devient-on Molière ? En naissant Poquelin.

Le 22 février 1621, le mariage de Jean (digne rejeton de Picards propriétaires terriens et tapissiers) et de Marie (issue de quatre générations de tapissiers) est à la hauteur des ambitions des deux familles. Poquelin et Cressé sont deux lignées de tapissiers, sédentarisées dans le quartier des Halles — marque d'une incontestable prospérité.

La mère de Jean, Agnès Mazuel, a quarante-huit ans. Toilière-lingère, elle s'efface derrière son mari ; les discussions et les manières de tapissiers ne la concernent pas. Son père et deux de ses oncles sont joueurs d'instruments, son frère et trois neveux sont violons du roi, ainsi que quatre cousins. Ils sont là à s'accorder, car on dansera certainement tout à l'heure. La musique et les Poquelin vont de pair.

La mère de Marie s'appelle Marie aussi. Petite-fille de tapissiers, elle est la fille aînée. Après son veuvage, elle a épousé un tapissier, Louis. Tout le monde se connaît.

Le père de la mariée, Louis Cressé, n'est pas pauvre et se fait appeler Louis *de* Cressé. Il dote sa fille raisonnablement : deux mille livres, dont mille huit cents en deniers comptant, soit autant que l'apport du futur époux. Pas question de transmettre son commerce à Poquelin puisque ses deux fils, Louis et Guillaume, reprennent ses affaires et que Marthe, la dernière, épousera vraisemblablement un tapissier. Louis a cependant l'ambition de se retirer, et ce mariage lui donne le coup d'envoi d'une nouvelle vie. Il aspire à la nature. Il aime Paris, mais bien que la ville soit « nombreuse en citoyens, superbe en bâtiments[1*] », il décide de s'en éloigner. À cause de ses encombrements, de ses rues crottées et sales, de sa puanteur et de cette lenteur énervée due aux engorgements des activités et au grouillement des gens, il préfère se promener du côté de Saint-Ouen où poussent les roses et les pêches en été.

La maison Poquelin se trouve rue Saint-Honoré, vis-à-vis la Croix du Trahoir et a pour enseigne le Pavillon des Cinges (*sic*), faisant coin de la rue des Vieilles-Étuves[**]. Elle contient un corps d'hôtel à demi-pignon, sur la rue Saint-Honoré, et à égout sur la rue des Étuves. Un escalier droit en pierre descend au sellier puis à un berceau de cave. La maison est constituée de trois étages desservis par un escalier à vis, appliqués chacun à chambre et

* Les notes bibliographiques sont regroupées en fin de volume, p. 382.
** 2, rue Sauval, à l'angle de la rue Saint-Honoré.

garde-robe. Une cour, au milieu de laquelle se trouve un puits, est entourée de galeries sur les trois étages. Une étable à chevaux, enclavée sur la maison voisine, abrite les deux juments de la maison.

La maison a son histoire : Martin Morot, tapissier, y est mort. Sa veuve, Gilette Danès, a loué le lieu à un autre tapissier, Jean Constard, qui y est mort, lui aussi, en 1620.

Quand Jean Poquelin s'y installe, il doit racheter la marchandise pour mille cinq cent seize livres : soieries de Lyon, velours de Gênes, tapisseries de Bruxelles, draps de Flandre, taffetas (tabis et armoisin), étamines, frises, serges, satins, crêpes, étoffes d'or et d'argent, feutres, bombasins en fil de coton, lins... Il prend un apprenti de quinze ans, Pierre de France, pour lui apprendre le métier, le loger et le nourrir. N'a-t-il pas été apprenti lui-même à l'âge de treize ans ? Tout artisan, commerçant, professionnel se doit de prendre des jeunes avec lui pour leur transmettre son savoir-faire et leur donner les rudiments qui les feront entrer dans la vie.

Onze mois plus tard, le 15 janvier 1622, les familles se retrouvent à Saint-Eustache pour le baptême du premier-né, un garçon, Jean-Baptiste, qui naît donc au sein d'une famille bourgeoise, méritante, riche, qui profite de ses acquis, de l'argent, de sa réputation non pour en jouir mais pour prospérer et se développer. Les étoffes, les fils, les bains de couleurs, les clous et les chevilles, les cordages... On cherche ce qu'il y a de mieux. Le fil d'or ? On l'achète au moins cher pour s'assurer d'en fournir.

Né dans la noblesse, Jean-Baptiste n'aurait pas eu accès à la scène. En naissant dans une ferme, il n'aurait pas pénétré dans un théâtre et n'aurait pas lu non plus. Jean-Baptiste se montrera autant spectateur que grand lecteur. Il est probable aussi que s'il avait été issu d'une famille d'artistes, de comédiens — puisque eux aussi se mariaient entre eux —, il n'aurait pas été le directeur de troupe, l'auteur de comédies, l'écrivain de toujours qu'il est devenu, se contentant d'écrire des saynètes ou d'imiter les autres. Il ne faut surtout pas oublier ses cousins Mazuel qu'il rencontre et qui lui apprennent l'art du violon, de la musette, du luth et du théorbe.

En 1622, Louis XIII et Anne d'Autriche désespèrent de n'avoir pas d'héritier. Le roi part en lutte contre les protestants et en profite pour s'éloigner de sa femme, qui l'agace. Il ne se réconcilie avec elle qu'en décembre. Entre-temps, il travaille à l'unification de son pays, s'adjoint les conseils d'Armand Jean Du Plessis de Richelieu pour qui il obtient du pape Grégoire XV le chapeau de cardinal. L'année suivante, il se fait construire un petit relais de chasse à Versailles. « Le premier lundi du mois d'avril 1625 » commençait la prodigieuse aventure des *Trois Mousquetaires*. Au lecteur d'aujourd'hui, il convient de se reporter à Alexandre Dumas s'il veut comprendre ce premier quart d'un siècle complexe où l'Europe se construit, où les aspirations et les conspirations se bousculent, où les idées fusent pour affirmer les pays, leurs cultures, leurs langues.

Les Poquelin prospèrent : deux autres fils (Louis et Jean), une nouvelle maison à l'angle de la rue Saint-Honoré pour un loyer de huit cent cinquante livres, un nouvel apprenti, un garçon de dix-sept ans. Jean-Baptiste a quatre ans quand Jean Poquelin, son grand père, meurt. « Ses deux grands-pères vendaient du drap auprès de la porte Saint-Innocent[2]. » Louis Cressé le marquera davantage.

La politique veut modifier les choses et l'esprit, vise à façonner les êtres. Les guerres de Religion et l'édit de Nantes sont encore dans les mémoires des grands-parents. Le massacre de la Saint-Barthélemy s'est déroulé trente-sept ans auparavant... Comme s'il fallait l'oublier, les catholiques reprennent une dynamique nouvelle qui va multiplier les nouvelles communautés et les intuitions exemplaires qui feraient du XVIIe un siècle « splendidement chrétien[3] ».

Henri de Lévis, duc de Ventadour, lieutenant général du roi en Languedoc, a l'idée géniale de rassembler au sein de la société un réseau d'âmes tournées vers la dévotion eucharistique et « la charité dans les hôpitaux, les prisons, envers les malades, les pauvres affligés honteux, tous ceux qui ont besoin de secours ». Dévotion et dévouement sont inséparables. Mais les meilleures intentions du monde, même au nom de l'Évangile, peuvent déraper quand il faut prendre « le soin envers les magistrats de faire garder la police chrétienne et les édits aux hérétiques, accommoder les procès ou inimitiés, relever la personne du péché, réprimer tous les vices autant qu'il se peut et enfin protéger tout ce qui se fait à la gloire de Dieu[4] ». La Confrérie du Saint-Sacrement et de l'Autel est née. Elle se réunira chaque jeudi pour des œuvres de charité, des débats sociaux, des actions à mettre en œuvre pour ramener la société à la Cité de Dieu.

Jean-Baptiste vit la religion comme tous les enfants de son âge. Il connaît le catéchisme et suit les processions et le calendrier liturgique, les fêtes annuelles qui permettent près de soixante jours chômés : Noël, Épiphanie, Chandeleur, mardi gras, jours saints, Pâques, Ascension, Pentecôte, Saint-Jean-Baptiste...

Louis Cressé accède à son rêve de nature et d'évasion en achetant à Saint-Ouen une propriété sise dans la grand-rue menant à Saint-Cloud. Pour la somme de deux mille soixante-quinze livres, le voilà propriétaire d'un jardin clos de murs et planté d'arbres fruitiers. La salle basse jouxte la cuisine et l'étage est constitué de deux chambres. Un grenier s'étend sur toute la surface de la maison. Il est veuf mais installe sa maison avec sept lits, trois chaises d'enfants dans la cuisine, une table de noyer à colonnes, des chaises à vertugadin, des fauteuils tapissés, des tabourets de noyer revêtus de cuir doré... Il achète des toiles, on en compte treize aux murs, un miroir de Venise et des pièces en faïence[5]. Cette maison de campagne sera très profitable pour les enfants qui y passeront de fréquents séjours.

Il hérite aussi de douze arpents de terre à Mitry-Mory, qu'il doit partager avec ses trois sœurs. Il vaudrait mieux rassembler ces terrains et en racheter les parts. Cela ne se fera jamais et traînera dans le temps. Ça l'agace, car il aime bien que les affaires soient menées rapidement et en bonne intelligence. Quand il prête de l'argent, il n'exige pas toujours de reçus. Comme avec cette demoiselle Philippe Lenormant qui loge rue de la Perle chez ses amis Béjart et dont le père, Pierre, est porte-manteau du prince de Condé. Mais quand il s'agit de droit, il tient à ce que les choses soient scrupuleusement examinées, dussent-elles aller au procès et au litige, comme pour le mur mitoyen qui sépare sa propriété de Saint-Ouen de celle de son voisin, Antoine de Loménie.

De son côté, Jean Poquelin achète à son frère Nicolas l'office de tapissier ordinaire du roi. Tapissier du roi, ce n'est pas marchand de drap : « Si votre père a été marchand, tant pis pour lui, s'écriera M. Jourdain à sa femme, mais pour le mien, ce sont des malavisés qui disent cela[6]. » Il est reçu le 22 avril 1631. Le 29 mai, la charge lui permet une première commande pour le trésorier de l'extraordinaire des guerres. Il a vingt jours pour fournir trois cents matelas, trois cents paillasses, trois cents chevets de coutil, trois cents couvertures et six cents paires de draps pour une somme de huit mille cinq cents livres. Une livraison organisée en cinquante ballots à charger dans vingt charrettes conduites par quatre-vingts chevaux[7]. Le délai est passé depuis plus de deux mois quand on vient chercher la marchandise. Poquelin ne se laisse pas faire. Il montre que tout était prêt hormis le paiement de la moitié de la somme, conformément au marché. Lui, un marchand ? Du négoce en vérité :

> Tout ce qu'il faisait, c'est qu'il était fort obligeant et fort officieux ; et comme il se connaissait fort bien en étoffes, il en allait choisir de tous côtés, les faisait apporter chez lui, et en donnait à ses amis pour de l'argent[8].

Serviteur du roi, Poquelin le sera scrupuleusement sans être servile et en se faisant respecter par l'autorité des contrats et par le paiement comptant. Les nobles qui se considèrent au-dessus du commerce et de l'argent n'ont qu'à se bien tenir ou aller se fournir ailleurs ! Le père de Jean-Baptiste ne sera jamais dupe des paroles. Pour s'enrichir, il faut se faire respecter : obtenir la confiance du roi et se faire payer. Les deux vont absolument de pair. La seule confiance du roi ? On est courtisan avec le risque de trébucher un jour. Le seul paiement ? On est bourgeois, jamais à l'abri d'un revers. Savoir-être et savoir-faire sont indissociables. Telle est la leçon de Poquelin père que Jean-Baptiste gardera jusque dans ses plus grandes difficultés. Savoir viser haut, au plus haut ! Et tout en haut est le roi…

> Les rois n'aiment rien qu'une prompte obéissance, et ne se plaisent point du tout à trouver des obstacles. Les choses ne sont bonnes que dans le temps qu'ils les souhaitent ; et leur en vouloir reculer le divertissement est en ôter pour eux toute la grâce. Ils veulent des plaisirs qui ne se fassent point attendre ; et les moins préparés leur sont toujours les plus agréables. Nous ne devons jamais nous regarder dans ce qu'ils désirent de nous. Nous ne sommes que pour leur plaire ; et lorsqu'ils nous ordonnent quelque chose, c'est à nous à profiter de l'envie où ils sont. Il vaut mieux s'acquitter mal de ce qu'ils nous demandent que de ne s'en acquitter pas assez tôt ; et si l'on a la honte de n'avoir pas bien réussi, on a toujours la gloire d'avoir obéi vite à leurs commandements[9].

Le conseil paiera.

On le voit, les familles progressent. Cressé pour son patrimoine foncier, Poquelin pour son développement commercial. La fortune des Poquelin triplera en dix ans.

La petite enfance de Jean-Baptiste se passe entre la boutique, la cour, l'école paroissiale, les visites du grand-père Louis, les musiques de ses oncles Mazuel et les naissances des petits Poquelin. Mais en mai 1632, Marie Cressé meurt. Sans doute Jean a-t-il payé une fortune quelques médecins incapables ou juste bons à saigner et à épuiser la malade :

Toute l'excellence de leur art consiste en un pompeux galimatias, en un spécieux babil, qui vous donne des mots pour des raisons, et des promesses pour des effets [...] Entendez-les parler : les plus habiles gens du monde ; voyez-les faire : les plus ignorants de tous les hommes[10].

Elle laisse une famille désolée, bien sûr, et l'inventaire de sa succession montre la richesse d'une femme qui ne travaillait plus : mille cent quarante-quatre livres de bagues, joyaux et vaisselle d'argent, deux mille livres d'argent comptant, cent trente livres et dix sols d'habits, cinq mille deux cent soixante-quinze livres de meubles. L'épouse de Jean Poquelin avait un rang à tenir. Marie de la Roche, la servante, est débordée par les orphelins âgés de quatre à onze ans.

Triste moment pour Jean-Baptiste, l'aîné, qui comprend que plus rien ne sera comme avant. La mère est absente de sa vie comme elle le sera de son théâtre.

Cressé n'a pas l'ambition de son gendre Jean ; il n'a plus rien à prouver, il a bien vécu, et se détache lentement des affaires qu'il transmet à son fils. Animé par un esprit de famille, il ne se sépare pas de Poquelin quand en mai celui-ci perd sa femme, de même qu'il continue de fréquenter les Mazuel malgré le veuvage de son fils. Il aime la musique, la danse, le spectacle et la campagne.

Il reste très présent dans le pavillon des Singes. Il emmène Jean-Baptiste voir les spectacles du

Pont-Neuf ou rencontrer quelques amis joyeux, épris de musique et de théâtre. On sait qu'il prêta de l'argent à ses amis Marie Hervé et Joseph Béjart. Pour Jean-Baptiste, destiné à succéder à son père, ce tapissier a une approche du métier plutôt heureuse : travailler pour vivre et non vivre pour travailler.

En plein été, Poquelin prend un nouvel apprenti, Gabriel Freugelot, à qui il enseigne le métier et qu'il reloge moyennant cent livres pour une année. Pour Jean-Baptiste, la cohabitation avec les apprentis lui permet d'évaluer son savoir mais aussi de travailler en compagnie de jeunes gens de sa génération. Poquelin est sûr de la méthode qui l'a fait grandir lui-même. Transmettre : voilà l'essentiel.

Moins d'un an et quinze jours après la mort de Marie, Jean se remarie. Catherine Fleurette, la fiancée, n'est pas une étrangère. Fille de marchands du quartier, elle semble connaître la maison et les enfants bien qu'une mère soit toujours irremplaçable : « Mon Dieu ! nous savons le train des enfants dont les pères se remarient, et de quel œil ils ont coutume de regarder ce qu'on appelle belle-mère[11]. » Le mariage est décidé pour la fin du mois de mai. La dot est de trois mille livres, auxquels s'ajoutent deux mille livres de meubles. Jean achète une maison à l'Image Saint-Christophe, sous les piliers des halles. Il ne s'y installera que dix ans plus tard.

À cette époque, il souhaite une parfaite éducation pour Jean-Baptiste, premier de sa lignée, son héritier, et l'inscrit au collège de Clermont, fondé en 1560 par Jean Prat, évêque de Clermont, en face de la Sorbonne*. Pour Jean-Baptiste, un nouveau mode de vie se dessine et surtout un nouvel esprit : celui des jésuites.

* Le collège sera reconstruit en 1680, il deviendra le lycée Louis-le-Grand, rue Saint-Jacques, à Paris.

Les bons pères

Le nombre considérable d'élèves dans des bâtiments exigus impose une discipline permanente, une organisation hiérarchisée, une vie réglée. La prière tient une place importante dans le rythme de la journée. Le latin est la langue parlée, le français n'est autorisé que pendant les récréations.

> Le recteur aura soin, dit le plan des études, que la langue latine soit toujours employée dans les classes entre les élèves. Ceux-ci ne doivent être affranchis de cette règle que pour les jours de congés et aux heures de récréation. Encore appartient-il au provincial d'examiner si, même à ces jours et heures, il n'y a pas lieu de continuer l'usage de la langue latine[1].

On apprend par cœur les règles dans la grammaire de Jean Despautères, un énorme volume de plus de huit cents pages qui donne les rudiments et les nuances de la langue de Térence : « *Omne viro soli quod convenit esto virile*[2]. »

L'uniforme, soutane noire et bonnet carré, gomme les différences, intègre les boursiers parmi les grands, élève les humbles et renvoie les riches à leur simple condition d'homme. « Allez-vous-en demeurer toujours en bourgeois, on ne vous dira point *mon Gentilhomme*[3] », parce que alors l'habit fait l'indifférence. L'égalité au collège commence par l'uniforme. Sur les deux mille externes et les trois cents pensionnaires, on compte une moitié de nobles et membres de grandes familles, un quart de bourgeois fortunés et un quart de jeunes issus de familles peu fortunées mais méritantes. Les élèves sont sévèrement sélectionnés, leur formation leur permettant de s'insérer dans le corps d'élite du royaume.

L'éducation des jésuites s'appuie sur une spiritualité puissante et développe une méthode minutieuse qui vise un esprit sain dans un corps sain. L'enseignement tient en son sommet la théologie des dernières années. On commence par la grammaire, la chronologie (l'histoire n'est pas encore enseignée comme une science), la poésie et l'éloquence, dont le principal exercice est la joute oratoire, qui consiste à trouver tout argument et à ne plus en démordre.

> Depuis deux ans qu'il est sur les bancs, il n'y a point de candidats qui ait fait plus de bruit que lui dans toutes les disputes de notre école. Il s'y est rendu redoutable, et il ne s'y passe point d'acte où il n'aille argumenter à outrance pour la proposition contraire[4].

La philosophie tient lieu de science. Elle regroupe les mathématiques, la physique « qui explique les principes des choses naturelles, et les propriétés du corps, qui discourt de la nature des éléments, des métaux, des minéraux, des pierres, des plantes et des animaux, et nous enseigne les causes de tous les météores, l'arc-en-ciel, les feux volants, les comètes, les éclairs, le tonnerre, la foudre, la pluie, la neige, la grêle, les vents et les tourbillons[5] », la mécanique qui apprend qu'« un homme sage est au-dessus de toutes les injures qu'on lui peut dire ; et [que] la grande réponse qu'on doit faire aux outrages, c'est la modération et la patience[6] ». En même temps, les élèves sont encouragés aux jeux en plein air, à la promenade dans les champs — de l'autre côté de la porte Saint-Jacques —, à pied ou à cheval ; à l'escrime, à la danse, à la musique. Les textes étudiés, s'ils sont soigneusement expurgés de ce qui pourrait engendrer des licences, ouvrent l'esprit à Térence, Plaute, Tite-Live, Cicéron, Virgile... textes profanes qu'on lit autant que les textes sacrés et qu'on apprend par cœur au moins pour les représentations théâtrales.

Le théâtre tient une place importante dans la formation. La représentation doit être parfaite ; elle incite les élèves à l'excellence, au dialogue, à l'écoute, à l'égalité devant un public étranger, au dépassement des complexes et des timidités. Il ne s'agit pas de faire jouer les deux mille élèves mais de les intéresser à un projet commun qui éveille chacun d'entre eux. Jean-Baptiste ne s'est pas produit devant ses camarades, car seuls les internes pouvaient jouer au théâtre, mais il a assisté aux représentations et peut-être aux répétitions. Comme une récréation, ces moments se passent en français et développent une cohésion entre les élèves et les professeurs — ce dont il se souviendra dix ans plus tard à Pézenas chez le prince de Conti, autre ancien élève de Clermont, qui joua dans *Asmundus et Ascitus,* devant le cardinal de Richelieu.

Les jésuites récompensent le mérite ; mieux, ils veillent à ce qu'un garçon soit parfaitement dans son élément. Ainsi n'est-il pas rare qu'un élève change de classe en cours d'année. Les niveaux des classes ne figent pas les individus.

On ne nivelle pas un groupe au rythme des moins doués ou des plus lents ; on permet aux meilleurs de franchir plus rapidement les étapes. Aussi, dans certaines classes, peut-on mêler des élèves d'âges et de tailles différents. La précocité n'est pas découragée ni les lacunes étouffées ou masquées. Les différences d'âge retrouvent leurs sens dans le service des autres, à table, en promenade, au dortoir et dans les activités sportives.

Jean-Baptiste acquiert donc une vision du monde plutôt différente de celle de ses contemporains : l'âge ne fait pas la valeur — ce que revendiquera Corneille : « Mais aux âmes bien nées la valeur n'attend point le nombre des années[7] » ; l'esprit de groupe dépasse le seul individu ; placer le bon élément à sa juste place — ce qui lui servira quand, directeur de troupe, il faudra attribuer les rôles aux comédiens.

Sautant les niveaux, Jean-Baptiste ne passe probablement pas sept années, le cursus habituel, à Clermont. De ses professeurs, les pères Denis Petau, Gerdon, Salian, Dorignu ont été identifiés[8] mais ne laissent pas de traces explicites dans son œuvre.

Il a lu le livre du père Binet écrit « pour l'image des jeunes esprits qui apprennent l'art de parler, à dessein que les mots, et par suite les choses, ne leur manquent jamais et qu'ils puissent toujours parler à leur avantage », méthode raisonnable qui permet d'exprimer ce que l'on veut profondément, et qui préfigure les conseils d'un Baltasar Gracián*. Mais, plus important, le père Binet, lui-même issu du collège, avait connu « l'ange du collège », le « saint étudiant », le « Savoyard béni des dieux[9] » : François de Sales.

Mort en 1622, année de naissance de Jean-Baptiste, François de Sales a laissé un souvenir des plus vivants : évêque de Genève, il avait prêché le Carême au Louvre en 1602 devant Henri IV puis, lors d'un deuxième séjour à Paris en 1619, avait profondément marqué Louis XIII et Anne d'Autriche. Parmi ses écrits, l'*Introduction à la vie dévote* n'avait rien d'une religion mondaine mais incitait le chrétien à une dévotion qui fût « la fleur de l'honnêteté », loin des mortifications et nourrie de l'amour de Dieu. Le rayonnement spectaculaire de ses écrits et l'émotion qui accompagnait son évocation signifiaient bien la sainteté de cette grande figure. Mais peut-on être saint lorsqu'on est évê-

* Père jésuite (1601-1658) à l'esprit frondeur et persifleur, auteur fameux de plusieurs livres, dont *El Criticón*, *La Pointe ou l'art du génie* et *L'Homme de cour.*

que en France ? François de Sales était savoyard et son diocèse, celui de Genève. Sa réputation grandissante incita la France à vouloir l'intégrer dans son patrimoine spirituel. On imagine donc combien le collège de Clermont pouvait s'enorgueillir d'un pareil ancien.

Les jésuites se sont toujours inscrits en marge de la hiérarchie ecclésiastique, ayant leur propre organisation ne relevant que du Saint-Père. Molière a été élevé dans ce goût-là. Qu'un curé de Paris, le père Jean-Jacques Olier, ou un archevêque, Hardouin de Péréfixe, lui jettent l'anathème, cela ne l'ébranlera pas dans sa foi. Et pourquoi le comédien devrait-il craindre une excommunication puisque les jésuites enseignent le théâtre ? La Compagnie de Jésus serait-elle hérétique ? Son fondateur, Ignace de Loyola, ne fut-il pas canonisé en 1622, l'année de la naissance de Jean-Baptiste Poquelin ! À croire que les prêtres séculiers ne sont que des administratifs et les jésuites, les vrais et seuls promoteurs de l'Esprit. Leurs exigences, leur rigueur sont à la mesure du sens de la liberté qu'ils veulent inculquer. La véritable vocation est à ce prix-là.

Jean-Baptiste change, grandit, mûrit. Enfant sage, taciturne peut-être, plongé dans les écrits des Anciens, il aime répondre en latin aux questions qu'on lui pose pour se différencier des autres. La naissance et le baptême à Saint-Eustache de Catherine Espérance Poquelin, fille de Jean et de Catherine, sa demi-sœur, donc, ne semblent laisser aucune trace. À cette époque, beaucoup d'enfants meurent en bas âge. Jean-Baptiste a douze ans. La maison n'est plus assez grande : ses frères et sœurs grandissent à leur tour et prennent de l'espace, son père est omniprésent, les apprentis qu'il faut loger sont des étrangers plutôt envahissants. Mais l'aîné garde ses privilèges et, pour peu qu'il s'intéresse même de loin à la conduite de la maison et des affaires, il est appelé à régner.

Les années passent. Au théâtre du Marais, on joue la dernière pièce de Tristan L'Hermite, *Mariane*, qui obtient un vrai succès grâce au jeu de Montdory, le directeur de la troupe qui se surpasse quelques mois plus tard dans *Le Cid*. Corneille triomphe et le succès est tel qu'il affaiblit l'autre théâtre de Paris, l'Hôtel de Bourgogne, mais surtout agace Richelieu, qui suggère alors à la jeune Académie française de censurer la pièce. Le Cardinal est-il jaloux ? Toujours est-il qu'il fait venir quatre comédiens « par ordre du roi » d'une troupe à l'autre. En sens inverse, André Baron et sa femme ainsi que de Villiers et sa femme quittent le Marais pour l'Hôtel de Bourgogne. Nous y reviendrons.

Le théâtre a un pouvoir que jamais l'argent ne pourra apporter. Toute la fortune d'un Poquelin ne fera jamais lever une salle applaudissant et trépignant de bonheur. Il y a là une force qui dépasse toutes les autres puisque même les rois s'y soumettent. « À présent le théâtre est à un point si haut que chacun l'idolâtre[10] », écrit Corneille. On ne coupe pas la parole d'un acteur ; on se laisse mener par le jeu, et la mort d'un héros est celle d'un ami. Montdory excelle tant dans le rôle de Rodrigue qu'il déchaîne les passions et qu'on peut lire que « c'est être le favori de mille rois que d'être aimé de Montdory ».

Jean-Baptiste aimerait briller, même si cet éclat ne durait que deux heures. Alors pourquoi ne pas écrire pour le théâtre et triompher comme Corneille afin que son nom se répande sur les bouches et dans les esprits ? Jean-Baptiste s'imagine dramaturge et un jour, au collège, montre des vers à son régent. Celui-ci s'étonne : « Ces vers ne sont pas de vous. » Jean-Baptiste assure qu'ils sont de sa façon. Le régent refuse le mensonge et lui montre qu'il les a copiés dans *Théophile*. L'adolescent avoue « et lui dit qu'il les avait pris avec d'autant plus d'assurance qu'il ne croyait pas qu'un jésuite dût lire *Théophile*[11] ».

Fallait-il chercher la pièce que personne ne connaît pour y puiser des idées ? Jean-Baptiste lit Plaute et Térence, Aristophane aussi. Il s'applique dans l'apprentissage du grec et du latin, non pour comprendre la langue universelle de la religion catholique mais pour mieux lire les auteurs antiques qui ont traversé les siècles.

En grandissant, il adopte l'élégance d'un grand bourgeois : il n'a pas les manières d'un courtisan mais le maintien de ceux pour qui tenir son rang signifie parvenir, servir, gagner. Aux effets de la particule, les Poquelin opposent les bienfaits du travail, préférant le salaire aux honneurs ; de la monnaie qui libère plutôt qu'une décoration qui avilit. Cette élégance bourgeoise suivra Jean-Baptiste toute sa vie et lui donnera l'autorité naturelle du chef de troupe puis de l'organisateur des festivités royales, car il a du goût, de l'élégance et de l'imagination. Il a aussi le sens de l'organisation sans gaspillage. On n'est pas Molière sans cette tenue, cette allure naturelle, cette noblesse intérieure qui s'impose sans en imposer. Il pouvait railler les courtisans sans jamais « dérailler » socialement.

> Je le sais fort bien, moi ; et vos mépris me sont connus. Si je ne suis pas né noble, au moins suis-je d'une race où il n'y a point de reproche...[12].

Cette tenue de grand bourgeois l'a rendu libre de ses mouvements comme de ses propos. Elle sculpte la personnalité de l'honnête homme : libre et de bonnes mœurs.

Les copains d'abord

Le 12 novembre 1636, Catherine Fleurette meurt. Elle est enterrée à Saint-Eustache. Jean confie la petite Catherine Espérance à sa grand-mère maternelle chez qui elle demeure jusqu'en 1655, date de son entrée au couvent Notre-Dame-des-Anges de Montargis. Ce deuxième veuvage jette Jean dans le travail. Il a trente-cinq ans, la force de l'âge pour asseoir une réputation et s'adonner à ses affaires. Il remplit son premier devoir d'homme : loger et nourrir sa famille. Il consacre tout son temps à son entreprise et ne dépense guère d'argent dans ce qui le détournerait de son métier et qui ne serait donc que futilité. La vie de famille devient plus encore une existence de labeur entièrement tournée vers le développement de l'entreprise, remisant toute affection au temps passé. « Il est bien vrai que tous les jours, il nous donne de plus en plus sujet de regretter la mort de notre mère[1]. » Il devient « garde de la communauté des marchands-tapissiers » et obtient la survivance de sa charge de tapissiers et valet de chambre de sa majesté le 14 décembre 1637, mettant ainsi son fils à l'abri tout en assurant la continuité. Outre Jean-Baptiste qu'on voyait de moins en moins à la maison, le père Poquelin n'avait donc plus que deux enfants à charge : Jean et Madeleine. Le premier deviendra tapissier, la seconde épousera un tapissier.

Bien que Jean-Baptiste préfère la compagnie des Béjart à son atmosphère familiale, qui ne correspond ni à ses goûts humains ni à sa façon de vivre en communauté, il est contraint d'accepter cette faveur royale pour l'honneur de son père. Jean-Baptiste reprendra donc cette charge, pourra même remplacer son père, lequel assure l'avenir de son fils aîné et surtout la lignée des Poquelin. Il est donc expérimenté, connaît son métier et sera capable rapidement de prendre son indépendance commerciale.

Quatre jours plus tard, Jean-Baptiste prête serment pour la charge de tapissier et valet de chambre du roi.

Honneurs et reconnaissances lui viennent de l'habileté de son père. Loin d'être un artisan, Jean Poquelin serait aujourd'hui architecte d'intérieur. Parce que la Cour déménage de château en château (Louvre, Saint-Germain, Fontainebleau, Chambord, Narbonne...), le tapissier est un décorateur chargé de fournir et d'installer les tapisseries, les tapis et les tentures, ameublement des étoffes et des soies aisément pliables pour passer d'une ville à l'autre. Les saisons dictent les choix : velours et brocart en hiver, damas et satin en été. Pour tout emménagement, l'unité des emmeublements est de règle, c'est-à-dire l'unité de tous les tissus employés pour une même pièce. Jouer sur les étoffes, les couleurs, la disposition des salles ; trouver le couvre-lit qui reflète l'humeur du jour, créer une ambiance, en somme, avec les moyens mobiliers à disposition. Jean-Baptiste en a le goût, qu'il aiguise auprès de son père. Tapissier et valet de chambre du roi, il devra se présenter un matin. Comment se tenir ?

> Il faut pourtant paraître ferme au premier choc, de peur que, sur votre faiblesse, il ne prenne le pied de vous mener comme un enfant. Là, tâchez de composer par étude. Un peu de hardiesse, et songez à répondre résolument sur tout ce qu'il pourra vous dire [...] Allons. La mine résolue, la tête haute, les regards assurés[2].

Ces années sont précieuses pour son caractère. Depuis la mort de sa belle-mère, les femmes ne sont plus que des servantes. Poquelin règne en maître : il dirige les affaires et les hommes. Il enseigne aux apprentis, les guide dans leurs choix. Il les nourrit et les loge, partage leurs conversations. Poquelin distribue le travail en fonction de chacun, encourage, admoneste, persuade et gagne. On ne parle que de cela, on ne pense qu'à cela, on s'organise pour cela.

Années de solitude, aussi, pour le fils du patron chargé de reprendre l'entreprise ultérieurement : Jean-Baptiste ne peut pas se frotter au personnel. Il lit. Car le livre est l'œuvre éternelle, qui passe les siècles. Pourquoi tant d'ardeur à un décor de chambre qui ne passera pas la saison quand une même volonté pourrait s'inscrire dans le temps définitivement à travers des pages écrites ? Développer une pensée forte et neuve dont tout le monde parle, comme celle de Descartes, et jouir d'un prestige de l'esprit ? Il faudrait avoir bien des idées. Or Jean-Baptiste n'en a pas. Que pourrait-il inventer ? Il est au service du roi, le roi est au service de Dieu. La mort ? On n'y peut rien. D'où vient qu'on ne puisse faire le bien et vivre dans la félicité ? Les contrariétés viennent des travers des gens qui ne pensent qu'à eux-mêmes.

Années d'ouverture et d'une certaine indépendance enfin. Car Jean-Baptiste a le loisir de quitter la maison pour marcher dans les rues au milieu du grouillement des gens pressés et bloqués. « On n'entend que des cris poussés confusément. Dieu pour s'y faire ouïr tonnerait vainement[3]. » Il rejoint son grand-père pour aller au spectacle ou écouter ses oncles répéter et jouer des chaconnes, des menuets. Ou bien il retrouve ses amis, Bernier ou Claude Chapelle, qui lui viennent du collège. Claude restera l'ami de toujours.

Fils naturel d'un maître des comptes, M. Luillier, libertin affiché, il a de quoi vivre sans travailler et en profite tout en proclamant vouloir étudier le droit pour embrasser la profession d'avocat. Bernier est attiré par la médecine. Les jésuites, travaillant à l'éveil des individus, ont toujours suscité plus de professions libérales que de simples commerçants. Les souvenirs de collège marquent les esprits. Pour Jean-Baptiste, le théâtre et les représentations furent plus importants que les grand-messes et les processions. « Je voudrais bien savoir si vous-même n'avez pas été jeune, et n'avez pas, dans votre temps, fait des fredaines comme les autres[4] », demandera-t-il. Et les amitiés ne le quitteront jamais.

Rue de la Perle, au numéro 6, l'atmosphère diffère. Louis *de* Cressé aime à y venir pour rendre service, avancer un peu d'argent ou simplement demeurer à converser. C'est à travers lui que Jean-Baptiste entre en relation avec cette drôle de famille qui n'a rien à voir avec la sienne.

Madeleine, la fille aînée, est toujours absente. Émancipée bien avant l'heure, elle a sa vie : son théâtre, ses amis, ses amours si secrètes...

Jean-Baptiste a seize ans. Comment les Béjart le considèrent-ils ? Comme un enfant sympathique, riche, bien élevé et drôle. Forcément drôle.

On imagine trop souvent un adolescent sombre qui subit la rigueur paternelle, un jeune garçon silencieux, voire renfermé. C'est oublier les amitiés folles avec Chapelle et Bernier et prendre les Béjart pour des calculateurs qui ne verraient en lui que le petit-fils de leur créancier. Si l'on devient comique, on naît drôle, c'est-à-dire avec cette capacité de faire rire par un regard, une pose, une dégaine, le timbre de la voix. Sans doute, Jean-Baptiste fait rire rue de la Perle et non pas rue Saint-Honoré où l'on est trop habitué à sa petite personne. D'autant qu'il a un rang à y tenir.

Poquelin prend un nouvel apprenti moyennant cent livres. Il s'agit d'un garçon de vingt ans,

William Nelson, domestique de la comtesse de Derby. Il s'engage à « lui enseigner son métier, le traiter humainement, le nourrir et blanchir son linge, « excepté le rabatz ». Il prête aussi cent soixante-douze livres à un « maître écrivain », Georges Pinel, qui, pour rembourser sa dette, propose de servir de précepteur au jeune Jean-Baptiste. Sous le nom de La Couture, Pinel a une autre vie : il exerce le métier de comédien et connaît donc les auteurs contemporains, les textes à lire et les spectacles à voir. C'est dans ces années que Jean de Rotrou est applaudi pour *Les Sosies** et décide de se retirer définitivement dans sa ville natale de Dreux. Comme Corneille, il s'écarte de la vie parisienne pour mieux diriger sa carrière, loin des rumeurs et des complots mondains. Pinel est certainement aussi vivant que passionnant. Médiocre éducateur pour former un futur patron de boutique, il est assurément un humaniste qui, pour son élève, recherche avant tout l'excellence.

Le 5 septembre 1638, les cloches de Paris sonnent à toute volée : Louis Dieudonné, fils de Louis XIII et d'Anne d'Autriche, est né. Le trône a un héritier et la France un avenir. Une fête !

Trois mois plus tard, Louis Cressé meurt dans sa maison de l'Image Sainte-Catherine. Poquelin assiste à l'inventaire des biens en tant que père de Jean l'aîné, Jean le jeune, Madeleine et Nicolas.

* Cette pièce marquera Molière pour *Amphitryon*.

Le défunt laisse mille trois cent quatre-vingt-huit livres de biens meubles, deux maisons dans la grand-rue de Saint-Ouen, un arpent de terre labourable et un quart et dix-huit perches de vigne à Saint-Ouen. Ah, ce goût de la nature qu'il avait et qu'il défendait dans sa vieillesse ! Il s'était battu pour étendre sa propriété et cultiver son petit jardin.

Où trouver de l'affection, une écoute bienveillante, sinon dans l'amitié ? Louis Cressé a transmis à Jean-Baptiste un regard sur le monde qui place en équilibre le travail du tapissier, la campagne silencieuse de Saint-Ouen, la musique et la danse des violons du roi, enfin le théâtre de Corneille, de Rotrou et de Mairet. Peut-on concilier la réussite du père et la gloire des rampes ? Mais les idées jamais n'apportent de l'argent. Le sens de la conquête appartient aux amis : rien ne dure ici-bas qui ne soit partagé.

Claude Chapelle encourage Jean-Baptiste à le suivre auprès de l'abbé Pierre Gassendi qui a refusé de devenir le tuteur du jeune roi pour continuer ses recherches de philosophie qui l'opposent à Descartes, mais aussi de mathématiques et d'astronomie (n'est-il pas lié avec Galilée qui lui a prêté une lunette pour lui permettre d'établir une première cartographie de la Lune ?) Pourquoi une telle rencontre ? Parce que l'abbé a le sens de la vocation, comme les jésuites, mais d'autres méthodes. La Compagnie de Jésus, fondée sur les *Exercices spirituels* d'Ignace de Loyola, appuie sa démarche sur la solitude.

La solitude effraye une âme de vingt ans :
Je ne sens point la mienne assez grande, assez forte.
Pour me résoudre à prendre un dessein de la sorte[5].

Or Gassendi semble plus rapide, moins exigeant. De son discours, le jeune Poquelin tire une leçon de morale qui le suivra toujours : la liberté. D'autres jeunes se joignent à eux : Paul Scarron, Cyrano de Bergerac, fous de théâtre, qui aiment rire et séduire et se moquer. Cyrano, potache, se moque de la grammaire de Despautères et de ce qu'on lui a appris. Pierre Gassendi enseigne au Collège de France, et les jeunes gens sont flattés d'écouter un maître qui les encourage et cherche à débrider leurs esprits. Comme chez tous les étudiants, il y a chez eux un sens de l'amitié, un goût du spectacle et de la vie, l'envie aussi de faire quelque chose au sein de cette famille unie qui ne puise pas sa force dans le commerce ni le labeur servile. Jean-Baptiste se fond dans le groupe. « Aucun souci ne me travaille : J'aime tous les plaisirs et je les sais goûter ; et je suis sans trop me flatter, un jeune homme de belle taille[6] », écrira-t-il plus tard.

Ces causeries, sa formation littéraire qu'il cultive assidûment, le détournent du commerce des Poquelin. Le père avait d'autres projets pour son aîné mais « la tendresse paternelle » agit. Jean-Baptiste se sent irrésistiblement attiré par le théâtre... Or, comment devenir un Pierre Corneille, un Jean de Rotrou, un Charles Beys ? Ce sont des avocats. Grand bourgeois, natif de Dreux, Rotrou a suivi des études de droit et est avocat au parlement de Paris, ce qui ne l'empêche ni d'écrire du théâtre ni de triompher sur scène. Sa première pièce, *L'Hypocondriaque ou le Mort amoureux,* a été publiée en 1631. Quelques années plus tard, dans sa préface de *Cléagénor et Doristée*, il confiera avoir composé une trentaine de pièces.

Jean-Baptiste se résout donc à étudier le droit à Orléans. Pourquoi si loin alors que l'université parisienne offre une solide formation ? Est-ce que Jean Poquelin souhaite que son fils se détache un peu de ses amis turbulents qui le détournent de sa voie ; ou qu'il quitte les Béjart qui prennent une place de plus en plus importante ? Ou est-ce, comme il sera écrit plus tard, parce qu'à Orléans on obtient rapidement un diplôme en payant ?

> En quarante, ou quelque peu devant,
> Je sortis du collège, et j'en sortis savant.
> Puis, venu d'Orléans, où je pris mes licences,
> Je me fis avocat au retour des vacances.
> Je suivis le barreau pendant cinq ou six mois,
> Où j'appris à plein fond l'ordonnance et les lois[7].

L'hypothèse de la profession d'avocat, jamais réellement vérifiée, donne en tout cas l'idée, sans doute conseillée par le père et par Pinel, voire par Gassendi, d'une filière raisonnable pour les auteurs de théâtre. Dès lors, il est concevable que Jean-Baptiste sait qu'il écrira pour la scène.

Il poursuit donc des études de droit à Orléans,

comme, vingt ans auparavant, Vincent Voiture, fils d'un marchand de vin, fournisseur officiel de la Cour et, en ces années, l'un des auteurs le plus fêté, le plus reçu, le plus en vue ; membre de l'Académie française dès sa fondation…

Une nouvelle famille

La maison Béjart est gaie, ouverte, généreuse, même si on y entre crotté. Il règne, chez eux, quelque chose de naturel que Gassendi théorise, un goût de la liberté et de l'autre. Seraient-ils tous des libertins ? On le dira, parce que c'est commode de coller des étiquettes sur des gens inclassables. Mais s'il faut s'assumer libertin, n'ayons pas peur des mots : « C'est être libertin que d'avoir de bons yeux[1]. » Joseph Béjart, le père, n'a rien d'un autoritaire comme le tapissier du roi. Huissier des Eaux et Forêts à la table de marbre de Paris, il est un peu falot, sourit tout le temps et éprouve une vive admiration pour ses filles et leurs amis. Il se laisse mener par sa femme, Marie Hervé, née à Château-Thierry, dans cette campagne froide et charmante qu'irrigue la Marne. La ville, alors, se situe sur la rive droite du fleuve. Des remparts l'entourent, sur lesquels des maisons se bâtissent comme si la ville devait déborder. Là naquit Jean de La Fontaine, un an seulement avant Jean-Baptiste, d'un père maître des Eaux et Forêts. Il a été baptisé à l'église Saint-Crépin, tout comme Marie

Hervé, toilière-lingère, elle aussi femme d'une étonnante vitalité et d'une grande générosité — et forcément autoritaire :

> [Le] père est d'une humeur à consentir à tout,
> Mais il met peu de poids aux choses qu'il résout ;
> Il a reçu du Ciel certaine bonté d'âme,
> Qui le soumet d'abord à ce que veut sa femme ;
> C'est elle qui gouverne, et d'un ton absolu,
> Elle dicte pour loi ce qu'elle a voulu[2].

Officiellement, Marie Hervé a donné naissance à dix enfants. Cinq sont morts en bas âge ; les cinq autres font partie de l'aventure : Joseph (né en 1616), Madeleine (née en 1618), Geneviève (née en 1624), Louis (né en 1630). Est-elle la mère d'Armande Béjart (née en 1638) ? On le dit. Elle aurait eu quarante-huit ans à sa naissance...

Les Béjart ne sont pas pauvres ; ils ne comptent pas, voilà tout. Joseph Béjart, qui était bègue, eut dix-huit domiciles, changeant de maison presque chaque année, et quatre fois de profession ou, plutôt, de titre : secrétaire d'une académie pour l'infanterie, procureur au bailliage de Fort-l'Évêque, temporalité de l'évêché de Paris, huissier-ordenancier des Eaux et Forêts de France au Palais. Cela marque Jean-Baptiste, qu'on élève dans la lignée des tapissiers pour lesquels l'adresse compte : c'est là qu'on vous trouve, qu'on vient vous chercher, c'est là qu'on peut entreposer la marchandise et tous les biens qui ne manqueront pas de se vendre pour autant qu'on ait la patience et le cœur d'attendre le bon moment. La sédentarité du commerce familial ressemble à un destin tracé.

La maison au coin de la rue de la Perle et de la rue Thorigny n'est pas grande : cave, salle basse, garde-robe, chambre haute et bouge, chambre à galetas, grenier, cour avec son puits, jardin qui donne sur celui de l'hôpital Saint-Gervais.

La rue de la Perle est très passante. Le théâtre du Marais, où l'on joue Corneille, attire tous les jours des acteurs, des auteurs, des spectateurs. On y rencontre Rotrou, à qui Madeleine Béjart, pensive, écrit des vers pour se faire remarquer de lui, afin qu'il la fasse jouer dans une de ses pièces ; car bien que voisine du théâtre du Marais, Madeleine vise clairement l'entrée dans la troupe de l'Hôtel de Bourgogne, temple de la tragédie. Jean Rotrou avait la faveur de Chapelain (l'homme de lettres le plus important aux yeux du pouvoir) et n'avait pas participé à la querelle du *Cid*.

A-t-elle les moyens de ses ambitions ? Les deux théâtres parisiens sont de véritables institutions qui s'affrontent depuis vingt ans.

La troupe royale de l'Hôtel de Bourgogne est née par arrêt du Conseil du roi fin décembre 1629. La salle, inaugurée en 1548, située à l'angle de la rue Françoise et de la rue Mauconseil*, était presque carrée (trente-quatre mètres sur trente-deux). Elle avait été créée pour les Confrères de la Passion qui ne pouvaient plus jouer ni

* Actuellement 29, rue Étienne-Marcel.

mystères ni soties. Ils louèrent leur théâtre à des troupes diverses et eurent le monopole du théâtre à Paris par privilège royal attribué en 1402 par Charles VI.

Redevances et loyers étaient exorbitants. Les deux comédiens les plus en vue demandèrent une aide au roi et reçurent une pension annuelle de douze mille livres, le droit de placarder des affiches rouges et le titre de « seule troupe royale ». La troupe était dirigée par Robert Guérin, connu sur la scène sous les traits de Gros-Guillaume, qui « avait une figure si plaisante qu'on ne pouvait s'empêcher de rire en le voyant[3] ». Jouant également sous le nom de La Fleur, il constituait un trio hilarant avec Hugues Guéru, dit Fléchette, dit Gaultier-Garguille, et avec Henri Legrand, dit Belleville, dit Turlupin.

Ces comédiens osaient. Alors que les personnages féminins étaient joués par des hommes pour des questions de bienséance, ils intégrèrent à leur troupe la première comédienne de l'histoire, Rachel Trépeau, en 1607, et attirèrent ainsi un public plus large qui voulait voir une femme, une vraie, se donner en spectacle.

Trente ans après, les actrices étaient recherchées pour leur charme et une présence naturelle sur scène. Madeleine Béjart avait donc une carrière toute tracée.

Gros-Guillaume céda la direction de l'Hôtel de Bourgogne à Pierre Le Messier, dit Bellerose, qui tiendra la troupe pendant vingt-cinq ans. Il avait l'appui de Richelieu, passionné de théâtre, auteur lui-même, et put lui demander quelques « ordres du roi » permettant des transferts de comédiens depuis le théâtre du Marais. Ce qui fut fait après le triomphe du *Cid*...

À défaut d'intégrer l'Hôtel de Bourgogne, Madeleine pourrait d'abord entrer au Marais.

Née en 1634, sous l'impulsion de Guillaume Desgilberts, dit Montdory, cette troupe avait d'abord parcouru la province avant de s'installer au jeu de paume de l'impasse Berthaud*. Poursuivie par les Confrères de la Passion qui exigeaient leurs indemnités, elle déménagea au jeu de paume du Marais, 90, rue Vieille-du-Temple, et jouissait de l'estime de Pierre Corneille qui lui passait ses pièces en exclusivité ; de quoi triompher si Bellerose ne « taônnait » pas le cardinal pour récupérer les meilleurs comédiens. Car, après *Le Cid*, ce n'étaient rien moins que Jodelet et son frère L'Épi qui partirent pour l'Hôtel de Bourgogne, ainsi que deux autres comédiens d'importance. De quoi cisailler une troupe !

Mais Montdory avait une énergie et surtout une foi dans son métier qui lui permirent de remonter un groupe cohérent de comédiens, et de mettre en scène, en quinze jours, la *Sophonisbe* de Mairet, une vraie tragédie d'après Tite-Live, marquée par l'unité de temps. Un triomphe. Fils de juge, Montdory avait commencé le théâtre à seize ans. Il était marié à une femme « qui ne bougea pas des églises,

* Actuellement 37, rue Beaubourg.

qui ne monta jamais sur les planches, de même qu'il ne joua jamais la farce[4] ». Il travailla aussi le répertoire des auteurs montants : Jean de Rotrou, Scudéry et, bien sûr, François Tristan L'Hermite.

Ce dernier pourrait bien aider Madeleine dont la tante avait épousé le frère, Jean-Baptiste L'Hermite. Ami de Théophile de Viau et soutenu lui-même par Richelieu, il pourrait la hisser parmi les meilleures du Marais, étape nécessaire vers l'Hôtel de Bourgogne. Montdory ne triomphait-il pas dans *Mariane* en jouant Néron ? N'y disait-il pas son ambition théâtrale en déclamant :

> J'ai beaucoup de regrets qu'ils n'ont été saisis.
> Mais voyant le péril, j'ose bien me promettre
> Que vous approuverez l'ordre que j'y vais mettre [5].

Il en fit tant qu'il fut pris d'une « apoplexie de la langue » qui l'écarta définitivement de la scène.

Villiers, second de la troupe du Marais, recruta Floridor, ami si intime de Corneille qu'il était le parrain d'un de ses fils. Pour Madeleine, Corneille pouvait aussi être un déclencheur de carrière. Car, à défaut d'un directeur de troupe, un auteur pourrait la révéler : Charles Beys, par exemple, avocat au Parlement, dont elle connaissait le frère, Denys, libraire au faubourg Saint-Jacques et qui aimait le théâtre, autant à le voir qu'à le jouer.

Comme toute actrice, elle attend son heure, un rôle qui marquera les esprits et l'installera définitivement dans le monde du théâtre.

Magnifique personnalité que celle de Madeleine

qui rêve de la scène, vit en femme libre et protège sa famille des instabilités de son père. Elle est le pilier de la maison Béjart avec l'autorité et le bon sens des futures servantes de Molière.

Le frère de Tristan L'Hermite est un assidu de l'hôtel de la comtesse de Modène, Marguerite de La Baume de La Suze, qui s'est mariée avec un homme beaucoup plus jeune qu'elle, Esprit de Rémond, comte de Modène, passant tous les jours sous les fenêtres des Béjart pour se rendre à l'hôtel de Guise où il est chambellan de Gaston d'Orléans. Le couple vit séparément : elle s'est installée au château de la Malicorne, dans le Maine ; il demeure à Paris. Il a vingt-huit ans et rêve de gloire. Levant les yeux, apercevant Madeleine, au tempérament si nature, il ne peut que s'éprendre d'elle, lui acheter une maison, à deux pas, rue de Thorigny, et avoir avec elle un premier enfant, Françoise. Pour parrain, on choisira Jean-Baptiste Tristan L'Hermite. Un deuxième enfant, Armande-Grésinde, naît en 1638, l'année de la naissance du futur Louis XIV. Armande ne pourra jamais révéler son identité. Fille de Modène, père adultère et frondeur, et de la Béjart, actrice déjà connue dans son milieu, Armande-Grésinde vivra dans la communauté des Béjart, cette grande famille qui tend les bras au jeune Poquelin.

Jean-Baptiste a toujours respecté Madeleine. Elle a quatre ans de plus que lui et obtient du succès au théâtre depuis l'âge de dix-huit ans. Sa chevelure rousse, magnifique, dénote et accentue encore cette sensualité qui n'appartient qu'à elle. Belle, Madeleine ? Non, bien moins que les femmes que Molière étreindra plus tard. Mais elle est nature, Madeleine. Elle peut se dévêtir sur scène ou passer nue dans le couloir des chambres sans l'odieuse pudeur qui défigure ou dévoile les imperfections à force de les masquer. Madeleine va tout apprendre à Jean-Baptiste : l'amour, le sexe, la solitude, le théâtre et les salutations au public. Fille aînée de dix enfants, dont six mourront en bas âge, elle s'émancipe vite et cache son amant, Esprit de Rémond de Mormoiron, comte de Modène, chambellan du duc d'Orléans (frère unique du roi) condamné à mort pour conspiration envers Louis XIII. Il émigrera à Bruxelles, laissant Madeleine enceinte d'un deuxième enfant qu'elle cache plus ou moins à Jean-Baptiste : Armande.

À dix-neuf ans, Jean-Baptiste apprend la vie, c'est-à-dire l'autonomie dans ses choix. Il laisse son père, ses oncles Louis et Guillaume, et sa tante Marthe vendre la maison de Saint-Ouen. Une page se tourne pour lui qui aimait cette maison quand son grand-père l'y emmenait respirer hors de Paris et marcher à travers champs.

À Paris, Jean-Jacques Olier (1608-1657) fonde la Compagnie des prêtres de Saint-Sulpice en vue de la formation du clergé séculier.

Henri de Lorraine, le comte de Soissons et le duc du Bouillon se liguent contre la politique de Richelieu. Avec le recul de l'Histoire, on pourrait dire que la France grinçait comme à tout changement puisqu'elle passait de la féodalité à un État centralisé, moderne et gouvernable, pensé par Richelieu puis appliqué par Mazarin. Ces mouvements touchent Jean-Baptiste puisqu'il doit remplacer son père comme tapissier du roi, en déplacement à Narbonne, mais ne semblent pas l'affecter.

L'année suivante, le 4 décembre 1642, Richelieu meurt. Il avait l'ambition d'être homme de lettres. Or politique et littérature ne vont pas de pair. Le cardinal rêvait davantage de succès théâtraux que de guerres victorieuses. Gagner une guerre impose un ordre. Emporter le succès sur scène impose un esprit. Quel pouvoir que le théâtre ! Faire en sorte qu'on pleure à la virgule, qu'on sente de la crainte à l'exclamation ; placer autant de gens qu'il est de places, voilà qui pousse à l'écriture et au fantasme. Mais Richelieu, à défaut de faire vraiment œuvre artistique, fonda l'Académie française... Il avait imposé au roi sa vision de la France : centraliser le pouvoir en s'appuyant sur une administration sans faille qui supplanterait les réseaux nobiliaires des régions ; s'imposer en Europe face aux Habsbourg, à l'Espagne et à l'Angleterre. Œuvre immense, autoritaire, pour laquelle la guerre, les procès et les sanctions sont des moyens habituels, même s'ils sont graves. Le cardinal imposa au roi la continuité de sa tâche à travers Mazarin. Il donna aussi au théâtre ses lettres de noblesse en l'introduisant à la Cour.

Jean-Baptiste Poquelin a vingt ans.

Un rêve de jeunesse : illustre et forcément théâtral !

Car ils en ont rêvé puis ils en ont parlé. La décision prise, il faut la réaliser : créer une troupe, la pousser à l'égal de celles qui se disent « royales ». Madeleine y trouvera son tremplin pour l'Hôtel de Bourgogne, Jean-Baptiste vivra le théâtre au service du roi. À ce moment-là, Corneille, encore une fois au Marais, triomphe avec *Polyeucte*. Le sérieux d'une nouvelle compagnie de comédiens à Paris encouragera sans doute les auteurs à proposer des textes. Ils propulseront les comédiens vers leurs buts.

Créer une troupe cela signifie : rassembler des gens de théâtre stables, connaissant l'art de la scène, ayant suffisamment de fortune pour posséder leurs costumes, pour investir dans des décors, jouissant d'une certaine réputation pour faire venir du public et attirer des auteurs, ayant aussi le goût pour une destinée commune. Ce dernier point est le moins évident pour n'importe quel groupe mais le plus naturel pour Madeleine et

Jean-Baptiste. Ils s'aiment. Les autres suivront : Georges Pinel est partie prenante ainsi que le libraire Denis Beys, le propre frère de l'auteur.

Les ambitions ne sont pas les mêmes. Madeleine veut percer dans le milieu. Actrice, elle est portée par sa famille qui fait corps avec son projet. Jean-Baptiste cherche une stabilité qui l'autorisera à vivre et à bien vivre d'un art qui l'attire. La femme veut briller et l'homme veut bâtir. À elle, le charme et la grâce ; à lui, l'organisation et la gestion. Car, à ce stade, est-il envisageable qu'il songe à devenir ce qu'il sera...

Pendant qu'ils préparent leur entreprise, mêlant l'enthousiasme, l'amour et la prudence, plusieurs faits pourraient ralentir encore leur projet.

Joseph Béjart meurt au début du printemps. Marie Hervé réunit ses enfants et leur propose de renoncer à la succession, « plus onéreuse que profitable ». Les dettes en effet se sont accumulées et la mort du brave homme ouvre la porte à ses secrets et à ses affaires conduites à la petite semaine. Désillusion pour Madeleine : il faudra partir de rien, ou de peu.

Jean Poquelin ne connaît rien au théâtre. Il n'aime pas les Béjart, relations de son beau-père, qui lui semblent des paniers percés. Il s'en protège et ne veut apparaître dans aucun document officiel ; que son adresse ne figure pas dans cette aventure et que l'on ne s'imagine pas qu'il puisse garantir financièrement la création d'une troupe de théâtre. Il prend un nouvel apprenti, Roch Thoret, un garçon de dix-huit ans pour six ans, moyennant soixante livres, et quitte le pavillon des Singes pour la maison à l'Image Saint-Christophe, achetée dix ans auparavant. À chacun ses affaires. Jean-Baptiste s'installe rue de Thorigny et s'y fait domicilier officiellement. Les relations entre le père et le fils ne peuvent pas être simples. Jean voit ses rêves de stabilité et de transmission s'effondrer. Jean-Baptiste craint les reproches. De là à ce que naisse un désaccord violent, une désobéissance à la limite de la révolte et un conflit de générations, il n'y a qu'un pas. Parce que Molière montrera sur la scène des pères tyranniques et obstinés ? Parce que l'extraordinaire joie de vivre de son théâtre semblera s'opposer à l'ordre établi ? Parce qu'on aura envie de faire de Molière la statue d'une jeunesse qui réussit malgré l'autorité parentale ? Mais ce serait oublier l'aide discrète et permanente de Jean Poquelin et, surtout, c'est méconnaître le sérieux de Jean-Baptiste. On l'imagine tonitruant comme il le sera sur la scène. Il est secret, réfléchi et appliqué. Il sait qu'il faut se débrouiller seul :

> La mort n'a pas toujours les oreilles ouvertes aux vœux et aux prières de Messieurs les héritiers ; et l'on a le temps d'avoir les dents longues, lorsqu'on attend, pour vivre, le trépas de quelqu'un [1].

Jean-Baptiste sait qu'il peut compter sur son père mais que celui-ci, ne connaissant rien à cet univers qui s'ouvre, lui enjoindra la plus grande prudence.

Louis XIII meurt le 14 mai. La charge de tapissier du roi s'en trouvera-t-elle modifiée ? Le futur roi de France, trop jeune pour gouverner (Louis XIV n'a que six ans), ne changera rien à ce qui se fait. La régence conduite par Mazarin et Anne d'Autriche vise à plus de stabilité : on ne quittera pas Paris afin de parfaire l'éducation du prince. C'est ce que pense Jean Poquelin. Les événements lui donneront tort.

Mazarin n'a pour dessein que de prolonger l'œuvre de son prédécesseur. Mais son tempérament lui dicte d'autres méthodes : l'observation des parties, la négociation, la souplesse, quitte à reculer devant les événements pour mieux les reprendre à sa façon. Les adversaires en profiteront, et interviennent. Or le roseau plie sans rompre. Cela durera dix-huit ans, autant d'années que le règne de Richelieu. La reine continue d'aller au théâtre. Est-ce pour cette raison que Molière lui dédiera sa *Critique de l'école des femmes* ? Anne d'Autriche éduque son fils Louis en donnant une place importante à l'art dramatique, au spectacle. La Régence laisse du temps pour construire une entreprise, quelle qu'elle soit. Le moment venu, l'avènement du nouveau roi, on pourra se placer et asseoir sa situation.

Ces réflexions retarderont donc la création officielle de l'Illustre-Théâtre, qui se fait le 30 juin par-devant les notaires Duchesne et Fieffé qui viennent rue de la Perle lire et faire signer l'acte. Entre les lignes, on comprend le sérieux de l'affaire, la volonté d'inscrire durablement la troupe, d'en faire une institution :

Furent présents en leurs personnes : Denis Beys, Germain Clérin, Jean-Baptiste Poquelin, Joseph Béjart, Nicolas Bonnenfant, Georges Pinel, Magdaleine Béjart, Magdaleine Malingre, Catherine de Surlis et Geneviève Béjart, [...] lesquels ont fait et accordé volontairement entre eux les articles qui ensuivent sous lesquels s'unissent et se lient ensemble pour l'exercice de la comédie afin de conversation de leur Troupe sous le titre de l'Illustre-Théâtre. C'est à savoir que, n'être la liberté raisonnable à personne d'entre eux, aucun ne pourra se retirer de la troupe sans en avertir quatre mois auparavant, comme pareillement la troupe n'en pourra congédier aucun sans lui en donner avis les quatre mois auparavant. *Item*, que les pièces nouvelles de théâtre qui viendront à la troupe seront disposées sans contredit par les auteurs, sans qu'aucun puisse se plaindre du rôle qui lui sera donné ; que les pièces qui seront imprimées, si l'auteur n'en dispose, seront disposées par la troupe même à la pluralité des voix, si l'on s'arrête à l'accord qui en est pour ce fait entre les-dits Clérin, Poquelin et Joseph Béjart qui doivent choisir alternativement les héros, sans préjudice de la prérogative que les susdits accordent à ladite Madeleine Béjart de choisir le rôle qu'il lui plaira ; *item*, que toutes les choses qui concerneront leur théâtre et des affaires qui surviendront, tant de celles que l'on prévoit que de celles que l'on ne prévoit point, la troupe les décidera à la pluralité des voix sans que personne d'entre eux y puisse contredire ; *item*, que ceux ou celles qui sortiront de la troupe à l'amiable suivant ladite clause des quatre mois tireront leurs parts contingentes de tous les frais, décorations et autres choses généralement quelconques qui auront été faites depuis le jour qu'ils seront entrés dans ladite troupe jusqu'à leur sortie, selon l'appréciation de leur valeur présente qui sera faite par des gens experts dont tous conviendront ensemble ; *item*, ceux qui sortiront de la troupe pour vouloir des choses qu'elle ne voudra pas ou que ladite troupe sera obligée de mettre dehors faute de faire leur devoir, en ce cas ils ne pourront prétendre à aucun partage et dédommagement des frais communs ; *item*, que ceux ou celles qui sortiront de la troupe et malicieusement ne voudront suivre aucun des articles présents seront obligés à tous les dédommagements des frais de ladite troupe, et pour cet effet, seront hypothéqués leurs équipages et généralement tous et chacun leurs biens présents et avenir en quelque lieu et en quelque temps qu'ils puissent être trouvés [...] [2].

Le langage juridique montre l'importance de l'entreprise :

Vous ne sauriez changer votre style sauvage, et nous faire un contrat qui soit en beau langage ?

— Notre style est très bon (*c'est un notaire qui parle*), et je serais un sot, Madame, de vouloir en changer un mot.

— Ah, quelle barbarie au milieu de la France[3] !

Ce n'était donc pas le style de Molière ni l'expression de la joyeuse bande d'amis qui rêvait de gloire mais le sérieux administratif qui scellait les aspirations de chacun qui pût se croire comédien de profession par l'engagement juridique qu'il venait de signer. Et chaque fois qu'il le faudrait, on appellerait un notaire.

Les actes seront nombreux : pour un loyer, un marché de décors ou d'installation, un contrat avec un comédien... Tout sera scrupuleusement notifié pour que les comédiens n'aient plus qu'à se préoccuper de leur art. Madeleine devient directrice de la troupe. Jean-Baptiste investit six cent trente livres, fruit de l'héritage de sa mère et d'une avance sur l'héritage paternel. Armande a cinq ans. Bien qu'elle ne soit pas signataire de cet acte, elle participe à la vie de la troupe.

Trois mois plus tard, chez un autre notaire, l'Illustre-Théâtre établit le bail du jeu de paume des Mestayers* : Nicolas et Louis Métayer exigent un loyer annuel de mille neuf cents livres et trois années payées d'avance. Marie Hervé, très endettée, met en gage la maison de la rue de la Perle. Les travaux peuvent commencer.

Et rien n'est assez beau ni assez illustre ; on veut du confort, de la magnificence, un certain luxe pour le public. Très vite, on engage quatre « joueurs d'instruments, pour servir les comédiens de l'Illustre-Théâtre pendant trois ans ». Jean-Baptiste demande-t-il conseil à ses cousins Mazuel pour choisir ces quatre musiciens ?

Tous ne firent pas carrière et tout laisse à penser que l'Illustre-Théâtre voulait du lustre plus que de l'art. Sur le parvis du jeu de paume, on fait refaire le pavage de la rue par Léonard Aubry, paveur ordinaire des bâtiments du roi, pour éviter les crottes aux spectateurs ou les obliger à venir en carrosse. Pour s'assurer aussi de la propreté du théâtre : « Je ne saurais plus voir mon ménage propre, avec cet attirail de gens que vous faites venir chez vous. Ils ont des pieds qui vont chercher de la boue dans tous les quartiers de la ville, pour l'apporter ici[4]. » C'est à peine si on n'élargit pas la voirie !

* Actuellement 13, rue de Seine et 12, rue Mazarine.

Pendant les travaux, l'Illustre-Théâtre s'essaye à Rouen pour la foire d'octobre, parce que Rouen était la plus grande ville la plus proche de Paris et que les troupes s'y montraient fréquemment. C'est l'année qui voit le succès éclatant de la dernière comédie de Corneille, *Le Menteur*.

Dans ces mêmes moments, Jean-Baptiste Lully arrive à Paris, plein de rêves et d'ambitions. Le cardinal Mazarin fait venir les plus doués des Italiens, ses compatriotes, pour qu'ils apportent à la capitale le goût et le savoir-faire qu'il cherche à inculquer au jeune roi.

L'Illustre-Théâtre ne voit pas ce qui est en train de se passer. Ses comédiens suivent leurs rêves, ce qui n'est pas une route définie. Ils se retrouvent vite sans public, criblés de dettes et ne peuvent rester aux Mestayers, qu'ils doivent quitter pour la Croix-Noire, dans le quartier de Saint-Paul*. Ils signent alors un bail de trois ans avec François Cocuel qui leur sous-loue deux mille quatre cents livres un bâtiment qu'il loue lui-même mille cinq cents livres. De plus, il demande à jouir d'une loge pour dix personnes afin d'assister aux spectacles comme bon lui semble et avec qui il veut.

Là encore, on garnit les loges : tapisseries bleues à fleurs de lys dorées ; sièges recouverts de tapisserie ; couvertures en laine pour les appuis de devant.

L'addition est sans appel : il faut payer les tapissiers, les menuisiers, le loyer et les chandelles.

* Actuellement 32, quai des Célestins.

Sentant le gouffre s'ouvrir, des comédiens quittent la troupe peu à peu. Seuls restent, outre Madeleine et Jean-Baptiste, Germain Clérin, Gaspard Rabel et Catherine Bourgeois.

Dans le camp des assaillants, François Pommier, le portier du théâtre, est le plus virulent. Ses gages s'élevaient à trente sols par jour. Il compte ce qu'on lui doit depuis le 6 novembre 1644 jusqu'au 26 janvier 1645. Il tient aussi à recevoir sa part des recettes liées aux visites, c'est-à-dire aux représentations effectuées à l'extérieur de la Croix-Noire. Pire que les fournisseurs, le petit personnel se rebiffe. Sur scène, cela se réglerait par des coups de bâton parce qu'on ne peut pas raisonner ces gens-là. Mais là, il faut bien payer. « Mes gages, mes gages ! » Ce pauvre Pommier n'a que cette revendication à la bouche.

Faut-il déposer le bilan pour intégrer une autre troupe ? Or les mésaventures du théâtre du Marais continuaient. Bellerose demandait au roi, pour sa troupe de l'Hôtel de Bourgogne, trois nouveaux comédiens : Baron, Beauchâteau et... Villiers, son directeur ! Cette responsabilité incomba à Floridor, qui avait l'affection et la confiance de Corneille. De plus, en ce début 1644, un incendie ravage le théâtre, les décors qui appartenaient à la troupe et les costumes qui faisaient partie des biens personnels des comédiens.

Pour Madeleine, l'espoir du Marais part en fumée ainsi que l'ambition pour l'Hôtel de Bourgogne. Elle ne peut plus que se réjouir avec Jean-

Baptiste : l'horizon s'ouvre, car les auteurs, ne pouvant plus faire jouer leurs pièces au Marais, ne manqueront pas de leur confier leurs textes. Illusions de la jeunesse ou arrogance de débutants ? Cela revient au même.

Faut-il parler de cette déconfiture à Jean Poquelin ?

> Et que nous servira d'avoir du bien, s'il ne nous vient que dans le temps que nous ne serons plus dans le bel âge d'en jouir, et si, pour m'entretenir même, il faut que je m'engage de tous côtés, si je suis réduit avec vous à chercher tous les jours le secours des marchands, pour avoir le moyen de porter des habits raisonnables[5] ?

Jean-Baptiste ne le peut pas parce que son père est trop occupé par son commerce et par d'autres affaires familiales.

Agnès Mazuel, âgée de soixante et onze ans, vit rue de la Lingerie, dans la maison à l'Image Sainte-Véronique avec ses deux petites-filles Agnès et Marie Rozon, dont la mère est morte depuis dix ans. Elle loue une partie de sa maison, n'occupant plus qu'une chambre. Sentant sa mort prochaine, elle a rédigé son testament, donnant toute sa fortune à ses deux petites-filles ainsi qu'à leur frère, malgré les cinq de ses neuf enfants qui vivent toujours, et ses onze petits-enfants. Or il s'agit d'une somme de dix mille livres, ce qui est considérable. Jean Poquelin cherche à raisonner sa mère. Il faut croire qu'il trouve les bons mots, car celle-ci, juste avant de mourir, rédige un nouveau testament. Comme on l'imagine, les Rozon ne se laissent pas faire. De procès en réclamation, la succession traîne quatorze années durant. Pendant ce temps, Jean-Baptiste s'endette de cinq mille trois cent quarante-huit livres.

L'Illustre-Théâtre tombe dans la spirale du passif : pour avoir du public, il faut investir et plus on investit, plus on a besoin de public... « Que diable toujours de l'argent ! Il semble qu'ils n'aient autre chose à dire : "De l'argent, de l'argent, de l'argent." Ah, ils n'ont que ce mot-là à la bouche : "De l'argent". Toujours parler d'argent, Voilà leur épée de chevet, de l'argent[6]. »

Que faire ? On engage un danseur professionnel, Mallet. Un contrat en bonne et due forme est signé devant notaire le 28 juin 1644, ce qui n'aurait aucune importance si, pour la première fois, Jean-Baptiste ne signait *Molière.*

Molière, *mot-lierre*, nom de la nature comme tous les noms de comédiens de l'époque que Jean-Baptiste croisera dans ses trente années de carrière : Beaupré, Champfleury, Beauchamps, Du Parc, Montfleury, Champclos, Rosidor, Floridor, La Fleur, Beauval... Alors, Molière, pourquoi pas ? Inventa-t-il le nom ? Il y avait un Molière d'Essertines qu'avait connu Tristan L'Hermite et qui mourut assassiné dans un cabaret. Un vin, aussi, s'appelait le Molière.

La pseudonymie a été peut-être demandée par le père, Jean Poquelin, qui ne veut pas que son nom soit mêlé au théâtre : respect d'une marque, d'un commerce mais surtout de la charge royale.

Il sait, lui, le père, combien la Cour est tatillonne, et que le moindre scandale sur les planches assurera sa chute sur les parquets. Au-delà de cette protection légitime, la tendresse paternelle aidant, Jean veut aussi protéger son fils qui pourrait toujours reprendre son identité pour honorer son service de tapissier au lever du roi. Molière ne serait sans doute jamais devenu l'ami du roi s'il était resté Poquelin.

Les dépenses commencent à peser au point que les comédiens se réunissent pour modifier leur acte fondateur de l'année passée et s'accorder sur l'interdiction aux remboursements des frais engagés ou à engager pour « les décorations et autres choses généralement quelconques à faire audit théâtre ». Doit-on sentir dès lors que la troupe regroupait des passionnés ou des obstinés qui ne pourraient pas se désolidariser facilement ?

Les actes officiels signés entre eux peuvent bien se multiplier, la réalité est plus que jamais présente. Le Châtelet, juridiction compétente, condamne les comédiens de l'Illustre-Théâtre à payer les mille six cents livres de loyer à François Cocuel, maître du jeu de paume.

La réalité rattrape le rêve de ces « enfants de famille » qui avaient vu trop grand. Qui est le directeur ? Jean-Baptiste Poquelin, dit Molière. C'est lui qu'on vient arrêter pour l'incarcérer. Il sort de prison le 2 août, puis y retourne. Faut-il aller au procès ?

Jetez les yeux sur les détours de la justice ; voyez combien d'appels et de degrés de juridiction, combien de procédures embarassantes, combien d'animaux ravissants par les griffes desquels il vous faudra passer, sergents, procureurs, avocats, greffiers, substituts, rapporteurs, juges, et leurs clercs. Il n'y a pas un de tous ces gens-là qui, pour la moindre chose, ne soit capable de donner un soufflet au meilleur droit du monde. Un sergent baillera de faux exploits, sur quoi vous serez condamné sans que vous le sachiez. Votre procureur s'entendra avec votre partie, et vous vendra à beaux deniers comptants. Votre avocat, gagné de même, ne se trouvera point lorsqu'on plaidera votre cause, on dira des raisons qui ne feront que battre la campagne, et n'iront point au fait. Le greffier délivrera par contumace des sentences et arrêts contre vous. Le clerc du rapporteur même ne dira pas ce qu'il a vu. Et quand, par les plus grandes précautions du monde, vous aurez paré tout cela, vous serez ébahi que vos juges auront été sollicités contre vous, ou par des gens dévots, ou par des femmes qu'ils aimeront[7].

La cause est-elle plaidable ? Comment l'Illustre-Théâtre ne rentrerait-il pas dans son bon droit ?

Les comédiens se concertent ; ils n'ont plus d'argent, c'est net, même pas pour une plaidoirie :

Pour plaider, il vous faudra de l'argent : il vous en faudra pour l'exploit ; il vous en faudra pour le contrôle ; il vous en faudra pour la procuration, pour la présentation, conseils, productions, et journées du procureur ; il vous en faudra pour les consultations et plaidoiries des avocats, pour le droit de retirer le sac, et pour les grosses écritures ; il vous en faudra pour le rapport des substituts ; pour les épices de conclusion ; pour l'enregistrement du greffier, façon d'appointements, sentences et arrêts, contrôles, signatures, et expéditions de leurs clercs, sans parler de tous les présents qu'il vous faudra faire[8].

Mieux vaut donc aller puiser dans les dernières économies et s'en tenir à un accord à l'amiable.

Jean-Baptiste sort définitivement de prison grâce à la caution de Léonard Aubry, le paveur, et à la promesse faite de payer Pommier. Mais Cocuel ne cesse de réclamer ses loyers impayés. Tout le monde s'y met pour rembourser : Marie Hervé signe une reconnaissance de dettes, Jean Poquelin règle Pommier (cent vingt-cinq livres), Aubry (trois cent vingt livres), ainsi que huit cent quatre-vingt-dix livres pour quelques autres sommes dues qui viennent en plus des six cent trente livres consenties sur l'héritage de Marie Cressé.

Aux problèmes financiers s'adjoignent les questions politiques. La Fronde prend de l'ampleur.

On comprend mal la Fronde parce que ses hérauts ont des noms si proches qu'on en confond les personnes : Condé, Gondi, Conti... Qui fit quoi ? Le Grand Condé, merveilleux militaire, voulait le pouvoir ; le cardinal Gondi, formidable orateur, déstabilisait le pouvoir ; le prince de Conti, sinistre imbécile, usait du pouvoir. Or les trois travaillaient ensemble, portés par la haine populaire envers Mazarin et adoubés par une noblesse de terroir exsangue, voulant aussi profiter d'un pouvoir affaibli : Mazarin n'avait pas la poigne de Richelieu ; le roi n'avait que dix ans et la reine mère était chahutée par le Parlement.

Les Béjart, malgré eux, en vivent les événements. Qu'on tire au mousquet dans les rues de Paris ne les concerne pas mais ils abritent Philippe

Lenormant, dont le père, Pierre, était porte-manteau du prince de Condé. Ils reçoivent Esprit de Rémond, l'amant de Madeleine et le père de ses filles. Ils croisent Tristan L'Hermite et se passionnent pour son théâtre. Or le frère de ce dernier, Jean-Baptiste, vient d'être arrêté et enfermé à Vincennes pour avoir porté un message à Gaston d'Orléans de la part du duc de Guise. Le maître d'hôtel du comte de Modène, Toussaint de Bordeaux, est également arrêté. Aussi serait-il aisé de croire ou de faire croire que Jean-Baptiste Poquelin couvrira à Narbonne la fuite de Cinq-Mars non tant par geste politique que par amitié. Il n'empêche : les Béjart accumulent les relations ambiguës les mettant en porte à faux avec un pouvoir aux aguets qui leur semble trop éloigné d'eux pour qu'ils aient à le craindre. Pour Molière, il n'est pas bon de rester.

Ce n'est donc pas qu'une question d'argent. Depuis *Le Cid*, le théâtre a pris une dimension politique qui intéresse Jean-Baptiste. Faire rire ? Ce n'est pas un métier. Faire rêver ? Oui, il le veut de toutes ses forces, surtout s'il s'agit de faire rêver le pouvoir comme les jésuites lui ont appris à Clermont, par-delà les dogmes, les idéologies, les différences sociales. Pour cela, ne vaut-il pas mieux se mettre en retrait comme Corneille à Rouen ? Qui est-il, Poquelin ? Un acteur qui n'a pas fait ses preuves et qui vit au-dessus de ses moyens. Quels sont ses amis, autre façon de le définir ? Des bourgeois éduqués à une pensée libre, celle de Gassendi, protégeant des gens recherchés ou surveillés comme Modène, les frères L'Hermite, Lenormant... Dans ces conditions, il ne peut rester Poquelin et demeurer à jamais lié avec sa seconde famille.

Molière quitte Paris. Il ne faut pas croire que ce départ épongera le passif de son entreprise. Les impayés de l'Illustre-Théâtre le poursuivront encore pendant vingt ans.

Acte II :
la nature apprivoisée

En province, s'il n'y avait pas encore de théâtre dans les villes, on comptait près de deux cents troupes et plus de mille comédiens organisés sous contrats notariaux. On se croisait, on se connaissait, on se racontait. Les nouvelles des compagnies permettaient de mieux être informé. Ainsi apprit-on que Floridor, le directeur du Marais, était passé à l'Hôtel de Bourgogne… sur ordre royal ! Encore une traîtrise de Bellerose pour maintenir son monopole de la tragédie à Paris.

Le théâtre du Marais devait-il laisser à ses concurrents le répertoire de la grande tragédie ? Il lui restait Jodelet, car Jodelet amusait toujours, bien qu'il s'usât en ne faisant que du Jodelet tout en jouant Scarron — ce qui était énorme ! La troupe chercha une autre voie et s'orienta vers la féerie du théâtre, vers le spectaculaire : les pièces à machine fondées sur les lumières, les chants et les ballets, sur des successions de décors et une recherche d'effets spéciaux qui s'inscrivaient dans l'univers grandiloquent de la mythologie classique. On disait que c'était aussi surprenant que beau.

À Paris, toujours, un nouveau guérisseur inquiétait la faculté de médecine par son succès : l'Italien Hyeronymo Ferranti, venant d'Orviete, vendait en effet baumes et drogues sur le Pont-Neuf.

> Je suis ce grand Orviatan
> Dont le contrepoison a fait tant de merveilles.
> Si je voulais parler de mes vertus non pareilles
> De mes autres secrets, je serais charlatan[1].

« Il est goûteux, dispos et ver » et en imposait non seulement par son boniment mais aussi par sa persuasion. Ses produits, qu'on appellerait vite des *orviétans*, se diffusaient dans la population et devinrent des fonds de pharmacies domestiques. « L'orviétan est un remède dont beaucoup de gens se sont bien trouvés[2]. » Molière écoutait les nouvelles que les comédiens se repassaient, et les conseils des aînés. « Et c'est là comme vous savez le fléau des petites villes, que ces grands nouvellistes qui cherchent partout où répandre les contes qu'ils ramassent[3]. » Madeleine cherchait un protecteur et leur fit rencontrer Charles Dufresne, protégé par Bernard de Nogaret de La Valette, duc d'Épernon, gouverneur de Guyenne. À vingt-sept ans, elle rayonnait dans tous ses rôles. Charles Dufresne, un vieux routier des planches, non un saltimbanque, mais un comédien de métier qui savait ce qui marchait, ce qu'on pouvait proposer aux publics des différentes villes, les prit sous son aile.

Il ne s'agit pas de fusionner deux troupes. Dufresne accueille Madeleine Béjart et son ami

Molière, Marie Hervé, sa mère, Joseph, son frère, Geneviève, sa sœur. Les autres signataires de l'Illustre-Théâtre ont quitté le groupe : ne reste que la famille élargie au seul Molière. Parmi les comédiens de Dufresne, il y a Edme Villequin, dit de Brie (parce qu'il était né à Ferrières-en-Brie), qui a déjà trente-neuf ans et du métier. Catherine Leclerc du Rozay, fille de comédiens de la troupe de son Altesse Royale, qui a un sens du théâtre et de la dramaturgie qui les impressionne beaucoup. Pierre Réveillon de Châteauneuf, dit « Châteauneuf », père de quatre enfants avec Marie Bret, qui participent aux spectacles ou aident les comédiens et leurs valets. L'esprit familial de la troupe de Dufresne coïncide parfaitement avec l'esprit de famille des Béjart.

La protection du duc d'Épernon les oblige dans les choix des textes, la tenue des décors et des costumes, car jamais un gouverneur n'aurait soutenu des va-nu-pieds ou des saltimbanques, ces artistes paumés que l'Église accuse de se damner. Sait-il, le duc d'Épernon, qu'en accueillant Madeleine et sa fille, au château de Cadillac, il rend service à Modène, auquel il est lié par leurs actions politiques de naguère, la Fronde ?

Pendant qu'à Paris François Cocuel fait saisir les bois de charpenterie, menuiseries et toiles de l'Illustre-Théâtre, un ensemble jugé à cinq cents livres, la toute nouvelle troupe du duc d'Épernon descend vers le sud, vers Albi, où elle joue probablement une pièce de Rotrou, *La Sœur*.

*

Deux ans plus tard, le corps de ville de Nantes reçoit une demande de « remonter sur le théâtre » signée « sieur Morlière (*sic*), l'un des comédiens du sieur Dufresne ». Il fallait demander en effet l'autorisation municipale, non pour jouer sur des tréteaux mais pour occuper la grande salle de la maison municipale ou simplement pour aménager un jeu de paume, le temps de quelques représentations.

Morlière n'est « qu'un des comédiens du sieur Dufresne », caché dans la troupe sous un faux nom ; un repris de justice depuis son incarcération au Châtelet. Pourtant, jusqu'à la fin de sa vie, l'auteur des *Fourberies de Scapin* signera « J. B. Poquelin-Molière » parce qu'il n'y a jamais eu de rupture entre l'acteur et son passé, ni avec son milieu, encore moins avec son père qui a ses entrées, parfois modestes mais toujours efficaces. Son nouvel apprenti est laquais chez Charles de La Porte, duc de Meillirage, gouverneur de la ville de Nantes. C'est là que Jean-Baptiste passe deux mois. Séparé de son père, en tout cas de ses relations sociales, commerciales. Les villes dans lesquelles la troupe s'installe durablement ont toutes des intérêts dans la tapisserie : Lyon pour la soie, Rouen pour les écarlates et les draps... Jean-Baptiste étend-il le réseau de son père ou est-ce qu'il en profite ?

Une fâcheuse nouvelle vient alors s'abattre sur les comédiens durant ces mois : le duc d'Épernon doit abandonner son gouvernement de Guyenne, donc ses fastes, donc sa troupe de théâtre. Rattrapé par son passé de frondeur, il est contraint à l'anonymat. Dans le même temps, on apprend que le comte de Modène a été fait prisonnier par les Espagnols ainsi que son maître, le duc de Guise.

La troupe reprend son chemin vers le sud : après Toulouse, Narbonne.

Selon les régions traversées, la misère prend le dessus. En s'installant dans le Sud, les comédiens sont assurés d'un temps clément qui ne détruit pas le matériel, les châssis des décors, ni les costumes. L'agriculture généreuse en fruits et légumes subvient à leurs besoins.

Ils ne sont pas les seuls à penser ainsi. Et en longeant le Rhône, ils croisent d'autres troupes toujours porteuses d'informations.

En février, on apprend la mort de Charles Ier d'Angleterre, jugé et décapité. Sa famille, dont sa fille Henriette, s'est réfugiée pauvrement à Paris. Comment peut-on accepter un peuple régicide ? Pourrait-on s'attaquer au roi de France qui n'a que onze ans… ? Il y aurait bien des choses à redire, car les charges sont de plus en plus écrasantes, les guerres interminables, les récoltes mauvaises. Famines et disettes marquent les visages d'une paysannerie inquiète et dominée. À qui peut-on en vouloir sinon au pouvoir, à Mazarin qui n'est même pas français, à cette expansion en Espagne et en Flandre si coûteuse alors que le pays ne mange pas à sa faim ?

Et pendant que les comédiens assoient leur renommée et tissent leurs toiles parmi les influents de province, la rumeur suit les talents de Madeleine, même de loin : « Je ne l'ai jamais vue jouer mais on dit que c'est la meilleure actrice de toutes. Elle est dans une troupe de campagne ; elle a joué à Paris, mais ça a été dans une troisième troupe qui n'y fut que quelque temps. Son chef-d'œuvre, c'était le personnage d'Épicaris à qui Néron venait de faire donner la question.

Un garçon, nommé Molière, quitta les bancs de la Sorbonne pour la suivre ; il en fut longtemps amoureux, donnait des avis à la troupe, et enfin s'en mit et l'épousa[4]. » Ces imprécisions n'occultaient pas la renommée de Madeleine ni le souvenir du public l'entendant clamer :

« Commande qu'on m'égorge et ne diffère pas de dissiper soudain ta peur par mon trépas[5] » et criant à Néron en partant au supplice : « Rien ne doit t'empêcher de faire ton office[6]. »

Sa réputation la précède, donc, et pourtant, peu à peu, les éclats de rire suscités par les coups de bâtons et les cocuages scéniques du sieur Molière s'inscrivent devant les visages et dans les mémoires.

Vie de famille

Depuis cinq ans, les pièces se succèdent. On joue des tragédies puis une farce enlevée et délirante, voire grivoise. Pendant ce temps, la troupe se soude chaque jour davantage. Début janvier 1650, Jean-Baptiste et Catherine de Brie (sous le nom de Catherine de Rozay) font baptiser un fils. Six jours plus tard, Molière est parrain de Jean, fils d'Anne. On n'en sait pas plus. Parrain ou père ? La question se posera toujours avec Molière.

Pour moi, la beauté me ravit partout où je la trouve, et je cède facilement à cette douce violence dont elle nous entraîne. [...][1].

Le cœur de Madeleine n'a jamais quitté Modène. Son attachement pour Molière n'est une infidélité ni à l'un ni à l'autre.

Molière n'est pas le débauché cynique qu'il jouera à travers Dom Juan, le libertin. Il est « nature », au sens où Gassendi lui a transmis ce bonheur des goûts et de la liberté humaine, en pleine empathie avec Madeleine. Quand on voit un fruit dans une bouche et des feux dans un regard, quand l'étreinte se fait nécessité et que la douleur du manque et du vide paralyse le corps et obsède l'esprit, n'est-il pas plus libérateur et heureux d'aimer ?

Et pourquoi, sans être blâmable, ne peut-on pas aimer ce que l'on trouve aimable ? Hélas ! Que vous êtes heureux, innocents animaux, de vivre sans contrainte, et de pouvoir suivre sans crainte les doux emportements de vos cœurs amoureux[2] !

Ou faut-il suivre la « carte du tendre » que proposent les précieuses de Mlle de Scudéry ?

Il faut qu'un amant, pour être agréable, sache débiter les beaux sentiments, pousser le doux, le tendre et le passionné, et que sa recherche soit dans les formes. Premièrement, il doit voir au temple, ou à la promenade, ou dans quelque cérémonie publique, la personne dont il devient amoureux ; ou bien être conduit fatalement chez elle par un parent ou un ami, et sortir de là tout rêveur et mélancolique. Il cache un temps sa passion à l'objet aimé, et cependant lui rend plusieurs visites, où l'on ne manque jamais de mettre sur le tapis une question galante qui exerce les esprits de l'assemblée. Le jour de la déclaration arrive, qui se doit faire ordinairement dans une allée de quelque jardin, tandis que la compagnie s'est un peu éloignée ; et cette déclaration est suivie d'un prompt courroux, qui paraît à notre rougeur, et qui, pour un temps, bannit l'amant de notre présence. Ensuite il trouve moyen de nous apaiser, de nous accoutumer insensiblement au discours de sa passion, et de tirer de nous cet aveu qui fait tant de peine. Après cela viennent les aventures, les rivaux qui se jettent à la traverse d'une inclination établie, les persécutions des pères, les jalousies conçues sur de fausses apparences, les plaintes, les désespoirs, les enlèvements, et ce qui s'ensuit. Voilà comme les choses se traitent dans les belles manières, et ce sont des règles dont, en bonne galanterie, on ne saurait se dispenser[3].

Molière ne s'embarrasse pas. On se parle tant des yeux, que le cœur appelle les étreintes. Et pourquoi s'attarder ? Pourquoi ne pas tolérer d'autres façons d'aimer comme le concubinage* ? Si l'amour est singulier, ne peut-il pas s'inventer ou s'inviter différemment ? Molière inventera pour lui-même.

Il sera le parrain de quinze enfants, dont treize enfants de comédiens. Parce qu'il a un tel charisme, une telle souplesse de vie, une telle faculté à enseigner les choses simples qu'on lui confierait la destinée de tous les petits. Les registres de baptême indiquent toujours les noms des père et mère. Quand il n'en est pas fait mention, on peut s'attendre qu'il soit lui-même le géniteur. L'une de ses nombreuses odes à l'amour parsemant ses pièces ressemble au catalogue du *Don Giovanni* qu'écrira Lorenzo Da Ponte plus d'un siècle plus tard :

> Et dans l'objet aimé tout leur devient aimable :
> Ils comptent des défauts pour des perfections,
> Et savent y donner de favorables noms.
> La pâle est aux jasmins en blancheur comparable ;
> La noire à faire peur, une brune adorable ;
> La maigre a de la taille et de la liberté ;
> La grasse est dans son port pleine de majesté ;
> La malpropre sur soi, de peu d'attraits chargée,
> Est mise sous le nom de beauté négligée ;
> La géante paraît une déesse aux yeux ;

* Le mot est dans *Les Précieuses ridicules*.

La naine, un abrégé des merveilles des cieux ;
L'orgueilleuse a le cœur digne d'une couronne ;
La fourbe a de l'esprit ; la sotte est toute bonne ;
La trop grande parleuse est d'agréable humeur ;
Et la muette garde une honnête pudeur.
C'est ainsi qu'un amant dont l'ardeur est extrême
Aime jusqu'aux défauts des personnes qu'il aime[4].

Ses aventures amoureuses, qui seront bientôt retranscrites pour la scène, n'assombrissent pas la vie de la troupe, plus rythmée par les spectacles, les répétitions, la création de costumes et de décors.

Jean-Baptiste rentre à Paris en avril. Est-ce pour régler des affaires avec son père (on retrouvera une reconnaissance de dette de mille neuf cent soixante-cinq livres à Jean Poquelin) ou parce que Modène, libéré par les Espagnols après deux ans d'emprisonnement et vraisemblablement contre rançon, revient vers Madeleine ? Lorsque Jean-Baptiste retrouve la troupe, Catherine Leclerc épouse Edme Villequin, sieur de Brie. Elle devient la de Brie, personnage clef de la compagnie. Grande fille, bien faite, extrêmement jolie, elle gardera toujours la jeunesse qui l'anime : « La nature lui accorde le don de paraître toujours avec un air de jeunesse », lit-on. Jean-Baptiste Poquelin prend alors la direction de la troupe sous ce nom de Molière qui lui colle désormais à la peau.

À Dreux, une épidémie de peste ou de fièvre pourprée s'empare de la ville. Jean de Rotrou y meurt à quarante et un ans.

Alors qu'en 1651 le roi apparaît pour la première fois sur scène dans *Le Ballet de Cassandre*, à l'âge de treize ans, Molière joue à Vienne puis à Carcassonne. Ce qui manque à la troupe, c'est une protection qui lui permette de résider durablement en un lieu pour se constituer un public accueillant et roder le répertoire qu'elle est en train de se forger.

Pour Molière, Lyon doit devenir une place centrale. Siège de l'un des douze gouvernements du royaume, Lyon est la deuxième ville de France, proche de l'Italie, carrefour commercial et n'ayant pas connu la Fronde. Depuis dix ans, le quartier des Griffons est équipé en eau et les fontaines se multiplient dans la ville. On construit l'hôtel de ville, on aligne les maisons. Des congrégations religieuses bâtissent entre Bellecour et Ainay pour la prospérité de l'archevêché tenu par Richelieu, le frère du cardinal. La Compagnie du Saint-Sacrement y est très active contre les indécences et particulièrement contre le théâtre, alors en pleine expansion : un théâtre et un odéon à Fourrevière, sept jeux de paume regroupant parfois mille spectateurs, dont un fameux rue du Bœuf, dans le quartier Saint-Paul. Les collines de Fourrevière, Croix-Rousse et Saint-Just s'urbanisent. Le commerce fleurit, les foires se multiplient, la bourgeoisie prospère ; une population que Poquelin connaît bien et qu'il peut pénétrer par son appartenance au réseau des tapissiers notamment dans les ateliers de la soie à Bourgneuf et Saint-Georges.

La troupe Molière y croise d'autres troupes, dont celle de Métila, dit « la Source », qui remporte un franc succès et avec laquelle elle se trouve souvent en concurrence. Il y a aussi Jacomo di Gorla qui se dit « premier opérateur du Roy en sa ville de Lyon », et qui propose un numéro de cabot qui vaut le détour surtout pour sa partenaire, une fille de dix-sept, dix-huit ans à peine : grande, élancée, aux jambes fines qu'elle laisse dévoiler à travers une jupe largement fendue qui vole quand elle prend son élan sur une balançoire. Jean-Baptiste, Charles, Gros-René, Edme sont médusés. Elle s'appelle Thérèse mais se fait appeler Marquise ou Marquise-Thérèse. Au grand soulagement des comédiens de Molière, elle est la fille de Jacomo, lequel ne peut l'empêcher de les suivre.

Marquise se lie très vite avec Catherine Leclerc. Les deux filles feront un duo formidable pour Molière et, pourquoi pas ? un trio infernal avec Madeleine. Car Marquise, la de Brie, et la Béjart se partagent les rôles et les faveurs du maître. À trente ans, le jeune directeur de troupe se laisse facilement prendre aux jeux des actrices qui demandent un rôle de toutes leurs forces, c'est-à-dire en dévoilant tout ce qu'elles ont jusque dans l'intimité. Comment ne pas y succomber ? Rien n'est plus simple que cette camaraderie qui l'emporte sur les mœurs interdites : Jean-Baptiste triomphe en vivant comme il l'entend et sans heurt. Il aime Madeleine qui ne s'interdit pas de retrouver Modène ; il joue avec Marquise qui ne voit aucun inconvénient à ses tendres retours vers la de Brie.

En février 1653, Marquise-Thérèse épouse René Berthelot, dit Du Parc ou Gros-René. La Gorla devient « la Du Parc ». Quelle fête ! Berthelot est tout en rondeurs : Gros-René, truculent, fidèle, éclatant de santé et de bonhomie. Qui a dit que faire rire c'est déjà séduire ? Il épouse la plus belle fille qu'on ait jamais vue sur scène. Marquise est brune, d'une sensualité à couper le souffle. Ce mariage, c'est l'exaltation de la jeunesse, de la vie, de la famille du théâtre.

Pendant ce temps, à Paris, Louis XIV célèbre le retour de Mazarin, notamment à travers le *Ballet de la nuit* dans lequel il danse le rôle du Soleil, rôle l'incarnant exactement jusqu'à en faire un destin.

Conti, Armand de Bourbon, prince de

À l'occasion des états généraux de Languedoc, commerçants, bateleurs et troupes de théâtre se dirigent vers le sud. Molière fait le voyage, quittant Lyon avec plusieurs quintaux de décors et de costumes.

Sa collaboration avec Charles Coypeau, dit d'Assoucy, commence. Maître de musique de Louis XIII, ce dernier passe pour l'un des meilleurs luthistes du royaume et partage sa vie entre la France et l'Italie, selon qu'il est ou non poursuivi pour libertinage. Les forces de l'ordre ne lui pardonnent pas en effet son homosexualité. Comme il a notamment composé pour Corneille la musique d'*Andromède*, Molière estime que d'Assoucy peut lui rendre de grands services, car il sait tout faire sur une scène, même improviser. La troupe lui réserve le meilleur accueil et l'intègre.

Tous ensemble, ils descendent alors le Rhône. Sur le bateau, d'Assoucy joue et perd son argent avec des voyageurs juifs. Ce qu'il rapportera par la suite :

Mais comme un homme n'est jamais pauvre quand il a des amis, ayant Molière pour estimateur et la maison Béjart pour amie, en dépit du Diable, de la fortune et de tout ce peuple hébraïque, je me vis plus riche et plus content que jamais. Car ces généreuses personnes ne se contentèrent pas de m'assister comme ami, ils me voulurent traiter comme parent. Étant commandés pour aller aux États, ils me menèrent avec eux à Pézenas où je ne saurais dire combien je reçus de grâces ensuite de toute sa maison. Quoique je fusse chez eux, je pouvais bien dire que j'étais chez moi, je ne vis jamais tant de bonté, tant de franchise, ni tant d'honnêteté que parmi ces gens-là, bien dignes de représenter réellement dans le monde, les personnages qu'ils représentaient tous les jours sur le théâtre[1].

Des seigneurs, en somme !

La troupe arrive à Pézenas et se présente à Armand de Bourbon, prince de Conti (frère du Grand Condé), nouveau gouverneur de Guyenne puis du Languedoc.

L'installation au château de la Grange-des-Bois n'étant pas acquise d'avance, il faut toute la persuasion sensuelle de Marquise-Thérèse pour la rendre effective.

Le prince n'a pas une situation facile. Frère du Grand Condé, il nourrit un complexe d'infériorité face à ce chevalier, vrai chef militaire et fin politique. Lui, Armand, est chétif, malingre et bossu. Pour le décrire, le cardinal de Retz ose ce trait :

> Je ne crois pas vous le pouvoir mieux dépeindre, qu'en vous disant que ce chef de parti était un zéro, qui ne multipliait que parce qu'il était prince de sang. [...] Il a toujours eu une irrésolution habituelle ; mais je ne sais même pas à quoi attribuer cette irrésolution. Elle n'a pu venir en lui de la fécondité de son imagination qui n'est rien moins que vive [...]. Il n'a jamais été guerrier, quoiqu'il fût très soldat. Il n'a jamais été par lui-même bon courtisan, quoiqu'il ait eu toujours bonne intention de l'être. Il n'a jamais été homme de parti, quoique toute sa vie il y ait été engagé[2].

Son physique ingrat et sa naissance le destinaient à l'Église. Il avait étudié au collège de Clermont où, interne, il avait appris le ballet. De Clermont à la Sorbonne, il n'y avait que la rue à traverser pour faire de la théologie — ce qu'il avait fait, soutenant sa thèse en 1646. La Fronde, lancée par son frère Condé, et appuyée par sa sœur, la duchesse de Longueville, lui avait procuré, crut-il, des occasions suffisamment importantes pour se faire remarquer : un rendez-vous avec l'Histoire. Guerrier, il avait été « généralissime des troupes parisiennes », et avait espéré devenir cardinal. Illusions politiques, fougue de la jeunesse et morgue aristocrate lui avaient donné des ailes dans les tumultes de ces années. Arrêté avec ses frère et sœur, Conti avait été incarcéré à Vincennes puis transféré au Havre. L'année suivante, en 1651, on lui avait proposé d'épouser la duchesse de Chevreuse et de rentrer dans le rang. Condé s'y étant opposé, il avait dû quitter la Cour. Mais Conti avait repris la lutte. Ayant présidé à Bordeaux le gouvernement insurrectionnel, il avait refusé l'armistice, et été jugé comme lèse-majesté.

À vingt-quatre ans, Conti a de l'esprit et ne s'embarrasse ni des codes d'honneur ni des interdits. Volontiers licencieux, il aime l'art pour ce qu'il lui apporte d'ambiguïtés sensuelles et d'émotions intellectuelles. Son passé de frondeur l'ayant écarté de la Cour, il prévoit, pour retrouver les grâces de Mazarin, d'épouser Anne-Marie Martinozzi, une des sept nièces du puissant ministre. Tout irait de soi s'il n'hébergeait pas Mme de Calvimont, sa maîtresse. Celle-ci régente le domaine et organise les fêtes et cérémonies qui redorent le lustre de son amant. Elle s'adjoint l'aide de Sarrasin, secrétaire et poète qui jouit de la confiance absolue du prince et qui fut recommandé par Retz lui-même.

Pour les états du Languedoc qui se réunissent, entre autres, afin de décider de l'utilisation des fonds du Trésor royal et de la façon de lever l'impôt sans insurrection populaire, Conti se doit d'organiser des spectacles et des fêtes. Pour le satisfaire, Mme de Calvimont fait venir une troupe de théâtre dirigée par Cormier. Au même moment, l'abbé de Cosnac propose à Molière de jouer auprès du prince. Deux troupes, c'est une de trop. Calvimont et Cosnac se retrouvent face à face devant le prince de Conti fort marri de devoir trancher. La parole de sa maîtresse vaut la sienne, exprime-t-il, et il ne peut pas ne pas tenir la promesse qu'il a faite à Cormier.

Rappelons-le, ex-frondeur, Conti n'a pas intérêt à accorder une protection particulière à des comédiens ayant vécu des largesses d'Épernon et cachant en leur sein les amours secrètes du comte de Modène. Le refus, prononcé par Mme de Calvimont, est catégorique, et salutaire la préférence pour la troupe de Cormier. Molière, agacé, demande au moins le remboursement du transport, ce voyage pour rien ne pouvant lui être compté. Loyal, l'abbé de Cosnac met la main à la poche et propose de rembourser mille écus. Le geste suffit pour que Conti accepte d'écouter la troupe, une fois au moins, au théâtre de La Grange.

« Cette troupe ne réussit pas dans sa première représentation », écrit Cosnac dans ses *Mémoires*, mais elle sauva les apparences « dans la bonté des acteurs soit par la magnificence des habits ». Cela définit parfaitement l'impression que donnait « la troupe de Molière et de la Béjart » : bonté et magnificence ; soit un état d'esprit marqué par la gentillesse, l'affection, l'honnêteté et l'éclat rendu par les costumes, les étoffes, l'habillage de la scène. Du Poquelin tout craché qui vise l'élégance avec droiture, qualité étrangère au théâtre à moins d'une révélation ou d'une lente maturation d'expériences.

Quelques jours passent. On joue encore, et cette fois en concurrence directe avec la troupe de Cormier : guerre de troupes dans laquelle tout semble permis. Ces spectacles n'ont pas laissé de traces dans les mémoires.

La situation se bloque : Calvimont veut Cormier ; Cosnac souhaite Molière ; Conti est indécis. Reste Sarrasin, « que j'avais intéressé à me servir », écrira Cosnac. Le secrétaire en effet va user de son influence. Il est maître du jeu, « il songea à se servir lui-même », poursuit Cosnac. Comment ? Il faudrait un miracle. Marquise Du Parc est de nouveau mise à contribution... On congédie Cormier. Conti gratifie la troupe de Molière de dix mille livres en plus du remboursement des frais nécessaires au spectacle et probablement aux transport et logement.

Cosnac a gagné ; Sarrasin se régale ; le prince a une troupe ; Marquise, probablement un nouvel amant ; et Molière, un nouvel élan : « Un grand Prince aujourd'hui m'appelle à des spectacles[3]. »

Molière s'installe ainsi à Pézenas et regarde comment vit une cour. Il est au premier rang pour observer les mœurs des premières familles du royaume. La beauté du lieu, du château, du village, des environs, la douceur du climat, les odeurs de thym, de jasmin, les parfums des fleurs et la douceur des ombres qui s'allongent dans le soir quand les cigales redoublent leur chant strident sans cesser, sans lasser, donnent à la troupe des envies de vivre toujours plus intensément. Doux moments de nature et de sensualité.

Les inclinations naissantes, après tout, ont des charmes inexplicables, et tout le plaisir de l'amour est dans le changement[4].

Conti, marié à Martinozzi mais amant de Calvimont, laquelle est aussi la maîtresse de D'Angerville ; Conti émoustillé par Marquise, mariée à Berthelot mais jouissant des faveurs de Molière, lequel se repose avec Madeleine qui l'aime... La chair n'est pas un péché quand elle est partagée ou, si elle l'est, bien orgueilleux celui qui juge.

> Il n'est rien de si doux que les tendres ardeurs
> Qui font vivre deux cœurs dans une même envie
> On ne peut être heureux sans amoureux désirs :
> Ôtez l'amour de la vie,
> Vous en ôtez les plaisirs[5].

Au milieu de cette cour, Molière a de quoi se réjouir : galants et précieux courent après une sensualité de soie et des coquineries de satin et bien ridicule est le cocu qui s'en plaindrait : « Enfin la chair est triste et j'entends tous les bruits[6]. » Il n'avait qu'à pas se marier, voilà tout !

Fasciné par le théâtre, parce qu'il sert son pouvoir, et pris de sympathie pour cet homme de caractère, élégant, qui jamais ne prend ses aises ni outrepasse ses droits, le prince passe des heures avec Molière pour lire des pages, causer de scènes et parler de personnages. Pour l'intendance, il faut voir avec son secrétaire.

Sarrasin, « grand et bien fait de sa personne », semble avoir tous les pouvoirs. Il a été présenté à Conti chez le coadjuteur, le cardinal de Retz, grâce à Gilles Ménage.

Fils d'un avocat d'Angers, avocat lui-même,

Ménage caresse la muse (pour parler comme les précieux se piquant de littérature). C'est « un médisant qu'on ne peut empêcher de babiller », selon Tallemant des Réaux. Parlant, lisant, écrivant l'italien, le latin, le grec et l'hébreu, il a commencé par se faire ecclésiastique et s'est placé au service du cardinal de Retz pendant neuf ans. Frondeur, il a dû rentrer dans le rang et travailler pour Nicolas Fouquet, Surintendant aux Finances. Il est de ces hommes archi-érudits, sceptiques permanents, qui ont leur mot sur tout, critiquant tout avec l'adresse et l'autorité de leur intelligence, empêchant la nouveauté et la création par une trop haute estime de ce qu'il conviendrait de faire. Tout pouvoir, toute cour a son Gilles Ménage qu'on respecte pour son érudition et qui, aux yeux d'un artiste comme Molière, ne vaut pas grand-chose sinon pour son pouvoir de nuisance. « Il est de ceux qui perdraient plutôt un ami qu'un bon mot[7]. »

Impressionné par Ménage, Sarrasin contrôle tout. « Il était fourbe et intéressé au-delà de toute expression », écrira l'abbé de Cosnac plus tard. Le prince ne peut oublier que son secrétaire fut l'artisan de son mariage avec la nièce de Mazarin, Anne-Marie Martinozzi, ce qui, après la guerre de Paris, qui fit venir la Fronde et les troupes des frondeurs jusqu'à la Bastille, l'incarcération à Vincennes puis au Havre, le réhabilita à la Cour. C'est lui, toujours, qui lui présenta sa maîtresse, Mme de Calvimont.

Le prince aime le théâtre, le spectacle, pour en

jouir comme y tenir un rôle puisqu'un autre boiteux, Joseph Béjart, joue dans la troupe. Les deux anciens élèves de Clermont se souviennent des représentations si heureuses qui mêlaient élèves et professeurs. Que de belles excitations pour de jolies fêtes ! Ne pourrait-on pas les revivre ici à Pézenas ? D'autant qu'elles avaient un caractère pédagogique et social permettant de se changer, de vivre différemment, le temps d'une journée, des rôles qu'on empruntait comme un costume. Alors, on tombait amoureux d'un garçon, on tutoyait l'abbé, on frappait un prince habillé en valet. Tout cela était très bon pour la communauté de l'école. Tout cela sera aussi agréable et bénéfique pour la cour du château de La Grange. Molière écrit *Le Ballet des incompatibles*, drôle de titre pour faire danser les contraires :

« Tout ceci n'est qu'entre nous. Nous y pouvons aussi prendre chacun un personnage, et nous donner ainsi la comédie les uns les autres[8]. »

Sous ses allures de fête, le théâtre suscite une cohésion à la Cour, permet un défouloir exigeant.

À l'automne 1654, Conti part pour Perpignan, puis pour Puigcerdá et poursuit en direction de Nîmes. Sarrasin, malade, rentre à Pézenas et meurt, saintement paraît-il, alors que son maître est à Montpellier. Il venait d'avoir quarante ans. On dit qu'il a été frappé par Conti et qu'il a succombé à ses blessures. D'autres prétendent qu'il a été empoisonné par un mari jaloux. Jusque dans sa mort, Sarrasin vit dans l'ambiguïté et l'opacité.

À la fin de l'année, Conti propose naturellement à Molière de devenir son secrétaire.

Il admire en lui le travailleur, l'homme d'autorité, le chef de troupe, et sait quelle formation il a reçue. N'ont-ils pas eu les mêmes enseignements, les mêmes professeurs au collège de Clermont ? Certes, la légère différence d'âge (le prince a sept ans de moins que le comédien) les avait empêchés de se fréquenter dans l'établissement mais ils avaient respiré les mêmes murs, la même chapelle, côtoyé les mêmes jésuites, les mêmes maîtres. De quoi donner une complicité intellectuelle, du moins des réflexes d'esprit communs. En outre, il a besoin d'une bonne plume et de beaucoup de discrétion ; deux qualités incontestables chez Molière.

La tentation est grande pour un Poquelin.

Faut-il rappeler que Conti, par son sang, est le troisième personnage du royaume : il a des titres, des biens, un train plus que confortable. Érudit, grand lecteur, il connaît les classiques et conseille Molière.

Si Jean-Baptiste avait été un auteur, un écrivain, il aurait sans doute eu intérêt à accepter. Il aurait partagé sa vie entre Paris et Pézenas comme Corneille entre le théâtre du Marais et la bonne ville de Rouen ; il aurait créé dans une retraite dorée et ensoleillée, jouant des influences de son maître pour imposer ses propres écrits. Mais Molière n'est pas encore l'auteur qu'il sera. Son goût pour le théâtre l'oblige à la scène et à jouer. Plus intimement, il ne saurait délaisser sa vraie famille :

Madeleine, la Du Parc, Dufresne, de Brie, Gros-René, Châteauneuf et ses quatre enfants... Les renvoyer sur les chemins pour jouir seul d'une nouvelle carrière ? Et puis qu'est-ce qu'un secrétaire, sinon le passage obligé des courtisans ? Jean-Baptiste ne les connaît déjà que trop et honnit leur façon de mentir :

> Parler sincèrement n'est pas notre fait,
> Et c'est un vrai moyen d'être peu satisfait :
> Aussi cette vertu nous est fort inconnue.
> Bien souvent à mentir, nous passons tout le jour,
> Et la vérité toute nue
> Ne nous donna jamais d'amour[9].

Non, il ne peut pas accepter. Conti, qui est très rigoureux dans « le respect qui est dû aux princes de sang[10] » et qui sait le rappeler, ne manque pas de faire comprendre la promotion que représenterait un tel poste. Molière a d'autres arguments : ne vaut-il pas mieux, pour le rayonnement du prince, s'appliquer au théâtre et parcourir les régions sous la bannière de son nom ? L'argument est recevable. On ne parlera plus de secrétariat.

Rayonner en province

À Paris, Jean Poquelin s'organise. Les nouvelles de Jean-Baptiste lui plaisent : travailler pour le prince de Conti, c'est s'approcher du roi, bien que les deux personnages, c'est un euphémisme que de l'écrire, ne s'entendent guère. Il comprend que Jean-Baptiste Molière réussira. Aussi transmet-il sa charge et son commerce à Jean, le cadet, « tapissier et valet de chambre ordinaire du roi, marchand tapissier, bourgeois de Paris ». Par le même acte, le père lui loue sa maison dite « à l'Image de Saint-Christophe, sous le pilier des Halles, moyennant cinq cents livres de loyer annuel[1] », façon de ne pas léser les autres enfants et surtout pas son fils aîné qui perd ses vacations. C'est aussi le moment où Catherine-Espérance, la demi-sœur de Jean-Baptiste, décide d'entrer au couvent. Avait-elle des dispositions religieuses ou y rejoignait-elle Marguerite Mazuel, ou Adrienne Poquelin (née en 1609), ou Geneviève Asselin (née en 1618), tante de Jean-Baptiste, sur les traces de Charlotte Asselin, bénédictine morte en 1637 à Notre-Dame-des-Anges de Montargis ? Quatre bénédictines d'une même famille dans la même communauté... Que fallait-il conseiller pour que ce tempérament trouve son bonheur ? Jean, lui, l'aurait bien mariée à un tapissier :

> Et moi je tiens que votre fille n'est point du tout pour le mariage. Elle est d'une complexion trop délicate et trop peu saine, et c'est la vouloir envoyer bientôt en l'autre monde que de l'exposer, comme elle est, à faire des enfants. Le monde n'est point du tout son fait, et je vous conseille de la mettre dans un couvent, où elle trouvera des divertissements qui seront mieux de son humeur.[2]

Elle avait été élevée par sa grand-mère maternelle mais il n'est pas impossible que Jean-Baptiste, plus tard, la revoie et l'aide.

Dans la troupe, les enfants naissent. La Du Parc accouche d'un Jean-Thomas puis, l'année suivante, d'un Roger. Molière est parrain d'un petit Jean-Baptiste Du Jardin. La troupe s'élargit, augmente son répertoire, aiguise son savoir-faire et continue ses tournées. On joue pour les pauvres, au profit de l'hôpital ou de l'aumône générale. Bien que lié au prince de Conti, Molière continue de tisser sa toile.

Car Poquelin a l'ambition de ses gènes. Il n'est pas un théâtreux de rue, jouant sur tréteaux dans des loques. Les représentations sont de vrais spectacles qui font rêver et jamais on ne s'y moque du public, au contraire ! Jean-Baptiste n'a pas quitté le niveau d'exigence qui consiste à prendre en charge les spectateurs pour leur confort. Il ne s'agit plus de paver le parvis du théâtre ni de tapisser les appuis-coudes des baignoires mais de tout mettre en œuvre pour que le rideau s'ouvre sur un lieu magnifique et prestigieux. Les costumes sont d'une rare beauté et les décors particulièrement dessinés. Avant que de montrer, il convient de paraître. Poquelin veut jouer et devant les plus grands. Puisque son père est tapissier du roi, il doit devenir, lui, comédien du roi. Il n'y a pas d'autre issue. Pour un seul spectateur gagné, le roi, il aura la France, l'Europe, l'Occident installé au parterre. Pas question, donc, de s'inscrire parmi les bateleurs de foire.

Les itinéraires de la troupe sont toujours très pensés, non en fonction des marchés ruraux mais par rapport aux rassemblements des nobles locaux comme les états généraux du Languedoc. Et encore ! Molière ne propose pas ses services aux châtelains mais à ceux qui ont des relations directes avec la Cour. Il a cru en Conti parce qu'il est le frère cadet du prince de Condé, cousin du roi. Et il ne l'a pas déçu. En quoi était-il meilleur que Cormier ? La diction ? Le répertoire ? Non. L'élégance des décors, des costumes et cette allure naturelle d'un ancien élève de Clermont, d'un bourgeois sachant tenir son rang ont conquis le prince. De son côté, l'abbé de Cosnac aura été sans doute séduit par la troupe elle-même, par l'esprit de famille qui soudait les comédiens entre eux ; esprit marqué par la gaieté des Béjart, la vie commune de trois générations qui ne s'opposent pas et dans laquelle Molière fait figure de chef, voire de paterfamilias, attentif à tous pour que chacun trouve son rôle. Voilà bien une façon d'organiser les hommes comme Poquelin a toujours su gérer son commerce. L'esprit de la troupe déborde d'affection et l'on est frappé par la sensualité collective, la bonne humeur, la bonne santé de tous. Certes, Béjart est boiteux. Mais d'un défaut, on fera une qualité sur la scène. On jouera sur les différences pour mieux les aimer. Doit-on parler de « l'humanisme de Molière » ? Le mot ne convient pas, car le caractère de Jean-Baptiste ne rentre pas dans un système de pensée. Avec lui, c'est le naturel qui l'emporte ; le goût et le sens de la nature humaine qu'il faut sans cesse corriger pour libérer les passions, vivre ensemble en vérité et en liberté.

Enfin, il suffit de causer avec lui, Molière, pour constater l'étendue de sa culture. Il parle et écrit en latin et en grec, connaît le droit, lit les Anciens. Ce solide bagage intellectuel l'éloigne à jamais du farceur caricatural, vivant à la petite semaine, qui cabotine à coups de bâton sur des tréteaux éventés.

En 1655, en la ville d'Avignon, la salle de jeu de paume où la troupe s'installe se trouve au rez-de-chaussée d'une maison abritant un atelier d'artiste. Là vit Nicolas Mignard, qui a hérité de la maison de son beau-père. C'est lui qui peint « le portrait de Jean-Baptiste Poquelin-Molière en César ». Qui a voulu ce personnage : Mignard pour exprimer l'autorité du directeur de troupe ou

Molière pour asseoir une réputation de tragédien ? Quel César ! Il tient le sceptre d'un bras ferme et jeune dans une posture de tragédien. Mignard insiste sur la richesse du costume au drapé ample. L'or de la cuirasse tranche sur le rouge de la toge et reste pâle dans la lumière du visage. La figure est dessinée selon le masque de la commedia dell'arte qu'on devine et qui éclaire le visage. Double portrait, donc, pour qui aperçoit en filigrane le dessin du masque : un jeune comédien à la conquête du monde.

Avec Mignard, Molière apprend les techniques de la peinture, c'est-à-dire à préciser son regard et son goût. Molière est curieux de tout, et fasciné par les artistes ; ceux qui, par la domination des techniques, parviennent à créer des mondes. Les temps de pose nécessaires au portrait autorisent les causeries et suscitent une amitié qui ne s'éteindra pas. Molière s'étonne :

> Et quel est ce pouvoir, qu'au bout des doigts tu portes,
> Qui sait faire à nos yeux vivre des choses mortes
> Et d'un peu de mélanges et de brun et de clair
> Rende esprit la couleur, et les pierres de chair[3] ?

Le retour sur Paris n'est pas envisagé. Il n'est pas temps encore. Molière se forme chaque jour à travers ses rencontres et les représentations que la troupe ne manque pas de donner.

Les rencontres en Avignon sont toujours importantes. Ayant la double appartenance aux clefs et aux lys, c'est-à-dire à Rome et à la France, la ville voit défiler tous les personnages importants du royaume et de la papauté. Lorsqu'ils jouent, les comédiens sont remarqués : on les connaît, on les a vus à Pézenas, à Lyon, on les associe déjà à tel ou tel personnage du répertoire. Dès *Le Médecin volant*, Molière impose le rythme. Il y crée le personnage de Sganarelle, « et [fait] voir que Sganarelle est le roi des fourbes[4] ». Le jeu est tout en virtuosité : il oblige des changements de personnages (de costumes, donc) presque en temps réel ; le médecin et le valet passent pour frères jumeaux alors qu'il ne s'agit que d'une seule personne. Le public aime l'irréel, la magie, la fantaisie et l'imaginaire. Plus tard, Molière pourra le lui donner à travers de savantes machineries. Pour l'heure, il se débrouille avec les moyens du bord, soi-même, dépassant par son rythme et sa dextérité scénique un canevas connu, archijoué par les Italiens. Sganarelle devient comme le déclic du triomphe. C'est pour lui qu'on vient applaudir Molière. Il est désopilant dans *La Jalousie du barbouillé*, pièce connue, canevas convenu dans lequel il montre la différence du jeu. On connaît l'histoire et on demeure surpris par la comédie. N'est-ce pas cela, d'abord, le théâtre ? Faut-il de la nouveauté ? Molière s'y essaie et écrit *L'Étourdi* : « Un valet conseiller y fait mal ses affaires[5]. » Rien à voir avec le comique de Scarron ou de Corneille (*Le Menteur*, 1643). Mais le jeu l'emporte et Mascarille-Molière épate par la façon de prononcer les vers sans emphase avec tant de naturel qu'ils passent pour de la prose : « Taisez-vous, ma bonté, cessez votre entretien : vous êtes une sotte et je n'en ferai rien[6]. » Les spectateurs sentent qu'il y a quelque chose de différent dans le jeu et dans l'esprit de la troupe. Plus qu'un humour, un comique de tendresse et l'idée aussi d'une vie équilibrée. Ne parlons pas tout de suite de l'« honnête homme » ; mais il apparaît déjà dans sa façon de juger.

> Ma langue est impuissante, et je voudrais avoir
> Celles de tous les gens du plus exquis savoir,
> Pour vous dire en beaux vers ou bien en docte prose,
> Que vous serez toujours, quoi que l'on se propose,
> Tout ce que vous avez été durant vos jours,
> C'est-à-dire un esprit chaussé tout à rebours,
> Une raison malade et toujours en débauche,
> Un envers du bon sens, un jugement à gauche,
> Un brouillon, une bête, un brusque, un étourdi ? [...]

Enfin, il conclut :

> Allons donc, et que les Cieux prospères
> Nous donnent des enfants dont nous soyons les pères[7].

Le rideau tombe sur le secret révélé : s'il prie d'avoir des enfants dont il serait le père, il avoue que sa fille n'est qu'une enfant d'adoption... S'il avait été le père d'Armande, il aurait eu quinze ans quand elle aurait été conçue. À moins que les dates de naissance ne soient fausses. Que ne retrouve-t-on pas l'acte de baptême de la petite ? Toujours est-il que le mot final de *L'Étourdi* parle d'enfants dont on ne serait pas le père. Molière aura tout révélé. Pourquoi y revenir ? Parce que la rumeur sera grave et se fera légende.

Comédiens du prince de Conti, ils ne cherchent pas tant à tourner qu'à rayonner dans les régions. Châteauneuf meurt à Pézenas. Il était veuf depuis quelque temps et laisse sa fille cadette, Catherine, à la troupe qui l'adopte. Lorsqu'elle atteindra l'âge de douze ans, on la confiera en apprentissage à une maîtresse couturière de la rue Saint-Honoré : chez les Poquelin, on sait guider les jeunes pour les inscrire dans la société.

Pour l'heure, il faut continuer. Quitter le château de Conti leur donne des vacances, les éloigne des colères homériques du prince. « M. le prince de Conti se laissait aller au plus grand bruit, comme tous les hommes faibles ont accoutumé de faire[8] », écrit le cardinal de Retz.

Applaudis à Narbonne, ils arrivent à Béziers et créent *Le Dépit amoureux*. La pièce met en scène un travesti, sujet de charme quand il cache une fille sous l'habit d'un garçon, sujet comique quand un homme joue une femme. L'amour caché d'Ascagne pour Valère se dévoile par l'intelligence du personnage. Et la pièce est un enchantement. Ascagne devient Dorothée : « Et depuis peu l'amour a su en faire un autre. » N'est-ce pas une métaphore de la puberté ? Et de quel modèle Molière dispose-t-il autour de lui ? Armande aurait dix-huit ans. Enfant cachée, comme Ascagne, et qu'on ne peut plus laisser sous une fausse identité parce qu'elle ressemble de plus en plus à Madeleine ?

Mascarille, dans *L'Étourdi*, avait bien dit qu'il y avait des enfants qui n'étaient pas les nôtres. Gros-René sur la scène voit le corps d'un éphèbe se transformer en objet de désir. *Le Dépit amoureux* a un charme fou où l'amour explose et s'impose mais dont le triomphe dès le début de la pièce est caché, voilé et... programmé. Mascarille revient dans cette pièce en duo avec Gros-René. Les deux valets s'en donnent à cœur joie et la bonhomie triomphe dans un pas de deux. Gros-René affiche un bon sens commun, marqué de faux raisonnements sur les femmes, drôle d'esprit ou esprit drôle qui forgera Sganarelle où tout n'est pas faux, où tout n'est pas vrai.

> Et moi, je ne veux plus m'embarrasser de femme :
> À toutes je renonce, et crois, en bonne foi,
> Que vous feriez fort bien de faire comme moi.
> [...] La femme est toujours femme, et jamais ne sera
> Que femme tant qu'entier que le monde durera.
> [...] La tête d'une femme est comme la girouette
> Au haut d'une maison, qui tourne au premier vent[9].

C'est là qu'on rit, en le voyant empêtré dans ses convictions ; il ne peut que danser d'une vérité l'autre. Molière invente ici la chorégraphie verbale qui fera son style. On le remarque : « Il fit des farces qui réussirent un peu plus que des farces, et qui furent un peu plus estimées dans toutes les villes, que celles que les autres comédiens jouaient[10] », écrira sept ans plus tard un critique attentif.

Il n'est que de constater que cette pièce « reçoit les applaudissements de toute la France », remarque Molière.

Une conversion

« Mgr le Prince de Conti avait eu dans sa jeunesse tant de passion pour la comédie qu'il entretint longtemps à sa suite une troupe de comédiens [...] et ne se contentait pas de voir les représentations du théâtre, il conférait souvent avec le chef de leur troupe, qui est le plus habile comédien de France, de ce que leur art a de plus excellent et de plus charmant. Et lisant souvent avec lui les plus beaux endroits et les plus délicats des comédies tant anciennes que modernes, il prenait plaisir à les lui faire exprimer naïvement, de sorte qu'il y avait peu de personnes qui puissent mieux juger d'une pièce de théâtre que ce prince[1] », écrira l'abbé Voisin vingt ans plus tard. Tant que Conti se piquait de théâtre, Molière était sous bonne protection. Mais le caractère versatile, furieux et imprévisible du prince rendait parfois la collaboration difficile. On comprend que la troupe ne soit pas restée trop longtemps à Pézenas bien que chacun s'efforçât d'être agréable à leur mécène. Dans un *Recueil des titres, qualités, blasons et armoiries des pré-*

lats et barons des États du Languedoc tenus en 1654 dont il offre un exemplaire (publié à Lyon) à Conti, Joseph Béjart confesse : « J'avoue que votre Altesse me rendit confus lorsqu'elle eut la bonté de vouloir lire d'un bout à l'autre le livre qu'elle me commande de lui faire voir, et qu'elle en fit son divertissement durant les entractes de la comédie que l'on représentait devant elle. »

La concorde ne pouvait donc que régner, même si l'admiration semblait à sens unique, tout de même, jusqu'à ce que survienne un fait extraordinaire : la rencontre de Conti avec Mgr Pavillon, évêque d'Aleth.

Membre de la Confrérie du Saint-Sacrement, Mgr Pavillon se devait de ramener le troisième personnage de l'État dans des voies plus justes, plus chrétiennes. La Confrérie du Saint-Sacrement, réunie pour la première fois vingt-huit ans plus tôt, demeurait active. Conforme à ses desseins de contraindre le peuple à la sainteté pour la plus grande gloire de Dieu, elle continuait de recruter confidentiellement parmi les gens haut placés ou de renom. Réunie tous les jeudis, elle jetait des anathèmes et dictait des jugements chargés de l'édification de tous. Or, depuis quelque temps, elle s'était investie dans une campagne visant l'interdiction définitive de l'usage du tabac. Car fumer tue et empeste les hommes. Le minable Conti trouva dans la confrérie comme une « Œuvre de Dieu » qui le respectait et canaliserait son âme pour son éternel salut. L'œuvre ne pourrait que se féliciter de cette recrue qui lui ouvrait des portes à la Cour.

Mgr Pavillon commença donc par lui dire un certain nombre de vérités : comment pouvait-il continuer de vivre dans de telles frasques ? Conti avait quitté l'habit ecclésiastique mais en percevait toujours d'énormes pensions. Il avait soutenu une thèse de théologie et vivait en libertin. Il avait épousé Anne-Marie Martinozzi et aimait Mme de Calvimont. Tout cela manquait singulièrement de cohérence et ne donnait pas une belle image de la noblesse : « Non, non, la naissance n'est rien où la vertu n'est pas. Apprenez qu'un gentilhomme qui vit mal est un monstre de la nature, que la vertu est le premier titre de noblesse[2]. » Quelle vie dissolue pourrait devenir éternelle ? Et quelle noblesse pourrait construire la France, fille aînée de l'Église, dédiée à la Vierge par Louis XIII ?

Le prince écouta et demanda à l'évêque de le confier aux mains d'un directeur de conscience : « Je vous prie de m'aider à faire choix d'une personne qui me serve de guide[3]. » Le prêtre encouragea le prince à rencontrer l'abbé de Ciron, lequel exigea des réparations financières, militaires et domestiques. En somme, Conti devait faire le ménage dans sa vie. Il accepta tout, et même écrivit à M. de Calvimont qu'il avait tant fait cocu : « J'ai une telle horreur de mon crime que si je pensais que toutes les satisfactions du monde vous le pussent faire oublier, je vous les ferais avec une grande joie. Cependant, je vous supplie de croire que j'emploierai tout ce que j'ai d'autorité pour vous rendre tous les services dont je suis capable et pour vous témoigner, Monsieur, que je suis votre très affectionné à vous faire service[4]. »

Après l'adultère, le théâtre. N'était-il pas cause de tous les égarements ? Avec la violence et les excès des nouveaux convertis, plus encore du fait de son caractère déplorable et des complexes qui l'avaient toujours diminué, il s'attaqua en premier aux comédiens.

Plus question de plaisirs, de ballets ni de spectacles. Il retira sa protection à la troupe et s'opposa à toute forme de théâtre : « Il y a des comédiens ici qui portaient mon nom autrefois. Je leur ai fait dire de la quitter et croyez bien que je n'ai de garde de les aller voir », écrivit-il à l'abbé de Ciron. Il chassa donc les comédiens du château de la Grange-des-Bois avec une rare violence, folle, comme s'ils incarnaient désormais des suppôts de Satan. Sa femme, Anne Martinozzi, l'approuva ; cette religiosité lui seyait.

Molière assiste, passif, à la folie qui s'empare de son protecteur et, plus largement, de la religion. Il a trente-cinq ans, Conti en a vingt-huit. Les mots inacceptables qui sont échangés les opposeront à jamais. Un jour, il faudra répondre.

La troupe quitte le château, le nom et la protection d'Armand de Bourbon. Elle y a rencontré tant de gens de qualité, tant de situations et, disons-le, tant de bonheur qu'elle en part stupéfaite mais affermie. Lyon, Dijon, Avignon... On y attend la Du Parc, la de Brie, la Béjart, et les truculents Gros-René, Brincourt, Dufresne, Molière.

On se sépare de D'Assoucy. Le musicien commençait à prendre trop de place et se posait en rival de Molière, à qui il reprochait un mauvais caractère, et un égocentrisme fatigant.

C'est à ce moment-là de sa vie que Jean-Baptiste Poquelin doit renoncer à son titre de tapissier du roi, qu'il cède à son frère Nicolas. C'est la sagesse même : son père Jean a besoin de transmettre son savoir-faire et son commerce ; Nicolas doit s'affirmer dans sa profession ; Jean-Baptiste veut d'autres titres. « Le plus habile comédien de France » ? Il est temps de rentrer à Paris pour régner. Toute la troupe est portée par le succès des régions. Croyant décider, Paris a toujours validé les choix que font les régions elles-mêmes. Mais là, la troupe le sachant, elle n'aura plus le droit à l'erreur.

Dernière ligne droite vers... Paris !

Le retour est minutieusement préparé. Ces treize années en province auraient pu se prolonger ; ils auraient continué de Lyon à Avignon, à Nantes, Bordeaux, Rouen… À cette époque, mille comédiens vivent ainsi en France. Jean-Baptiste n'a jamais perdu de vue que la gloire sera royale ou ne sera pas. Puisque son père est devenu tapissier du roi, il sera, lui, comédien du roi, ambition largement partagée avec Madeleine.

Ils n'ont pas à regretter ces nombreuses années sur les routes, dans les auberges et les châteaux de France, car elles ont formé leurs caractères et leur ont appris le métier : monter rapidement un décor, soigner les costumes, s'adapter au public, se nourrir des rencontres à travers les vocabulaires régionaux, les accents de village, les réseaux locaux, la diversité des gens. Se moquera-t-il de la province plus tard (*Les Précieuses ridicules*, *Monsieur de Pourceaugnac*, *La Comtesse d'Escarbagnas*), il permettra aussi à la province de rire de la capitale (*Le Bourgeois gentilhomme, Les Femmes savantes, Le Tartuffe, Le Misanthrope*). Par son langage, il unifiera la France et cela plaira au roi. À trente-six ans, Molière sait que Paris ne sera pas une chance de plus mais une place à conquérir définitivement.

Cette grande tournée provinciale, qui aurait pu être une destinée et qui serait un passage obligé dans la vie de Molière, s'achèvera bientôt. Rouen en est l'ultime étape.

La troupe y rencontre longuement les frères Corneille. Les deux frères ont épousé les deux sœurs mais cela ne les empêche pas d'être rivaux devant des comédiennes. Pierre a quinze ans de plus que Molière. Thomas, à peine la trentaine, a débuté sa carrière à Paris voilà dix ans et triomphe cette année-là avec *Timocrate*. Le premier est un auteur riche, reconnu, joué et publié, vivant au 4, rue de la Pie, près de l'église Saint-Sauveur. À quarante-neuf ans, cet ancien élève des jésuites suit une stratégie gagnante dans le monde des lettres.

Il a inventé un style de comédie qui a su s'écarter de la farce et des Italiens, écrivant pour des comédiens qui assuraient le succès, pour Jodelet, par exemple, qui avait triomphé dans *Le Menteur* au théâtre du Marais. Élu à quarante et un ans à l'Académie française après deux tentatives, il est reconnu pour ses pièces et ses vers admirables chargés de substance, de sens : pas ou peu de bavardage, des tirades toujours liées à l'action, une dramaturgie organisée comme une mécanique implacable. Il a, à juste titre, le sentiment avec le

Marais d'avoir établi une nouvelle troupe de comédiens à Paris et de l'avoir hissée au niveau de l'Hôtel de Bourgogne. Et c'est vrai. Il fait publier ses pièces immédiatement après les avoir vu jouer — ce qui lui permet d'assurer les droits de représentation reversés au libraire propriétaire de l'œuvre. Pour imposer une pièce, il faut savoir faire rire le parterre et réfléchir le balcon, pense-t-il : laisser le public juge et non pas lui imposer une idée.

Pendant la Fronde, Pierre Corneille a eu la prudence de se taire et de n'intervenir en rien malgré les tergiversations du gouverneur de Normandie, le duc de Longueville, époux de la sœur de Condé et de Conti. Il s'est consacré à d'autres sujets plus édifiants que la politique, discutant avec son autre frère, curé de Fréville, traduisant et commentant l'*Imitation de Jésus-Christ* en vue d'une publication en quatre volumes, qui connaît un immense retentissement.

Il est souvent décevant de rencontrer un auteur glorieux, car la vérité humaine supplante la gloire imaginée. Surtout : l'œuvre le dépasse toujours. Corneille, « pauvre, de vie bourgeoise et étroite, réduit presque à tendre la main[1] », ne correspond absolument pas aux déchirements des passions que suscite son théâtre. De leur côté, les Corneille sont certainement frappés par l'esprit de troupe qui règne dans ce groupe sans nom. On a oublié l'Illustre-Théâtre, on ne s'appelle plus Épernon ou prince de Conti : on attend un nouveau protectorat. Marquise, une fois de plus, séduit. Les deux frères rivalisent : Thomas en gestes, Pierre en vers. La Du Parc se sent honorée et la troupe installée. Molière laisse faire ces mouvements silencieux qui aiguisent les sens. Il sait bien que le corps soyeux de la Gorla arrange ses affaires, d'autant qu'il aura le dernier mot, que Sganarelle lui lancera au visage et en public : « Vous allez être à moi de la tête aux pieds. »

Rouen est une vraie capitale régionale marquée par son intense activité portuaire, l'enrichissement de sa bourgeoisie et la multiplication de ses communautés religieuses. Ville aux cent clochers, elle voit l'édification de trente-deux couvents et tient une place importante dans le renouveau catholique. La draperie et la toilerie font la fortune d'une partie de la ville. Pour la rareté, on y trouve l'écarlate, un magnifique rouge pour étoffe. De quoi pourvoir la maison Poquelin.

De nombreux spectacles et comédiens s'y croisent comme si Rouen constituait le marchepied des scènes parisiennes. Les comédiens ont toujours besoin de se rencontrer et tant pis pour ceux qui s'assombriraient de la concurrence. Ils parlent de leur vie, de leurs rôles, comparent les costumes qu'ils possèdent et se racontent les uns les autres. Parmi eux, Molière recrute Guillaume Marcoureau, dit Brécourt, et rencontre Philibert Gassot, dit du Croisy, chef d'une troupe qu'il conduisait avec sa femme, Marie Claveau, mauvaise comédienne. Fils de comédiens, il a une solide expérience des troupes de province : à Nantes, à Angoulême, à Poitiers. Les deux directeurs sympathisent et s'échangent de précieux renseignements sur les comédiens et surtout sur les auteurs. La troupe du Marais était passée l'année précédente, Floridor, intime de Marie de Lempérière (Mme Corneille), retrouvant ainsi son filleul. Toute information est bonne à prendre.

Depuis Rouen, Molière multiplie les visites à Paris et balise le chemin du retour. Les rencontres permettent de vérifier les dires et les conseils de Corneille. Car, sans trahir Floridor, le dramaturge normand ne verrait pas d'un mauvais œil l'installation à Paris d'une troisième troupe. Il n'a pas ou peu d'entrées à l'Hôtel de Bourgogne, et le théâtre du Marais est si souvent malmené par les événements qu'il en demeure toujours fragile.

Molière garde l'ambition d'une troisième compagnie : le projet de l'Illustre-Théâtre n'a pas changé, bien que la méthode diffère. L'Illustre-Théâtre voulait s'imposer en faisant venir un large public dont l'assentiment et la fidélité assoiraient réputation et légitimité : vision poquelinienne (pour ne pas dire bourgeoise) du théâtre fondée sur le mérite des comédiens et le suffrage des spectateurs. Après treize années de tournées, la stratégie diffère du rêve, forcément pur, d'un théâtre attendu et désiré. Désormais, il faut viser le roi, la pension et la subvention. Et d'abord les grands noms qui l'imposeront.

Sur qui s'appuyer ? La Mothe Le Vayer et Cosnac. Sur quelles influences jouer ? L'Académie française ? Corneille, qui se souvenait de la « bataille du *Cid* » attisée par Richelieu, conseillerait de tenir les académiciens en respect : Conrart, Tristan L'Hermite… Les électrons libres du salon de l'hôtel de Rambouillet méritent d'être connus : Benserade, Chapelain, Voiture, Cotin, Ménage, tous plus ou moins abbés (prenant l'habit ecclésiastique pour en avoir les bénéfices sans prononcer de vœux), hommes de plume, faiseurs de succès, initiateurs de cabales. Et des femmes enfin seront de beaux appuis.

Cependant, attention aux femmes ! Elles parlent de lecture mais ne lisent pas grand-chose. Elles félicitent, complimentent et charment, mais leurs encouragements restent dénués de fondement et de consistance ; ils ne sont qu'intuitions. S'appuyer sur elles, c'est faire en sorte qu'elles parlent de vous. Mlle de Scudéry, auteur à succès pour ses romans à rallonge, ne sera d'aucun secours, car son frère Georges se pique de théâtre et se voudrait toujours à la mode. Mlle de Rambouillet, qui épouse le comte de Grignan en avril 1658, est la cinquième fille d'Arthénice (anagramme de Catherine), fameuse marquise de Rambouillet au salon si prisé. « L'hôtel de Rambouillet était pour ainsi dire le théâtre de tous leurs divertissements, et c'était le rendez-vous de ce qu'il y avait de plus galant à la Cour et de plus poli parmi les beaux esprits du siècle[2] », écrivait Tallemant des Réaux. Elle en maintient le souvenir, la délicatesse des jeux et des propos d'autrefois. « Un ambigu de précieuse et de coquette que leurs personnes[3]. » Il faut pourtant compter avec elle.

Quelle image Molière donne-t-il de lui-même ? « Il a fait des pièces où il y a de l'esprit. Ce n'est pas un merveilleux acteur, si ce n'est pour le ridicule. Il n'y a que sa troupe qui joue ses pièces ; elles sont comiques[4] », dit-on de lui. On sait qu'il fut le protégé d'Armand de Conti, ce qui n'a pas que des avantages. À lui de s'imposer en faisant profil bas. Ne surtout pas jouer l'extravagant, celui « qui s'est mis en tête de vouloir faire l'homme de condition[5] ».

Il n'est pas question de recommencer à jouer devant des salles vides ni à s'endetter. Les mésaventures de l'Illustre-Théâtre sont passées depuis douze ans. La troupe dispose d'un répertoire rodé. Surtout, elle maîtrise mieux les réseaux à infiltrer pour s'imposer. « Comme il avait de l'esprit, et qu'il savait ce qu'il fallait faire pour réussir, il n'ouvrit son théâtre qu'après avoir fait plusieurs visites, et brigué quantité d'approbateurs[6] », écrira Donneau de Visé en 1663. D'où lui vint ce sens des réseaux et cette stratégie sociale qui préparent le retour dans la capitale ? Le flair de Poquelin ? La méthode de Corneille et les relations liées chez Conti sont cultivées avec rigueur. Il ne suffit pas seulement d'une recommandation à la Cour. Un sésame jamais ne fera la carrière. Il faut des appuis indéfectibles, du moins solides, qui soutiendront la troupe par leur enthousiasme, leur amitié ; qui se feront l'écho des spectacles présentés. Créer les ramifications de ce qui fera le public.

Pour lui, il n'y a qu'un but : le roi. Si le roi l'ac

cepte, il pourra rester à Paris sans les aléas de l'Illustre-Théâtre dont les dettes courent encore.

L'abbé de Cosnac est devenu le confesseur de Monsieur, Philippe d'Anjou, jeune frère du roi (il a dix-huit ans), qui a aussi besoin de marquer les divertissements de son empreinte personnelle. La sensualité et la liberté qui émergent de chaque mouvement le séduisent et semblent approuver son homosexualité. Molière ne juge jamais l'intimité de ses contemporains. La sexualité d'un D'Assoucy ni celle de son vieux copain Chapelle ne l'ont jamais heurté ni dérangé. Faut-il qu'il se l'explique par un découragement devant l'infidélité des femmes ?

Car « ce sexe inconstant, trop indigne du jour,
doit faire pour jamais renoncer à l'amour[7]. »

L'homosexualité vient aussi de ce découragement.

Cosnac sera donc le sésame dont usera Molière lorsqu'il se sentira prêt. Il a préparé ce retour avec une telle minutie qu'il ne sera jamais entamé par le succès. Combien d'artistes manquent leur destinée par contentement de leur gloire ? Molière, lui, se nourrit de chaque approbation pour continuer ce qu'il a à faire. Le sait-il, à trente-six ans, quand tout converge vers une place à Paris ? C'est un homme mûr, expérimenté, rodé aux publics et aux marquis, à l'organisation méticuleuse des spectacles, des décors, des costumes. Mais ne lui reste-t-il pas encore quelques illusions de jeunesse qui pourraient le faire déraper dans l'indifférence, voire la disgrâce ?

Monsieur promet une rente de trois cents livres par comédien, qu'il ne paiera jamais. La troupe désormais peut s'inscrire dans le paysage du théâtre au milieu de ses deux concurrents : l'Hôtel de Bourgogne et le théâtre du Marais. Les deux institutions ont chacune leur public, leur répertoire, leurs comédiens et leurs façons de vivre leurs succès. Molière se distingue par la qualité humaine de sa troupe.

Malgré les charges imposées par les Confrères de la Passion, la troupe est extrêmement appréciée par le public parisien, qui vient entendre des pièces de Rotrou, Tristan, Mairet... déclamées selon la mode du beau vers :

> Tout leur jeu ne consistait que dans une prononciation ampoulée et emphatique, avec laquelle ils récitaient également tous leurs rôles ; on n'y reconnaissait ni mouvement ni passion : et cependant les Beauchâteau, les Mondori étaient applaudis, parce qu'ils faisaient pompeusement ronfler un vers[8].

Monsieur, ayant désormais sa troupe, veut la présenter à la Cour. On convient de jouer du Corneille, *Nicomède*, dans la salle des Gardes du Louvre. Comédie héroïque, cette pièce avait eu du succès à sa création sept ans plus tôt. Elle mettait en scène un tempérament généreux et une intrigue sans passion amoureuse. Le choix était adroit : un auteur reconnu, une pièce à succès, une distribution permettant aux femmes de briller : Madeleine et Marquise.

Hélas, on s'y ennuie tout de suite, bien que le spectacle soit rodé (n'avaient-ils pas passé par Rouen, rencontré Corneille et probablement répété avec lui ?). Mais plus la pièce avance, plus la fatigue gagne les spectateurs malgré les costumes et les belles figures :

> Marquise paraît casquée ; cheveux flottants retenus par des rubans couleur de feu. Une cuirasse d'argent lacée des mêmes rubans feu met en valeur ses épaules et la cambrure hardie de sa jeune poitrine. Ses bras sont nus et sa tunique, fendue des deux côtés, à mi-cuisses, laisse voir dans toute leur beauté les jambes longues, musclées et rondes à la fois. Chaussée de brodequins à lacets d'argent, cloutés de pierreries, sa danse, pleine de vigueur et de grâce, ravit tous les cœurs[9].

Cela ne suffit pas, et un bâillement royal serait une catastrophe. Louis se retient pour ne pas désavouer les goûts de son frère. Qu'est-ce qui manque à la troupe pour que la pièce soit un vrai spectacle ? Il faut s'en prendre à l'idée que Molière se fait de la tragédie. Il récite les vers comme on parle, dit-on. Il n'insiste pas sur la beauté du phrasé, la force d'un hémistiche.

Nicomède s'achève et les applaudissements convenus n'ont aucune chaleur. Que faire ?

Devant l'échec et sur l'insistance de Madeleine, Molière demande au roi « d'avoir pour agréable qu'il lui donnât un de ces petits divertissements qui lui avaient acquis quelque réputation et dont il régalait les provinces ». Les mots *divertissement* et *provinces* plaisent au roi. N'étaient-ce pas les deux mamelles dont la France avait le plus besoin pour se nourrir et enterrer définitivement la Fronde qui sépara Paris de la campagne, l'art de la politique ? Louis XIV eut très tôt, grâce à Mazarin et malgré Anne d'Autriche, cette intuition-là. Richelieu puis Mazarin avaient fait fléchir le goût du public en plaçant le sérieux de la tragédie au-dessus des petites comédies qui étaient tombées dans l'oubli à Paris.

En jouant *Le Docteur amoureux*, Molière donne un spectacle de province marqué par le naturel et la spontanéité. On rit et, n'ayant pas vu cela depuis des années, on croit à une nouveauté. Et c'est un triomphe que le roi gratifie en confiant à la troupe la salle du Petit-Bourbon* en alternance avec les Italiens qui y jouent depuis cinq ans.

Ce théâtre, où s'étaient tenus les états généraux de 1614 et qui servait pour les ballets du roi, est situé en face du cloître de Saint-Germain-l'Auxerrois, rue des Poulies. Pour Louis XIV, cette installation honore son frère : Monsieur a sa troupe, Monsieur aura son théâtre.

Pour les « grands comédiens », ceux de l'Hôtel de Bourgogne, la décision est rude : il y aura donc un troisième théâtre français à Paris. Ils n'avaient rien à redouter des Italiens qui ne s'aventureraient jamais dans leur répertoire. Mais on savait les relations amicales, sinon courtoises, entre Corneille et Molière. On avait croisé le jeune directeur de

* À l'angle sud-est de l'actuelle cour Carrée du Louvre.

troupe dans quelques salons influents. On s'imaginait qu'il avait des moyens considérables pour s'imposer : des appuis, des femmes, des costumes et, sans aucun doute, un talent qu'ils ne maîtrisaient pas : le rire.

Un auteur malgré lui

Au printemps 1659, Paris se prépare au mariage du roi avec Marie-Thérèse d'Espagne. Cet acte hautement politique qui permet une paix durable est l'aboutissement de tractations et de négociations si longues que le jeune Louis XIV a eu le temps de se familiariser avec l'amour à travers une idylle avec Olympe Mancini, puis avec sa sœur Marie, les nièces du cardinal. Mazarin contrôle tout et organise les cérémonies avec une précision diabolique. Il fait venir à Paris les Vigarani, Gaspare et ses deux fils Carlo et Lodovico, pour aménager aux Tuileries une salle des machines nécessaire au grand spectacle qui marquera le mariage du roi. Leur talent modifiera profondément le théâtre.

Autour de Pâques, date des grandes reprises théâtrales d'après le carême, des mouvements de comédiens marquent la vie des troupes. L'histoire, l'organisation et les finances des troupes (Bourgogne, Marais, Petit-Bourbon) interdisent les recrues faciles et les transferts secrets. Charles Dufresne demande ses parts pour prendre sa retraite à Argentan, son pays natal. Les Du Parc annoncent leur départ pour rejoindre le Marais. C'est un coup dur qui marque la rivalité de Marquise avec Madeleine et la de Brie. Marquise avait tenu un rôle fondamental dans la vie au quotidien. Grâce à elle, Conti les avait pris en protection. Son charme et la sensualité qui émanait de tous ses mouvements apportaient à la scène et à la ville des attraits pour toute la troupe. A-t-elle succombé aux sirènes de Corneille pour aller au Marais y jouer ses pièces ? On lui reproche, ainsi qu'à Berthelot, son mari, de ne pas voir où ils mettent les pieds.

Pour compenser ces trois départs, il faut trois arrivées.

Chez Molière, l'impétrant est élu en remplacement d'un départ. Il doit aussi correspondre aux rôles du répertoire et à l'inspiration du directeur-auteur.

En premier : Philibert Gassot, dit du Croisy, vingt-neuf ans. On l'a rencontré à Rouen l'année précédente. Fallait-il que sa propre troupe fût dissoute ? Sa sœur avait épousé Bellerose, chef de la troupe de l'Hôtel de Bourgogne, ce qui rendrait de précieux services... Sa femme, qui est toujours aussi mauvaise comédienne, n'aura pas de part entière mais pourra toutefois rendre quelques services.

En second : Charles Varlet de La Grange, âgé de dix-neuf ans. Il fera un jeune premier idéal. Fils d'un maître d'hôtel du maréchal de Schomberg, riche, propriétaire de plusieurs maisons à Paris, il a les manières et la grâce qui siéent à ce type de rôle. Il a une sœur religieuse, comme Molière, et un frère comédien.

Très vite, La Grange se met à consigner jour après jour les faits et gestes de la troupe. Il n'a pas la prétention d'un mémorialiste qui écrit l'histoire avec ses yeux, cherchant à donner sens aux événements. Factuel, sans commentaires personnels ni développements ou interprétations des faits, il note les parts attribuées à chacun, les recettes, les distributions... Dans la marge, à gauche, il dessine une croix blanche pour signaler une naissance, un anneau bleu pour marquer un succès, un losange noir pour signifier un deuil. Il suffit de feuilleter le cahier pour retrouver immédiatement la mort qui frappe. Le premier losange noir est apparu en 1659 avec la mort de Joseph Béjart. Avec la même simplicité, il en dessinera un autre devant la date du 17 février 1673, mort de Molière.

Rigoureux, voire administratif, le *Registre* ne s'arrête pas sur la vie de la troupe, comme cette fête du 26 août 1659 pour célébrer le mariage d'Anne Gobert, ouvreuse de loges au Petit-Bourbon avec un des « ouvriers » (le mot est de Molière) du théâtre. Les archives ne mentionnent que les noms de ceux qu'on applaudit : comédiens, musiciens, décorateurs, et il ne faut jamais oublier qu'un théâtre comme le voulait Molière nécessite un grand nombre d'aides, de collaborateurs, de personnes chargées des multiples détails à régler. Une représentation théâtrale est le miracle de mille détails résolus parfois dans l'urgence.

Comme Poquelin, Jean-Baptiste administre son entreprise avec rigueur, multipliant autour de lui les talents, les apprentis, les corps de métiers qui développeront au fil des ans leur savoir-faire. La Grange le note :

Tous les acteurs aimaient M. De Molière, leur chef, qui joignait à un mérite et à une capacité extraordinaire une honnêteté et une manière engageante, qui les obligea tous à lui protester qu'ils voulaient courir sa fortune et qu'ils ne le quitteraient jamais, quelque proposition qu'on leur fît et quelque avantage qu'ils pussent trouver ailleurs[1].

Après Philibert Gassot, dit du Croisy, et Charles Hector Varlet de La Grange, il faut, souvenez-vous, une troisième entrée. Pour la dernière place au sein de la troupe, Molière songe à Jodelet, qui a une longue carrière derrière lui et draine un public fidèle. « Jodelet parle du nez pour avoir été mal pansé de la vérole, et cela lui donne de la grâce[2]. » Il avait été au Marais, était passé à l'Hôtel de Bourgogne et était revenu au Marais. La négociation n'est pas facile, car Jodelet (de son vrai nom Julien Bedeau) ne se déplace jamais sans son frère, L'Épi, homme généreux, accueillant, attendrissant. On l'accepte, bien qu'il ne soit pas aussi bon comédien que son frère.

Le 18 novembre 1659, *Les Précieuses ridicules* sont jouées après *Cinna*. Le Tout-Paris est là. Gilles Ménage écrit :

J'étais à la première représentation des *Précieuses ridicules* de Molière... Mlle de Rambouillet y était, Mme de Grignan, tout le cabinet de l'Hôtel de Rambouillet, M. Chapelain et plusieurs autres de ma connaissance. La pièce y fut jouée avec un applaudissement général[3].

Pourtant, le succès est mitigé parce que *Cinna* fait bâiller. Et puis on s'attend à une farce, du moins à un canevas permettant aux acteurs d'improviser et de se défouler (une de ces pièces qui firent le succès en province) et l'on assiste à une pièce dont les personnages ont les propres noms des acteurs de la troupe (du Croisy, La Grange), et où l'on évoque la réalité de la ville : « Il y fait un peu crotté ; mais nous avons la chaise. — Il est vrai que la chaise est un retranchement merveilleux contre les insultes de la boue et du mauvais temps[4]. » On s'y moque des précieux ? Mais n'était-ce pas un esprit français qui se cherchait alors ? La préciosité refuse la nature. Sont-ce le vocabulaire et la manière qui s'urbanisent ? ou simplement le langage qui se fixe avec les premiers dictionnaires et les travaux de l'Académie française naissante ? Molière cherche l'authenticité. Quand elle est dévoyée pour des questions d'argent, tout est faussé : mariages sans amour, actions sans sujet, relations sans objet. Faut-il le bon sens paysan pour rétablir l'équilibre ? Ce serait trop simple. L'honnête homme vient d'une élévation, non d'un mélange ; d'une direction, non d'un compromis. On n'en est pas encore là : il faudra écrire bien des pièces et créer des personnages comme Philinte ou Béralde pour l'énoncer plus clairement. Pour l'heure, *Les Précieuses ridi-*

cules donnent le regard d'étonnement d'un auteur ayant vécu pendant treize ans en province et se rendant compte des différences avec la capitale. Il ne revendique rien, sinon le droit d'être nature et de rester spontané. De quoi se moquer des comédiens qui disent les vers en roulant les r, et de leurs admirateurs qui viendraient à critiquer ce qu'ils avaient vu de *Cinna*.

Il y avait de quoi passer une mauvaise soirée pour peu qu'on lise avec passion les romans de Mlle de Scudéry, qu'on vibre aux rythmes réguliers des vers de Corneille et qu'on se sente piégés par des comédiens voulant signifier quelque chose. Mais le parterre a ri, se laissant emporter par les gestes et les mouvements incessants de Mascarille, par son verbe aussi. Quelle idée pour demander qu'on sente ses gants de dire : « Attachez un peu sur ces gants la réflexion de votre odorat » ou pour demander une chaise : « Vite, voiturez-nous ici les commodités de la conversation[5]. » Molière ne vise pas que les précieux. Le comique vient de ces deux valets costumés en nobles qui singent les nouvelles manières. De qui se moque-t-on ? On imite seulement. La situation est cocasse et explosive, voilà tout.

Les détracteurs ne manquent pas et s'appuient sur deux arguments : l'auteur a copié de façon effrontée sur les Anciens ; il imite des gens connus dont il montre les travers.

Ces deux critiques demeurent, même si les intensités s'estompent avec le temps puisque les « modèles » ont disparu. Sur les sources et les copies, nul ne peut le nier. Les érudits se régalent de trouver tel ou tel vers recopié ou telle scène reprise de Plaute, Térence ou de ses contemporains comme Cyrano de Bergerac (ainsi la phrase de Scapin : « Qu'allait-il faire dans cette galère »), Rotrou ou Scarron, des auteurs italiens et espagnols, aussi. Ce type de recherche est passionnant ; il révèle les intertextualités et permet d'exhumer des textes que Molière a finalement écrasés par son jeu, sa verve. Oui, Molière vole arguments, caractères, situations, intrigues et vers, et il transforme ses larcins à l'aune de lui-même, donnant une unité à toutes ses pièces, unité qu'on appelle *œuvre*. Cette unité est son génie.

Les recettes ne sont pas à la hauteur des espérances : six mille deux cent une livres pour six représentations. Molière change de tragédie : après *Cinna*, on joue *Pylade et Oreste* de Coqueteau de La Clairière, auteur rouennais, puis *Sancho Pança*, puis *Alcyonée* de Du Ryer. Peu à peu, le public vient ou revient pour les nouveautés, et voit ou revoit ce qu'on croyait une farce et qui était une pièce, une vraie, *Les Précieuses ridicules*. Après plusieurs représentations, les comédiens s'installent dans leurs rôles et Mascarille devient de plus en plus désopilant. Ce n'est plus une charge mais une comédie, drôle, nature, pleine de fantaisie. Le succès est grandissant : quarante-quatre représentations se succèdent. On frise le triomphe.

Les jalousies d'auteurs s'excitent. Les Corneille sont les premiers à attiser la critique. Pierre est furieux que *Cinna* ait été remplacé ; Thomas constate que les *Précieuses* attirent plus de monde que les tragédies, fait observer que les comédiens de Molière « ne sont propres qu'à soutenir de semblables bagatelles ».

Bagatelles ! Le mot était lâché et collerait à l'œuvre de Molière par les détracteurs voulant, dans un premier temps, relativiser la qualité de celui qui se plaçait haut et fort en concurrent. « Il ne faut point dire *bagatelles*[6] ! » C'est mal élevé... Pour que Molière en parle longtemps après, faut-il qu'il s'en trouvât blessé ?

Un tel succès désigne-t-il son auteur ? À quoi songe Molière ? Au public. À faire venir le public, à faire entrer l'argent qui fera vivre chaque membre de la troupe. Un auteur malgré lui ? Songe-t-il à une œuvre ? Ils multiplient les représentations.

Pendant ce temps, voulant profiter du succès, un éditeur reproduit le texte sans autorisation, à partir d'une copie vraisemblablement dérobée. Molière ne connaît rien au monde de l'édition, aux démarches qu'il faut faire pour demander un « privilège du roi », c'est-à-dire l'autorisation de publier. Pierre Corneille lui en avait certainement parlé mais, à cette époque, Jean-Baptiste ne s'imaginait pas que ses textes pussent intéresser un libraire.

Faut-il éditer le théâtre ? Le texte doit être joué et non pas lu dans l'obscurité d'une chambre. Or il est édité malgré lui. Faut-il aller au procès ? Ce serait bien compliquer les choses. Mais il se résout donc à la publication pour garantir le droit moral :

> Mon Dieu, l'étrange embarras qu'un livre à mettre au jour, et qu'un auteur est neuf la première fois qu'on l'imprime ! Encore, si l'on m'avait donné du temps, j'aurais pu mieux songer à moi, et j'aurais pris toutes les précautions que Messieurs les auteurs, à présent mes confrères, ont coutume de prendre en semblables occasions[7].

Ce n'est pas sans fierté qu'il désigne les auteurs « à présent mes confrères », car il connaît la valeur des livres, l'éternité des ouvrages, la pérennité de l'imprimé. N'avait-il pas voulu, enfant, alors qu'il étudiait à Clermont, se faire passer pour un jeune auteur ? Désormais, il veillera à la publication de (presque) toutes ses pièces ; éditions parfois brouillonnes, sans le temps nécessaire aux relectures ni à la finition des textes. Qu'importe pour lui, du moment que le théâtre est joué et qu'il en reste un objet, le livre, c'est-à-dire la trace de sa paternité.

Les éditions ne seront jamais l'essence du théâtre. Molière lance ses textes comme des invitations à venir assister au spectacle :

> [...] quelques beautés que cette pièce vous fasse voir sur le papier, elle n'a pas encore tous les agréments que le théâtre donne d'ordinaire à ces sortes d'ouvrages. [...] C'est pourquoi je vous conseille de venir à Paris, pour voir représenter *Le Cocu imaginaire* par son auteur, et vous verrez qu'il y fait des choses qui ne vous donneront pas moins d'admiration que vous aura donnée la lecture de cette pièce[8].

Le moment magique de la représentation importe, quand comédiens et public participent chacun à sa place à une histoire, une émotion, un grand éclat de rire.

Comme toujours, autour de Pâques, on peut s'attendre à des transferts de comédiens.

Dans les grands mouvements, on annonce le retour de Marquise et Berthelot. Les Du Parc, en effet, reviennent, attirés par le succès des *Précieuses* et dépités aussi de n'avoir pas trouvé à l'Hôtel de Bourgogne l'esprit de famille qu'ils vivaient depuis neuf ans : gaieté, spontanéité, vie, même s'il fallait laisser le directeur gronder ou se laisser emporter par ses crises de jalousie. Gros-René reprendra le rôle de Jodelet dans la pièce de Scarron, *Jodelet ou le Maître valet,* qui continue de faire venir du monde, car Jodelet est mort le 26 mars 1660. À ces changements s'ajoutent d'autres modifications. Brécourt fuit en Hollande pour échapper à la justice, car il a tué un cocher sur la route de Fontainebleau. Un fait divers malheureux, quelques verres de trop, de sinistres histoires de dettes sans doute, parce que Brécourt s'adonne au jeu comme il se donne aux femmes.

Reste L'Épi qu'on gardera jusqu'à la retraite. Naïf, gentil, pas très bon comédien, il pourra continuer ses rôles (il excelle dans *L'École des maris*) et faire de la figuration, car le public aime retrouver sur scène les figures et les silhouettes qui reviennent à chaque pièce. Combien de comédiens, anonymes passionnés, ont marqué le théâtre de leur personnalité qui se résume à leur dégaine ! La troupe était au cœur de la création théâtrale. Molière plus que tout autre l'a compris et organisé ainsi.

L'heureux retour des Du Parc n'occulte pas les difficultés de la troupe quand sa stabilité se voit ébranlée : apprentissage des rôles du répertoire, nouvelles répétitions, nouveaux costumes... Les recrues n'ont pas forcément l'esprit qui règne depuis toujours et, s'ils s'y plient, n'ont pas en eux cette histoire humaine et familiale avec ses codes, ses habitudes, ses secrets. Comment veiller à l'équilibre ? Par contrat établi devant Ogier, notaire. Il est décidé, en effet,

> d'une amende de dix mille livres pour tout comédien quittant la troupe avant quatre années. Ainsi, durant quatre ans, lesdits sieurs et damoiselles associés ne puissent séparer les uns des autres pour faire la comédie dans quelque autre troupe que ce soit, de Paris ou de la campagne, même de l'Hôtel de Bourgogne, à peine de dix mille livres de dédommagement[9].

Peu à peu, la troupe scelle son esprit qui dicte sa loi. Molière tient à ce que tout soit organisé officiellement par-devant notaire comme il l'a toujours appris de son père et de Louis Cressé.

Dans ces mêmes semaines de début de printemps 1660, ou de fin de carême, on enterre Jean Poquelin, le frère, qui laisse trois petits enfants et une entreprise prospère. Sa mort remet en cause le maintien de la charge de tapissier valet de chambre ordinaire du roi dans la famille Poquelin.

Il n'est pas question de perdre cette charge qui ressemble à un titre de noblesse, qui apporte une clientèle solvable et qui, surtout, ouvre les portes du palais. Le père Poquelin a soixante-cinq ans et reprend les affaires en main.

Il s'était vu attribuer cette distinction sous son nom de Jean Poquelin, le même nom que son père, que son fils aîné Jean (-Baptiste) et que son cadet qui vient de mourir. Il jouera sur l'homonymie : Jean Poquelin, tapissier du roi ? Ce peut être le premier, le second ou le troisième. Encore faut-il que Jean-Baptiste accepte les astreintes matinales auprès du roi.

Il n'a pas besoin de cette charge pour rencontrer Louis XIV : les répétitions des ballets (bien que conduites par Lully), les entretiens pour de nouvelles commandes (bien que noyées avec celles qu'on faisait à Quinault, Benserade, Corneille ou Floridor) et les discussions passionnées sur les spectacles (bien que partagées avec Chapelain, Ménage) lui donnent suffisamment d'occasions. Est-ce bien solide ?

En 1660, Molière est à Paris depuis moins de deux ans. Sa réputation est établie mais demeure fragile. Jean-Baptiste n'a plus l'âge de prendre de décision à son corps défendant. Il accepte la charge par fidélité filiale et familiale ; parce qu'il en tirera un intérêt certain : l'opportunité régulière de s'approcher du roi. Qu'une cabale courtisane lui ferme les portes de la Cour, il pourra s'y défendre au plus haut niveau.

D'un autre côté, cette situation pourrait être dommageable pour l'homme de théâtre, car on ne manquerait pas de sentir l'amateur (au sens péjoratif), c'est-à-dire celui qui trouve un emploi rémunéré par manque de reconnaissance dans son art.

Seul le roi saurait distinguer la figure du tapissier-comédien ou du comédien-tapissier. Au premier l'amateurisme, au second l'exception. Louis XIV a le regard sain et le sens du discernement. À vingt-deux ans, il se réjouit de mettre du théâtre dans sa chambre dès son lever. Le visage de Molière capte tous les frissons humains comme d'autres captent la lumière. Il renvoie une image de ce qui se passe, et c'est follement drôle pour qui le connaît, et sait décrypter ses regards.

Encore une fois, il faut insister sur la connivence du roi et du comédien qui vient de la fidélité, de la régularité sans soumission ni flatterie. Jamais Molière-Poquelin ne sera obséquieux. Jean-Baptiste tient son rôle. « Son exercice de la comédie ne l'empêchait pas de servir le roi dans sa charge de valet de chambre où il se rendait très assidu », écrit La Grange. Reprendre au petit matin les cérémonies du lever du roi, charge exténuante pour qui joue au théâtre tous les après-midi. Mais Molière pressent combien l'estime profonde du roi tient d'abord à la régularité non pas des courtisans mais de ceux qui le servent.

Ils n'évoqueront probablement jamais le théâtre lors de ces cérémonies matinales, même au milieu des tourments du *Tartuffe*, six ans plus tard, ou des préparations tendues des comédies-ballets. Nul ne le sait, et la proximité régulière des deux hommes interdit aux intrigants la méthode habituelle de l'ostracisme. On ne peut pas l'écarter du roi.

Encore faut-il que Jean Poquelin, le père, continue de travailler jusqu'à sa mort, en 1669, et qu'il forme des apprentis pour lui succéder dans la fabrique des tissus et des meubles, car Molière, qui n'a le temps que de passer commande, ne peut réellement fournir de quoi y répondre. Location de sièges à carreaux et tapisseries pour un bal au Louvre, location de tapis pour une cérémonie, jusqu'à sa mort, le père tient son rôle, et la maison Poquelin son excellence. Le père et le fils se sont admirablement partagé les fonctions pour leur plus grande complémentarité.

Le double rôle du théâtre et du tapissier donne une nouvelle personnalité théâtrale.

Avec Sganarelle, « aux moustaches tombantes », Molière trouve son alter ego. Non pas comme Jodelet, Mascarille ou Arlequin mais comme un double naturel de sa personne. Tantôt valet (*Le Médecin volant*, *Dom Juan*), tantôt bourgeois (*Le Cocu imaginaire*, *L'École des maris*, *L'Amour médecin*), toujours ballot (*Le Médecin malgré lui*), Sganarelle est un personnage avec lequel le comédien peut tout se permettre. Lorsqu'il crée *Sganarelle ou le Cocu imaginaire*, le succès est indéniable tant pour le public que pour les comédiens qui s'en donnent à cœur joie. La pièce est une série de quiproquos à partir d'un médaillon trouvé : Molière, marié à Marquise qui a pour confidents Madeleine et Gros-René... On se sent entrer dans l'intimité de la troupe, dans les secrets de sa gaieté. Et comme Molière-Mascarille avait dévoilé sa non-paternité de la fille de Madeleine dans *L'Étourdi*, Molière-Sganarelle conclut : « Et quand vous verriez tout, ne croyez jamais rien. » *Sganarelle ou le Cocu imaginaire* sera joué cent vingt-deux fois, Molière la reprenant très régulièrement comme s'il avait besoin de vivre sur scène cette tranche de vie intime rythmée par les malentendus, les équivoques et les confusions, artifices scéniques pour signifier la vie.

Une vue de profil

Le retour de Louis XIV et de l'infante d'Espagne, après leur mariage à Saint-Jean-de-Luz début juin 1660, est triomphal, préparé par Mazarin comme une apothéose de sa politique étrangère. Marie-Thérèse, fille de Philippe IV et d'une sœur de Louis XIII, cousine de Louis XIV, donc, Marie-Thérèse n'est à la hauteur, ni de son jeune époux ni des enjeux de son mariage. Elle n'apprendra jamais le français parfaitement — ce qui est un signe pour une reine de France. Et la paix avec l'Espagne ne durera pas éternellement. Prenant prétexte d'une dot impayée, Louis XIV partira en campagne pour démanteler l'empire de son beau-père. Pour l'heure, il s'agit d'un événement qui se doit d'être spectaculaire. Le théâtre du Marais donne *La Toison d'or* (Corneille, toujours) sur une musique de d'Assoucy. L'enthousiasme royal est tel que la troupe est gratifiée de deux mille livres.

Molière ne participe pas à ces fêtes. Il n'a pas trop envie de croiser d'Assoucy qui lui reprochait de ne pouvoir « aimer autre que lui-même[1] ». Ses préoccupations le tiennent ailleurs. Suivant la stratégie de Corneille, il publie : *Le Dépit amoureux*, *L'Étourdi* et *Le Cocu imaginaire*. On le lit, on en parle. Il s'assure ainsi les droits en cas de nouvelles représentations.

Le jeune roi affermit son pouvoir. Après la noblesse, il convient de replacer l'Église à sa juste place.

La Fronde s'était opposée à Richelieu puis à Mazarin parce que, bien que cardinaux, ils avaient choisi la raison d'État contre les privilèges de l'Église. On loue aujourd'hui leurs visions politiques, on oublie que leur comportement s'opposait à l'Évangile. Dans la Fronde, ô combien polymorphe, se trouvaient les jansénistes, de nombreux ecclésiastiques gradés et les Confrères du Saint-Sacrement. Louis XIV, trop jeune pour distinguer le bon grain de l'ivraie, garde l'appréhension de ces soulèvements occultes qui pouvaient attirer de saints hommes. Il n'opère aucune distinction. La Confrérie vient d'une belle idée. Mais deux options de son règlement condamnent son dessein à l'outrance : d'une part, elle est dirigée par un laïc assisté d'un religieux (rien n'est pire en effet que le zèle d'un laïc quand il s'agit d'impulser un courant spirituel) ; d'autre part, elle se veut secrète, « parce que, selon Voyer d'Argenson, l'éclat et la ruine des œuvres ». Cela permet surtout d'infiltrer les familles décisionnaires. Humilité et efficacité président donc au secret. Qui engendre suspicion, jalousies et craintes. Du coup, la

Confrérie, se radicalisant et de plus en plus puissante, ne recrute pas que des adorateurs du Saint-Sacrement ni des pionniers de la charité. C'est à ce moment de son évolution que Molière la croise.

En dissolvant la Confrérie du Saint-Sacrement, Mazarin la rend plus forte. Dissoudre une société secrète est impossible. Au contraire, une telle décision raffermit les liens entre les membres et leur donne plus de puissance parce que l'infiltration discrète des hautes sphères gagne en efficacité. Certes, la Confrérie du Saint-Sacrement de l'Autel n'aura plus de bannière mais elle sera omniprésente.

Cette année-là, le prince de Conti obtient le gouvernement du Languedoc.

C'est en cette année 1660 que Charles Le Brun fait le portrait de Molière. Jean-Baptiste a trente-huit ans. Il ne lui reste que treize années à vivre. C'est à la fois un homme en pleine possession de ses moyens et empreint d'une réserve d'inquiétude, que le peintre reproduit sur la toile.

Il le peint de profil, un profil singulier marqué par un nez proéminent, une bouche un peu molle, le menton rond de l'homme qui mange plus qu'à sa faim. A-t-il un regard perçant ou des yeux ahuris ? Il fixe intensément un objet quelque part. Il est spectateur. Le portrait est double en réalité ; Le Brun joue sur la diagonale du tableau : à gauche, le courtisan richement drapé et fort bien perruqué ; à droite, le visage concentré d'un homme attentif au monde : son regard est creusé et sa tempe fragile. Des mèches sur le front montrent un mouvement : le crâne est en action, rien n'indique qu'il pense ; il enregistre tout :

> Pour moi je ne sais point tant de philosophie :
> Ce que voyant mes yeux, franchement je m'y fie[2].

Le regard fixé, le visage tendu, la moustache légère et peut-être en mouvement, la bouche sensuelle, les lèvres comme un fruit, cette grâce finalement se perd dans l'ensemble du tableau, presque noyée par le costume, la soie, le jabot, les reflets capillaires, la Cour en somme ou le rang à tenir. Charles Le Brun rappelle que sous l'habit se cache l'homme ; que derrière le comédien se trouve l'homme toujours prêt à surgir ; que derrière l'homme se tient le comédien prêt à bondir.

Observateur, Molière ? Il le faut bien pour imiter comme il imite ! Scruter les attitudes, les gestes, les mots. On le voit assis dans la boutique d'un coiffeur ou sur une place. Aujourd'hui, on le verrait installé à écrire au café. Il a tous les accents des régions traversées : Languedoc, Rhône, Lyonnais, Normandie, Picardie… Mais depuis les premiers canevas qui firent les petites pièces improvisées, jusqu'aux grandes comédies de la maturité, Molière trouve ses modèles dans sa troupe qu'il ausculte. Les caractères émergent et se transforment dans les événements : Gros-René, Jodelet, la Brie, Mlle Du Parc, Madeleine, La Grange, et toujours cette relation de l'homme à la jeune fille, du cocu et de la belle, du père et de la fille ; l'un étant le double de l'autre ou, plutôt, l'une exprimant la jeunesse dans tout l'éclat de la nature, jeunesse dont rêve l'autre. Rien n'est double mais tout est complémentaire.

Jean-Baptiste a les traits irréguliers ; un œil légèrement plus gonflé que l'autre, un sourcil un peu plus haut, une joue à peine plus large. Ainsi Mignard atténue-t-il l'irrégularité : pas de symétrie ; les oppositions permettent de faire jouer les contraires. Car le visage de Molière est expressif : tout y passe mais rien ne s'y lit que ce qu'il veut bien montrer. À la scène, il peut n'importe quoi ; à la ville, la sobriété l'emporte : ne rien laisser paraître non pour se cacher mais parce qu'il n'y a rien à transmettre. « Même s'il parlait peu, il parlait juste », notera La Grange. Cette sobriété émouvra le roi en son lever comme au cours des répétitions des ballets.

Le revers du succès est qu'il faut durer. Le triomphe des *Précieuses* n'arrange personne, ni l'Hôtel de Bourgogne ni l'administration, car on se précipite au Petit-Bourbon : trop de monde... Il ne faudrait pas que le public s'habitue à y venir. En effet, les plans du nouveau Louvre le placent en attente de démolition.

Acte III :
une place au soleil

Portrait d'un directeur de théâtre

Avec l'Illustre-Théâtre, Jean-Baptiste a connu les salles vides ou les silences étonnés et désapprobateurs du maigre public qui fréquentait par curiosité ou amitié la salle du jeu de paume. En province, pendant treize ans, ses comédiens ont joui de protections qui disciplinaient les spectateurs. Nul n'aurait osé manifester un mécontentement devant Épernon ou Conti. À Paris, et singulièrement au Petit-Bourbon qui n'a pas encore sa place entre le Marais et l'Hôtel de Bourgogne, on peut tout se permettre, d'autant que les Italiens y jouent avec la salle, appelant les réactions, suscitant les éclats et provoquant les mouvements. C'est une habitude. On se frappe donc pour entrer, on crie, on siffle, on chante. On fait du bruit en attendant le spectacle qui commence dans la salle ; mise en place du public, entrée des nobles qu'on place sur les galeries puis sur les banquettes de scène, de part et d'autre de ce qui constitue le décor. Pour Molière, chargé d'annoncer le spectacle, le défi se renouvelle tous les jours. Il se confronte au public, à la moquerie. À lui, en quelques mots, de retourner la salle pour faire place au spectacle. Il vit ce rôle comme un devoir, celui d'un entrepreneur chargé de faire vivre une cinquantaine de familles.

Son théâtre est une entreprise gérée comme un commerce prudent. Chaque représentation a des frais fixes de quarante-deux livres et quinze sols au Petit-Bourbon[1] pour les « bas officiers du théâtre », ceux qui ne faisaient pas partie de la compagnie : portiers, ouvreurs de loge, de théâtre et d'amphithéâtre, receveuse au bureau, contrôleurs des portes, décorateurs et machinistes, concierge, violons, souffleur-copiste, imprimeur, afficheur, chandeliers, garçon de théâtre, éclairage, droit des pauvres. À ces frais ordinaires s'ajoutent, selon les spectacles et le choix des pièces, les frais extraordinaires : danseurs, figurants, musique, luminaires supplémentaires, location de costumes.

Chaque jour, donc, on compte la recette que le contrôleur inscrit sur son registre, dont on défalque quarante-deux livres et quinze sols. Le reste est divisé en seize parts : deux pour Molière en tant qu'auteur et comédien, quatorze pour les quatorze membres de la troupe.

Plusieurs comédiens remplissent la fonction de contrôleur : La Grange (à partir de 1659, soit dès son entrée), du Croisy, Du Parc, La Thorillière voire Molière lui-même.

Cette gestion rigoureuse guide dans le choix des textes et dans l'inspiration de l'auteur. Elle le contraint.

Les décisions engageant la troupe sont collégiales, parce que les investissements sont communs.

À propos de l'adaptation du spectacle *Psyché* pour la scène, La Grange écrit :

> Le mercredi 15 avril 1671, après une délibération de la compagnie, on décide d'aménager le théâtre. Musique, ballet, et généralement tous les aménagements nécessaires pour le grand spectacle[2].

Cette *délibération de la compagnie*, terme qui revient souvent sous la plume du jeune premier, est l'envers d'un même décor : celui du succès. Jouant sur scène, délibérant en coulisses, les comédiens cultivent une complicité qui scelle la troupe et conduit leurs affaires.

Enfin, il ne faut pas oublier les efforts de publicité. Des affiches sont rédigées, imprimées et collées le matin de bonne heure dans les rues, aux carrefours passants. Elles coûtent huit livres et quatre sols. Comment les libeller ? Le plus simplement, le plus directement possible :

Les comédiens
De Monsieur
Frère unique du Roy

Nous ne vous donnerons pas une mauvaise
nouvelle en vous apprenant
Que nous représenterons L'HÉRITIER RIDICULE
OU LA DAME INTÉRESSÉE
De Monsieur SCARRON avec GORGIBUS DANS LE SAC

Et vous aurez sujet d'être satisfaits

C'est au Petit-Bourbon, à deux heures.

Pour Molière, le travail est incessant, car nombreuses sont les préoccupations. Comme son père, il vérifie tout, contrôle, prévoit et assiste.

Il dira plus tard à Claude Chapelle :

> Si vous étiez comme moi occupé de plaire au Roi, et si vous aviez quarante ou cinquante personnes, qui n'entendent point raison, à faire vivre et à conduire ; un théâtre à soutenir ; et des ouvrages à faire pour ménager votre réputation, vous n'auriez pas envie de rire, sur ma parole [...]. Si je travaillais pour l'honneur, mes ouvrages seraient tournés tout autrement : mais il faut que je parle à une foule de peuple, et à peu de gens d'esprit pour soutenir ma troupe [...] quand j'ai hasardé quelque chose d'un peu passable, avec quelle peine il m'en a fallu arracher le succès[3] !

Le 6 octobre 1660, Paul Scarron meurt. Il avait cinquante ans et un rire généreux, courageux, qui dépassait cette étrange maladie qui le défigurait, lui qui avait été si beau, et le paralysait, lui qui fut si agile. « Souvent un vilain corps loge un noble courage, et c'est un grand menteur souvent que le visage[4] », avait-il écrit. Burlesque, inventif et profond, il écrivait comme un forcené pour résoudre ses difficultés financières. Pour Molière, c'était l'exemple à ne pas suivre. Donner une application immédiate à ce qu'on écrit deviendra pour lui la règle d'or. À quoi sert le génie s'il n'est pas triomphant ?

Cinq jours plus tard, le 11 octobre 1660, la stupeur s'empare de la troupe : en arrivant, ils voient les ouvriers des Bâtiments du roi affairés à démolir le théâtre, leur théâtre, sur ordre du Surintendant des Bâtiments du roi, M. de Ratabon. « La méchante intention de M. de Ratabon était évidente », écrivit La Grange. Buté et ne répondant qu'en langue administrative, Ratabon ne veut rien entendre. La troupe se précipite chez Monsieur puis chez le roi, au moins pour obtenir le sauvetage du matériel qui lui appartient. Sa majesté ne peut rien contre une administration en marche. Peut-elle envisager les difficultés que ne manquerait pas de causer son frère Philippe en voyant ses comédiens dépossédés de leur salle ? Sa majesté offre la salle du Palais-Royal, délabrée, et en ordonne son immédiate réfection au Surintendant Ratabon.

Dans l'ancien Palais-Cardinal, la salle comportera vingt-sept rangs de parterre et deux balcons dorés. Pour l'heure, « il y avait trois poutres de charpente pourries et étayées, et la moitié de la salle découverte est en ruine », décrit La Grange. Oubliée la somptueuse soirée que Richelieu avait offerte pour le mariage de sa nièce avec le Grand Condé en 1641 où l'on avait assisté à la première de *Mirame*, de Desmarets de Saint-Sorlin ! On est surtout très loin du désir de grandeur de l'Illustre-Théâtre au temps où ses membres refaisaient faire le pavement de la rue ! La caution, cette fois, n'est pas celle de Poquelin ou de Marie Hervé, mais du roi en personne. Pour Ratabon, il n'y avait pas d'urgence à rayer le Petit-Bourbon de la carte, sinon pour déshabituer le public qui s'y pressait de plus en plus. Avait-il été commandé par des malveillants tels que les comédiens de l'Hôtel de Bourgogne ? Il n'est pas impossible que Molière se soit posé la question. Les mauvais coups n'ont pas d'auteur. S'il n'est pas facile de discerner ses ennemis, il l'est encore moins de désigner des coupables. La démolition du Petit-Bourbon faisait l'affaire de beaucoup.

Croisy est chargé de passer les appels d'offres pour l'aménagement du Palais-Royal* et L'Épi de la conduite des travaux dont le coût de deux mille cent quinze livres reste à la charge de la troupe. Les comédiens doivent aussi déménager pour se rapprocher de leur lieu de travail. Madeleine trouve quatre chambres dans les corps de garde du Palais-Royal, entre la rue Saint-Thomas-du-Louvre et la rue Frémenteau où vit Marie Hervé. Pour se meubler, ils louent à la maison Poquelin : La Grange en prend pour sept cent cinquante livres, Du Parc pour deux cent treize livres, Madeleine pour huit cent quatre-vint-treize livres, Geneviève pour deux cent douze livres. Molière ne loue qu'un « lit de trois pieds et demi de large entouré de moire grise avec paillasse, matelas de toile et futaine, lit de plumes, traversin et couverture grise[5] ».

Les travaux du théâtre durent trois mois pendant lesquels la troupe n'aurait reçu aucun subside si elle n'avait pas joué devant le roi ; cinq fois au Louvre, une fois à Vincennes pour une somme de trois mille livres à laquelle s'ajoutent plus de

* À l'angle de la rue de Valois et de la place du Palais-Royal.

deux mille livres de gratifications pour des visites. Ils jouent *L'Étourdi* puis *Les Précieuses ridicules* pour Mazarin. Ce jour-là, le roi assiste à la comédie « debout, appuyé sur le dossier du fauteuil de Son Éminence ». Le détail surprend les comédiens au point que La Grange le note dans son registre. Cela en dit long sur la façon décontractée avec laquelle le roi envisage une représentation des comédiens du Palais-Royal. Il s'y sent bien, voilà tout.

Deux ans plus tard, Ratabon démissionne de son poste.

Enfin, le 4 février 1661, on inaugure la salle du Palais-Royal. Les frais fixes s'élèvent désormais à cinquante-cinq livres et trois sols. Ce sera le dernier théâtre de Molière, sa vraie maison.

La réfection a coûté cher mais elle a permis une des grandes évolutions « baroques » du théâtre d'alors en travaillant particulièrement la disposition de la salle. Les spectateurs en effet se trouvaient partout, y compris sur la scène, où l'on réservait des banquettes pour ceux qui voulaient, ou qui devaient, se faire voir, qui parlaient entre eux, voire aux comédiens. Or, depuis longtemps, l'illusion du drame est revendiquée par les auteurs : *La vie est un songe* (Calderón, 1636), *La Tempête* ou *Le Songe d'une nuit d'été* (Shakespeare, 1611 et 1595), *L'Illusion comique* (Corneille, 1639). Ils inscrivent le théâtre dans le théâtre, c'est-à-dire le théâtre tout court, pour que l'espace scénique n'appartienne qu'au déroulement de l'action.

Cette séparation des acteurs et du public, marquée par un rideau rouge, suscite le développement de décors en trompe l'œil, des perspectives et des machines. Pour bien voir, il convient d'être placé à l'œil du prince, c'est-à-dire être assis au septième rang d'orchestre. Telle est la conception italienne que propose Vigarani à Mazarin pour aménager les Tuileries et que Molière et sa troupe adoptent au Palais-Royal.

Pour l'inauguration, il produit un spectacle grandiose qui ne doit pas décevoir, qui met en scène des caractères et l'affrontement splendide et décoré de la raison et du sentiment : *Dom Garcie de Navarre ou le Prince jaloux*.

Voilà bien un oxymore annonçant *L'Atrabilaire amoureux*, *Le Bourgeois gentilhomme*, voire *Le Malade imaginaire*. Car, dans l'esprit de Molière, un prince ne peut être pris d'un aussi vil sentiment que la jalousie. Un prince élève ses sujets, or Dom Garcie rabaisse tout à ses suspicions envers sa promise, Done Elvire. Il interdit à Dom Sylve de pénétrer dans la ville et tombe nez à nez sur ce proscrit s'entretenant avec... Done Elvire ! La scène aurait dû être cocasse, de même que les emportements animés par la jalousie qui se confondent avec les transports de sa flamme. Marquise sauve la pièce en jouant Elvire avec sensualité.

Qu'est-ce que Molière a voulu faire ? Du Corneille gai. Il est parvenu à un drame psychologique en avance sur son temps, mais écrit en vers d'antan. C'est un échec. Molière a puisé en lui-même un caractère à décrire. Il est jaloux de nature et ne peut pas se raisonner. Il peint ses propres inquiétudes. Le sentiment l'emporte sur la raison. Que peut-on sur le sentiment qui s'érige en valeur suprême ? « Un désespoir va loin quand il est échappé, et tout est pardonnable à qui se voit trompé[6] », dit-il.

N'est-ce pas se moquer de soi-même que de faire sourire sur ses propres défauts ? Molière écrit, sans doute poussé par Madeleine qui, dans les scènes de leur intimité, lui signala que se mettre ainsi hors de lui était bien ridicule. Elle en rit ? Écrivons pour changer le quotidien morose en œuvre d'art. La pièce manque de ressorts dramatiques autres que la pure psychologie partagée entre le ciel et le destin, l'amour et la jalousie. Ni les magnifiques décors ni les somptueux costumes n'ont su charmer le public. Il faut ajouter que revoir Molière costumé en prince (cuirasse, plumes et solennelle démarche) rappelle les tragédies dans lesquelles il faisait bâiller les spectateurs, trop attaché qu'il était au texte, trop statique aussi pour ne pas révéler d'un geste ce que le vers n'a point encore donné. C'est raté. Molière retire la pièce après quatre représentations seulement et ne la reprendra jamais, ne la publiant même pas mais gardant pour lui-même certains vers qui lui plaisent, sonnent bien et pourraient toujours servir.

Il s'était appliqué pour écrire ses vers. Trop peut-être ? Pour un auteur, une pièce est toujours un aboutissement de soi-même et nombreux sont ceux qui s'y accrochent, sûrs de leur fait, espérant que leur vérité saura triompher en s'imposant finalement au public. La réalité des recettes, qui tombent à soixante-dix livres, oblige Molière à retirer son texte de l'affiche, à reprendre les succès et à chercher d'autres pièces comme celle de Gilbert, *Le Tyran d'Égypte*, qui rapporte deux cent soixante et onze livres la part. Mercantile, Molière ? Commerçant, peut-être ; responsable de ses comédiens surtout. Une chute du montant des parts est le seul argument qui leur fasse entendre les sirènes continues de l'Hôtel de Bourgogne habitué à cisailler une troupe en prenant les meilleurs éléments des autres compagnies.

Il faut donc une autre pièce ; une de ces « petites comédies » qui ne tiennent pas tout le spectacle mais qui viennent après une pièce. Il a vu que la première pièce ne conditionne pas le succès de la seconde — après *Les Précieuses ridicules.* Mais avec *Dom Garcie*, le théâtre perd de l'argent et voit sa réputation s'effriter.

Molière écrit vite, trop vite pour certains puristes de la métrique qui relèvent çà et là des fautes de versification — il y en a, en effet — et il aime faire croire en cette célérité. Au vrai, il travaille beaucoup, multipliant les notes, les billets, les cahiers qui reposent dans sa malle en attendant un dénouement qui leur donnera la cohérence dramatique et suscitera le jeu de ses comédiens.

Le 8 mars de cette même année, Mazarin meurt. Parrain irremplaçable pour Louis XIV, il fut son éducateur, son vrai tuteur qui lui indiqua la façon de poursuivre l'œuvre de Richelieu et de Louis XIII pour installer la France à la tête des puissances européennes. Le roi ne pouvait pas concevoir de travailler avec un autre que ce Romain si haut serviteur de l'État. Il supprime donc la fonction de Premier ministre. Le roi est jeune mais mûr désormais pour gouverner. Il va pouvoir affirmer le goût français ; « un style régulier sans monotonie, noble sans richesse, logique sans abstraction, royal sans inhumanité, humain sans vulgarité, et dont Versailles demeure l'exemple le plus spectaculaire[7] ».

Boulimique de travail, de nourriture, d'air pur, de réjouissances, de travail et de femmes, le roi est de belle constitution. Anne d'Autriche lui a transmis la rigueur, le goût du spectacle et la haine du laisser-aller. Tout ce qu'il a reçu viendra pour édifier davantage le royaume de France dans la continuité de son père. Louis XIII avait consacré la France à la Vierge Marie. Louis XIV pouvait faire siennes certaines des lignes de son « Vœu » : « Lorsque nous sommes entrés au gouvernement de cette couronne, la faiblesse de notre âge donna sujet à quelques mauvais esprits d'en troubler la tranquillité ; mais cette main divine soutint avec tant de force la justice de notre cause que l'on vit en même temps la naissance et la fin de ces pernicieux desseins. » L'œuvre de Dieu repose sur lui. Non qu'il en soit l'acteur mais parce qu'il en est redevable et comptable. Le pouvoir divin est à ce prix-là.

Faut-il y voir une marque d'absolutisme avec ce que cela comporte aujourd'hui de dangereux pour les libertés fondamentales des citoyens ? Absolument pas. En politique, la cohérence vient de la cohésion. Louis la revendique devant ses ministres en prévenant : « L'État, c'est moi ! » La mort de Mazarin l'émancipe. Elle déclenche le triomphe d'un règne étonnant et unique. Elle donne au jeune roi la grandeur d'un destin : la France. Le Conseil est immédiatement modifié. Parmi les premières décisions royales ? La création de l'Académie royale de danse.

Un Jean Poquelin ne comprendrait pas pareille futilité qui privilégie le divertissement à la gestion. Molière l'expliquera :

> Lorsqu'un homme a commis un manquement dans sa conduite, soit aux affaires de sa famille, ou au gouvernement d'un État, ou au commandement d'une armée, ne dit-on pas toujours « Un Tel a fait un mauvais pas dans une telle affaire ? » [...] Et faire un mauvais pas peut-il procéder d'autre chose que de ne savoir pas danser[8] ?

La danse, parfaite adéquation du corps et de l'esprit, de la nature et de la culture, école de rigueur, d'écoute et de cohésion, déplacements joyeux dépassant les humeurs, forgeant les caractères, maîtrisant les pulsions et ayant pour dessein la splendeur du moment ; la danse trouvera une place de choix dans la politique du jeune roi. En politique, la discipline triomphe quand elle s'appuie sur un art partagé. Les jésuites l'avaient compris en l'enseignant dans leurs collèges : « Au collège de Clermont, où se fait tous les ans une grande tragédie pour la distribution des prix, on lie le plus souvent le sujet du ballet à celui de la tragédie », expliquait le père Menestrier[9].

À la fin du mois, la Cour peut se réjouir : Monsieur, frère du roi, duc d'Orléans, épouse Henriette-Anne d'Angleterre. Elle a dix-sept ans et sera un allié de charme pour l'esprit et les arts ; une complice sûre des projets de Molière.

Élevée en France où elle a fui la révolution qui tua son père Charles Ier, elle a vu ses droits réhabilités quand son frère Charles II accéda au trône. « Cette princesse née sur le trône avait l'esprit et le cœur plus haut que sa naissance[10]. » Trop maigre au goût de Louis XIV, elle ne tardera pourtant pas à le séduire.

Vite délaissée par les plaisirs de Monsieur, Henriette s'amuse avec le roi. Ils partagent un même goût pour les frivolités, les amusements, les ambiguïtés, les sentiments déguisés sous les mots anodins. Ils chevauchent ensemble à Fontainebleau, ils causent, ils rient et aiment à se retrouver. On les croit amants et cela commence à se murmurer à la Cour au point qu'Anne d'Autriche rendosse son rôle de mère pour reprendre le roi. Henriette a l'estime de la reine mère, notamment parce qu'elle cache au monde, plus ou moins bien, l'homosexualité de Monsieur, et surtout parce qu'elle sait tenir son rang, voire faire respecter l'étiquette si nécessaire au sommet du royaume de France. Marie-Thérèse, l'infante d'Espagne, n'est pas à sa place : petite, grassouillette, depuis peu capricieuse, elle arrive en retard à la messe quotidienne, ne se présente pas au côté du roi quand il le faut, ne tient pas tête aux courtisans avec la grâce d'une reine. Henriette d'Angleterre eût été une parfaite reine de France. Sa complicité avec Louis XIV se renforce avec les intrigues qui doivent pourtant cesser. Elle trouve alors un stratagème, non un homme de paille mais une femme de sa suite qui passera pour aimée du roi. Louis s'amuse de ce nouveau scénario mais, considérant la dame de compagnie, tombe éperdument amoureux d'elle. Louise de La Vallière sera ainsi la première des « favorites ».

L'omission

Est-ce pour sacrifier à la mode stimulée par les mariages du roi puis de Monsieur que Molière, à Pâques, au cours d'une « délibération de la compagnie », demande deux parts « pour lui ou pour sa femme s'il se mariait » ? Il n'en dit pas davantage. Nul ne s'en étonne. Mais il a trente-neuf ans, et, depuis qu'il a troqué la famille Poquelin pour la famille du théâtre fondée sur les Béjart, il n'a jamais été question de mariage, laissant « aux gens grossiers, aux personnes vulgaires, les bas amusements de ces sortes d'affaires[1] ». Qu'a donc le mariage en soi qui l'oblige ? Il aime. N'a-t-il jamais aimé ? Si, bien sûr : Madeleine, la de Brie et la Du Parc, d'autres. Mais là, il aime passionnément une femme qui est *La* femme, parce qu'il l'a toujours aimée, c'est-à-dire depuis toujours.

Il n'avait pas osé l'imposer à son cœur. La vie ne l'a-t-elle pas établie pour lui ? Il n'a pas été surpris quand elle s'est glissée dans son lit. Car c'est elle qui est venue à lui : « Lasse d'attendre le plaisir d'être femme et de souffrir les duretés de sa mère, se détermina un matin de s'aller jeter dans l'appartement de

Molière, résolue de n'en point sortir qu'il ne l'eût reconnue pour femme ; ce qu'il fut contraint de faire[2]. » Il l'a élevée dans le goût de la liberté. Elle a pris ce qu'il lui avait donné pour le lui rendre. Molière est désormais la destinée amoureuse d'Armande. Et c'est elle qui lui remet enfin la liberté qu'il lui a transmise : aboutissement heureux, perfection de la trajectoire d'une comète : la jeunesse. Quel bonheur à être l'accomplissement de ce qu'on a donné ! Fillette devenue femme, elle ne peut qu'être *sa* femme. Il l'a vue grandir, il l'aime, il l'a toujours aimée. Depuis quand sont-ils amants ? Le secret est bien gardé. Armande a pris de l'assurance et Molière de la tendresse de jeune homme.

Est-ce pour s'en moquer autant que pour s'en réjouir qu'il écrivit *L'École des maris* qu'on joua le 24 juin ? Les gens de lettres y virent un calque des *Adelphes* de Térence. Ne dit-on pas que Molière aimait traduire son théâtre complet ? Les emprunts sont grossiers et l'on se demanda où était la part de la création. Pourtant, après *Le Cocu imaginaire*, *L'École des maris* fut la pièce la plus jouée : respectivement cent vingt et cent neuf représentations du vivant de Molière. Armande y figure, ayant pour suivante... Madeleine ! Molière et L'Épi sont deux frères âgés voulant épouser deux sœurs, Armande et Catherine de Brie. Cette dernière, amoureuse de La Grange, piège Molière pour s'en défaire. L'Épi a beau le raisonner sur la liberté d'un amour consentant, le pauvre sera le dindon et l'artisan du mariage de la de Brie avec La Grange. Avec cette « petite comédie », Molière annonce ce que sera son théâtre : le couronnement de l'amour dans la gaieté, et cela malgré la vision erronée qu'un pauvre bougre caractériel a du monde et des êtres.

Presque toutes les pièces qu'il écrit mettent en scène une jeune fille et un jeune homme aux amours contrariées par un père refusant le mariage (le Sganarelle de *L'Amour médecin*) ou ayant des ambitions précises pour l'hymen de sa fille (*L'Avare, Le Bourgeois gentilhomme, Monsieur de Pourceaugnac, Le Malade imaginaire*). L'un des charmes du théâtre de Molière est dans ces inclinations secrètes qui triomphent en fin de compte au nom de l'amour et du mariage ! Il confère au mariage un sens quasi sacré. Rien à voir donc ni avec l'infect Dom Juan ni avec les relations tendres qui se conjuguent à tous les temps en coulisse.

Le mariage et la célébration de l'amour forment des thèmes éternels auxquels tout le monde adhère et qui charment par la jeunesse des comédiens. Ils sont prétextes à des rebondissements et surtout à la description de caractères.

On a vu que Molière était un imitateur sans égal parce qu'il se laissait habiter par le personnage qu'il copiait, qu'il re-produisait. Fallait-il que les modèles qu'il prenait se reconnussent sur la scène ? Donneau de Visé est formel : « Il apprit que les gens de qualité ne voulaient rire qu'à leurs dépens, qu'ils voulaient que l'on fît voir leurs défauts en public, qu'ils étaient les plus dociles du monde, qu'ils avaient été bons du temps où ils faisaient pénitence à la porte des temples ; puisque loin de se fâcher de ce qu'on publiait leurs sottises, ils s'en glorifiaient[3]. »

Au-delà du public et de ses attentes, le sujet du mariage pose une question de société et de religion.

En plein concile de Trente (1545-1563) qui a affirmé l'indissolubilité du mariage, le roi de France, en 1556, a exigé le consentement des parents pour le mariage de leurs enfants jusqu'à la majorité fixée à trente ans pour les garçons et à vingt-cinq pour les filles. Un mariage sans consentement est donc nul : fruit d'un « rapt », selon l'Église ; « rapt de séduction », selon la loi. Autant dire qu'il revenait aux parents de décider, contraignant ainsi l'Église à leurs visions des destinées de leur progéniture. « Il est vrai que vous êtes mon père, je vous dois entière obéissance, et c'est à vous à disposer de moi selon vos volontés », admet Lucile à qui M. Jourdain veut faire épouser un « carême-prenant[4] ».

Pour Molière, il semblait urgent de s'affranchir de l'approbation parentale ou mieux : d'éduquer les parents à regarder leurs enfants pour ce qu'ils sont et non plus pour ce qu'ils veulent en faire. Les pères, dans ses comédies, font office de roi et reçoivent la légitime obéissance de leurs enfants. Souvent costumés à l'ancienne mode, avec une fraise entourant le cou comme Harpagon, ils sont en décalage complet avec leurs enfants, et décident pour eux parfois égoïstement : « ... rien de plus impertinent et de plus ridicule que d'amasser du bien avec de grands travaux, et d'élever une fille avec beaucoup de soin et de tendresse, pour se dépouiller de l'un et de l'autre entre les mains d'un homme qui ne nous touche de rien ? Non, non : je me moque de cet usage, et je veux garder mon bien et ma fille pour moi », dit Sganarelle[5].

Les heureux dénouements célèbrent l'amour et la jeunesse. Gageons que, sur scène, ils améliorent un peu le regard des parents.

Le mariage reste un bon ressort dramatique avec ses différentes variantes :

> Chacun a son but en se mariant. Pour moi, qui ne veux un mari que pour l'aimer véritablement, et qui prétends en faire tout l'attachement de ma vie, je vous avoue que j'y cherche quelque précaution. Il y en a d'aucunes qui prennent des maris seulement pour se tirer de la contrainte de leurs parents, et se mettre en état de faire tout ce qu'elles voudront. Il y en a d'autres qui font du mariage un commerce de pur intérêt, qui ne se marient que pour gagner des douaires, que pour s'enrichir par la mort de ceux qu'elles épousent, et courent sans scrupule de mari en mari pour s'approprier leurs dépouilles. Ces personnes-là, à la vérité, n'y cherchent pas tant de façons, et regardent peu la personne[6].

Molière ne sera pas dupe d'une sorte d'exaltation matrimoniale si répandue. Les vieux mariés qu'il présente sur scène ne font vraiment pas rêver. Ainsi écrit-il :

> Quinze ans de mariage épuisent les paroles,
> Et depuis un long temps nous nous sommes tout dit.
> [...] Il est certain âge où tout passe ;
> Et ce qui leur sied bien dans les commencements,
> En nous, vieux mariés, aurait mauvaise grâce[7].

Inquiet du temps qui ronge les amours, Molière trouvera avec Armande l'ardeur d'un jeune époux. Ce sera sans doute son illusion tragique.

Le retentissement des *Précieuses* puis de *L'École des maris* engendre des visites : les comédiens de Monsieur sont demandés pour jouer à domicile. Ils ont l'élégance de leurs costumes, la nouveauté du ton, la fraîcheur de leurs intrigues. Ils diffèrent des comédiens du roi à la diction si parfaite qu'ils n'égayent pas, et ne semblent flatter que les érudits.

Les visites, pour une troupe, sont très importantes : rémunératrices, elles tissent des relations étroites avec un public restreint. En juillet 1661, Molière joue *L'Étourdi* et *Le Cocu imaginaire* pour Nicolas Fouquet, le Surintendant aux Finances. Celui-ci est si transporté qu'il commande à Molière une nouvelle pièce. Jamais, jusqu'ici, on ne lui avait commandé de pièce. Au temps de sa protection à Pézenas, Conti avait donné des indications et Molière n'avait jamais écrit que par nécessité pour sa troupe. Là, il s'agit d'une pièce en vue d'une fête que le Surintendant veut donner le mois suivant. La plus belle fête jamais offerte à un prince, pense-t-il.

Fouquet et Molière, la double erreur

Le Surintendant aux Finances, Nicolas Fouquet, excitait les jalousies parce qu'il avait du goût.

Un homme de goût, quelle que soit l'étendue de son pouvoir, règne par l'autorité de son charme, la maturité de ses choix. L'élégance naturelle oblige le respect : elle procède du talent et ne peut être ni taxée, ni domptée, ni soumise. Par sa fonction, Fouquet a des moyens financiers considérables : tout ce qu'il fait pour l'État le sert lui-même. Tout ce qu'il réalise pour lui-même sert-il l'État ? Mais n'est-ce pas là la fonction du seul roi ?

Avec le discernement des grands, Fouquet sait s'entourer et stimuler les meilleurs artistes de son temps : l'architecte Le Vau, le peintre Le Brun, le jardinier Le Nôtre travaillaient à son château et excelleront plus tard quand il s'agira de servir Louis XIV. Pour l'esprit, il versait une pension de deux mille livres à Pierre Corneille, gratifiait Jean de La Fontaine pour quelques pièces comme *Le Songe de Vau* qui donnait sens à l'élaboration du château, rétribuait des poètes comme Pellisson, des gens de lettres comme Paul Scarron à qui il avait versé mille six cents livres annuelles jusqu'à sa mort. Les beaux esprits de l'hôtel de Rambouillet ne cherchaient plus à briller mais d'abord à le servir et à contribuer à la réussite de cette belle entreprise : créer en un lieu une parfaite harmonie.

L'inauguration de Vaux-le-Vicomte a lieu le 17 août 1661. Fouquet confie la coordination des spectacles à Molière. Il ne s'agit plus de faire jouer seulement sur une scène (sans quoi Corneille aurait été sollicité) mais d'animer et d'égayer. On fera comme pour Conti, avec naturel, mais en mieux. Molière n'a, jusqu'à présent, jamais eu autant de moyens à sa disposition.

Giacomo Torelli, qu'on appelait le « grand sorcier », met en place une machinerie qui ne laisse pas de surprendre par des changements de décors rapides, des successions quasi instantanées d'atmosphères. Pour le prologue, qu'a écrit Pellisson, Molière cherche d'emblée une touche de sensualité. Au milieu des rochers et des eaux, d'une grande coquille, il fait jaillir une naïade, Madeleine, qui déclame les vers, électrisant chaque syllabe de sa nudité. Elle seule est capable de tant de naturel.

Les répétitions tardent. On est pressé par le temps, et Molière est surchargé de mille détails que les courtisans de Fouquet regardent avec amusement ou scepticisme, multipliant les commentaires désabusés. Parmi eux, Molière retrouve Gilles Ménage. Il n'a pas le temps de s'attarder sur ce genre de personnages qui l'encombrent et cherchent à l'étouffer.

Il écrit et joue *Les Fâcheux*, une pièce « conçue, faite, apprise et représentée en quinze jours ». Fallait-il qu'il soit pressé, pressurisé, pour qu'il rappelle la contrainte : quinze jours pour tout faire ? Il a fallu fournir coûte que coûte. « Jamais entreprise au théâtre ne fut si précipitée », écrit-il. Il se souvient des difficultés de Poquelin pour fournir à temps, utilisant le vocabulaire de son père pour décrire son travail : « Pour ne point *rompre aussi le fil de la pièce** par ces manières d'intermèdes, *on s'avisa de les coudre* au sujet du mieux que l'on put[1]. » Il ne s'agissait pas de jouer à l'auteur enfermé, écrivant nuit et jour. Il faut écrire au plus vite, c'est-à-dire tout le temps ; dans une préoccupation permanente : happant une rime, ressassant les idées, respirant les rythmes ternaires de l'alexandrin. Un travail permanent, en somme, qui ne pouvait occulter les obligations de l'acteur, du directeur de théâtre et du tapissier du roi.

On se demande ce qu'il prépare. Le roi, simplement, le questionne sur ce qu'il écrit en ce moment, autant par goût du théâtre que pour savoir ce que Nicolas Fouquet est en train de prévoir pour la grande fête annoncée. Molière explique *Les Fâcheux* : un rendez-vous amoureux sans cesse différé par des « fâcheux » venant déranger le jeune homme. Des fâcheux ? « Il en pleut ici de tous côtés[2]. »

* C'est l'auteur qui souligne.

Le roi s'amuse. À vingt-trois ans, il connaît bien les gens que Molière veut décrire. Le thème est bon, en effet, et la comédie pourrait ne jamais cesser tant les fâcheux sont nombreux. Tenez, moi qui vous parle... Rien n'est plus insupportable que le type qu'on invite à une chasse à courre et qui, pour s'assurer un héroïsme facile et un trophée rapide, tue la proie d'un coup de feu. Le portrait est bon mais plus fâcheux encore est celui qui le raconte en se lamentant. Un amoureux transi n'a que faire du récit d'une chasse ratée. La scène frappe Molière qui la met en vers avec passion. « Il faut avouer, Sire, que je n'ai jamais rien fait avec tant de facilité, ni si promptement que cet endroit où votre Majesté me commanda de travailler[3]. » Et c'était vrai. Toute idée est bonne à prendre, et celle-là vaut mieux que d'autres.

L'excitation collective et mondaine qui enfle devant l'événement bouscule Molière. Corneille ou Ménage voudraient bien le voir trébucher. L'auteur de *Cinna* ne peut oublier que sa pièce a été retirée du Petit-Bourbon pour sauver les *Précieuses*. Ménage a le scepticisme brillant des intelligents. Molière est sans arrêt dérangé :

> Sous quel astre bon Dieu, faut-il que je sois né,
> Pour être de fâcheux toujours assassiné[4] !

La pièce s'inscrit parfaitement dans la fête : « Un mélange qui est nouveau pour nos théâtres », constate-t-il. En effet, la comédie-ballet est née. Molière chercha-t-il une galerie de portraits ? Il décrivait des fâcheux et la drôlerie venait du rendez-vous manqué ; et la fraîcheur provenait de la succession rapide des portraits. Alcidor, Lisandre, Oronte, Célimène... La Grange, Marquise et la de Brie jouent plusieurs personnages, ce qui accentue encore la gaieté de la pièce et montre l'excellence des comédiens qui se métamorphosent si rapidement. Or, on veut reconnaître un tel ou une telle à travers les personnages. Il est vrai qu'à travers le portrait soufflé par le roi, tout le monde reconnaît Maximilien de Bellefourrière de Soyecourt, alors Chargé des chasses.

Molière, tapissier du roi, est aussi le spectateur le mieux placé à la Cour pour observer les travers et les sourires mièvres, les compliments et les demandes les plus inédites à la personne royale. « Molière aura toujours plus de sujets qu'il n'en voudra ; et tout ce qu'il a touché jusqu'ici n'est rien que bagatelle au prix de ce qui reste[5]. »

À partir des *Fâcheux*, donc, le public va se réjouir ou trembler de se reconnaître dans les comédies de Molière. Les gazetiers, Somaise ou Donneau de Visé, ne manqueront pas de « révéler » les identités qui se cachent sous les noms de Philinte, Clitandre, Léandre, etc. Ces portraits feront le sel et les scandales de la carrière du dramaturge. La « querelle de *L'École des femmes* » puis le scandale du *Tartuffe* prennent racines dans cette succession de portraits, dans l'interprétation mondaine qu'on en fit et qui confirmera Molière dans cette voie dangereuse :

> Comme l'affaire de la comédie est de représenter en général tous les défauts des hommes et principalement des hommes de notre siècle, il est impossible à Molière de faire aucun caractère qui ne rencontre quelqu'un dans le monde ; et s'il faut qu'on l'accuse d'avoir songé à toutes les personnes où l'on peut trouver les défauts qu'il peint, il faut sans doute qu'il ne fasse plus de comédies[6].

Tout le monde ignore qu'en touchant si justement les caractères des hommes, il atteindra l'universel. À ce moment, à Vaux-le-Vicomte, on rit de reconnaître. Ce rire moqueur encourage Molière.

Parmi les remarques positives sur la pièce, Jean de La Fontaine écrit dans l'élégie clandestine *Aux nymphes de Vaux* :

> Et jamais il ne fit si bon
> Se trouver à la comédie ;
> Car ne pense pas qu'on y rie
> De maint trait jadis admiré
> Et bon *in illo tempore ;*
> Nous avons changé de méthode :
> Jodelet n'est plus à la mode,
> Et maintenant il ne faut pas
> Quitter la nature d'un pas.

« Ne pas quitter la nature d'un pas », Jean de La Fontaine prend cette injonction pour lui-même. Depuis plus de deux ans, il est payé par Fouquet pour écrire. À quarante ans, il cherche son style à travers des odes et des sonnets, partagé entre galanterie et hédonisme, entre le vrai et le plaisant. Il faut aussi avouer que le futur fabuliste a un véritable coup de foudre pour Marquise Du Parc. Encore elle…

Désormais, le comique de Jodelet semble fade et bien artificiel devant le naturel ! Tout est dit. Autant le naturel de dire, de parler, de se mouvoir sur la scène, que cette vie nature qui permet à Madeleine de se promener nue ou à Molière de vivre ses amours. Retrouver la nature. « Il y a des choses si naturelles, qu'il semble que la nature ait elle-même travaillé à les faire […]. Ce sont des portraits de la nature qui peuvent passer pour originaux[7] », écrit Donneau de Visé. La nature ! Voilà qui sort des canons de la culture, voilà qui plaît au roi, voilà qui s'oppose à la Cour. Les auteurs auront beau jeu d'écrire pamphlets, critiques, pièces à clefs, satires, sonnets, ils ne parviendront pas à mêler sur la scène la nature et le bon modèle. Ce que Molière fera dire cinq ans plus tard à Alceste :

> Vous vous êtes réglés sur de méchants modèles,
> Et vos expressions ne sont point naturelles […]
> Ce n'est que jeux de mots, qu'affectation pure,
> Et ce n'est point ainsi que parle la nature.
> Le méchant goût du siècle en cela me fait peur[8].

Une fête parfaite, donc, sauf pour le roi.

Lorsqu'il arrive à Vaux-le-Vicomte, il sait quel sort il réserve à son surintendant. Fouquet a commis un crime de lèse-majesté que le jeune monarque ne peut pas laisser passer. S'est-il servi dans les caisses de l'État ? Le château a coûté dix-huit millions de livres[9]. Certes, mais comment le condamner pour cela quand Mazarin ne s'est pas privé de s'enrichir ?

Fouquet et quelques proches sont membres de la Confrérie du Saint-Sacrement, possibles frondeurs en sommeil. La Confrérie a été dissoute et interdite. Fouquet a désobéi[10]. Mais il y a pire encore.

Nicolas Fouquet est amoureux d'une suivante de Madame, Henriette d'Angleterre : Mlle de La Vallière. Elle a repoussé ses avances avec une telle insistance que le Surintendant a enquêté sur sa vie personnelle et a reçu l'information la plus dangereuse du royaume. Louise Françoise de La Baume Le Blanc, Louise de La Vallière, a un soupirant : Louis XIV lui-même.

On raconte que le roi, traversant les salons de Vaux-le-Vicomte, s'est arrêté un instant devant le cabinet de Fouquet et a aperçu le portrait de sa bien-aimée. Il voulut immédiatement faire arrêter son hôte mais sa mère l'en empêcha. La fête put donc se dérouler. Rien n'est certain dans ce regard à la dérobée. Ce qui est sûr, car souvent raconté, est que Fouquet a proposé à Louise des sommes importantes (vingt mille pistoles puis deux cent mille livres !) pour qu'elle se donne à lui. Jolie façon de séduire !

De cette soirée, Molière sort exténué mais bourré d'ambitions. Il a honoré son contrat auprès de Fouquet, il a glorifié le roi en écoutant ses conseils, il a trouvé le but à atteindre à la Cour : surintendant des Fêtes royales. Est-ce la pièce, *Les Fâcheux*, qui interdit au roi le coup de théâtre qu'il a prévu en arrêtant Nicolas Fouquet devant ses propres convives ? Ce n'est pas impossible, car il aurait passé pour le dernier fâcheux de la soirée. Il donnera vite raison à ce qu'on venait d'entendre de Molière : « Et notre roi n'est pas un monarque en peinture : Il sait faire obéir les plus grands de l'État[11]. »

Il s'en retourne donc dans la nuit, passant devant chacun courbé, et devant Fouquet rasséréné qui ne perd rien pour attendre.

Trois semaines plus tard, en effet, un mousquetaire, d'Artagnan, vient arrêter le Surintendant. Il a fallu ce temps pour que Louis XIV trouve une justification politique. Le Surintendant aux Finances servira de bouc émissaire, symbole d'une administration désuète et source de gabegie que Mazarin, plus préoccupé de politique internationale, a laissée pourrir. La complexité de l'administration et la corruption qui en découle trouvent en Fouquet un accusé idéal. Car le roi est « ennemi de la fraude[12] ». Pour Molière qui a bien connu le détenu, il y a certainement matière à s'interroger, à discuter.

Le procès de Fouquet durera trois ans. Grâce à d'Ormesson, qui y laissera sa carrière, il évitera la peine de mort par treize voix contre neuf, au grand dam de Colbert qui souhaitait son exécution. Il sera enfermé à Pignerol et mourra au bout de dix-neuf ans. Aucune trace de cette affaire ni d'aucune autre qui touche un prisonnier n'est à relever dans le théâtre de Molière qui avait passé quelques nuits au Châtelet du temps de la banqueroute de l'Illustre-Théâtre. Faut-il que son père lui ait inculqué de ne jamais « faire de politique » ou que le discours politique l'ennuie comme celui de ces fâcheux qui imaginent leur importance en traitant des affaires de l'État, des guerres, des conquêtes ? Il écrira plus tard, pour se moquer de ces gens qui parlent d'importance sur des sujets qui les dépassent :

> J'ai été arrêté en chemin, par un vieux importun de qualité, qui m'a demandé tout exprès des nouvelles de la cour, pour trouver moyen de m'en dire de plus extravagantes qu'on puisse débiter [...] Ensuite, comme d'une chose fort curieuse, il m'a fait, avec grand mystère, une fatigante lecture de la Gazette de Hollande dont il épouse tous les intérêts. Il tient que la France est battue en ruine par la plume de cet écrivain et qu'il ne faut que ce bel esprit pour défaire toutes nos troupes ; et de là s'est jeté à corps perdu dans le raisonnement du ministère dont il remarque tous les défauts et dont j'ai cru qu'il ne sortirait point. À l'entendre parler, il sait tous les secrets du Cabinet mieux que ceux qui les font. La politique de l'État lui laisse voir tous les desseins, et elle ne fait pas un pas dont il ne pénètre les intentions. Il nous apprend les ressorts cachés de tout ce qui se fait, nous découvre les vues de la prudence de nos voisins, et remue à sa fantaisie toutes les affaires d'Europe[13].

L'affaire Fouquet lui aura confirmé la nécessité pour un artiste de demeurer un artiste : son pouvoir sera de faire rêver et surtout de faire rire le roi et, de là, le plus grand nombre. Il s'interdit le discours politique, préférant les personnes, sentant les dangers, n'assurant son métier que sur les planches. C'était la sagesse que Torelli n'a pas suivie. Ayant pris parti pour Fouquet, il est prié de quitter la France, et de rentrer à Fano, son pays natal.

Fouquet a commis l'erreur de cette soirée : exhiber devant le roi ce qu'il prétendait être le seul à enseigner aux autres, le goût. La fête du 11 août, à Vaux-le-Vicomte, aura été son piège. Molière, subjugué par les moyens qu'on lui a offerts, a commis aussi une faute : celle, pour répondre au roi, de brosser des portraits. Par là, il se créera de vrais ennemis parmi les plus puissants du royaume.

Cette année-là, 62... !

En 1662, le roi prend le Soleil pour emblème. Parce que, depuis le *Ballet de la nuit*, ce rôle lui colle à la peau. Parce que aussi, depuis Galilée, on sait que la Terre tourne autour de l'astre et que ce fait illustre simplement la place du roi dans la société. Affirmer le Roi-Soleil, n'est-ce pas encourager les progrès de la physique ? Puisqu'on pense, en médecine, à la théorie des humeurs qui concentrent en l'homme les énergies du Cosme, ne peut-on pas prendre aussi la politique pour image de l'univers ?

Pour Molière également, cette année-là marque son arrivée à une place qu'il a toujours rêvé d'occuper.

Comme s'il fallait que la quarantaine chez un homme marque la vraie réalisation de soi-même ; débuts maîtrisés du triomphe, mûrs commencements ou fermes prises de parole, l'année 1662 scelle Molière et sa destinée dans l'éclatant succès de *L'École des femmes* et la stupéfaction de son mariage avec la jeune fille de vingt ans qu'il a élevée. Il l'avait semble-t-il annoncé dans *L'École des maris* en faisant dire à Ariste :

Mais mon dessein n'est pas de la tyranniser.
Je sais bien que nos ans ne se rapportent guère,
Et je laisse à son choix liberté tout entière.
Si quatre mille écus de rente bien venants,
Une grande tendresse et des soins complaisants
Peuvent à son avis, pour un tel mariage,
Réparer entre nous l'inégalité d'âge,
Elle peut m'épouser ; sinon choisir ailleurs.
Je consens que sans moi ses destins soient meilleurs ;
Et j'aime mieux la voir sous un autre hyménée,
Que si contre son gré sa main m'était donnée[1].

Comme la plupart des comédiennes de la troupe, Armande a pu vivre des moments de tendresse avec Molière. Mais cette fois, sentant avec son audace naissante que cet homme serait le sien à jamais, elle ne veut plus le partager, ni avec sa mère ni avec les autres.

Le 23 janvier, un contrat de mariage est donc établi entre Jean-Baptiste Poquelin, dit Molière, et Armande-Grésinde-Claire-Élisabeth Béjart. Madeleine dote Armande de dix mille livres, une générosité qui ne peut venir ni d'une rivale ni d'une sœur. Le mariage constitue un signe irrévocable adressé à Madeleine. Jean-Baptiste et Madeleine s'aimaient tant qu'ils se pardonnaient les infidélités qui auraient pu ébranler leur relation. Jean-Baptiste aima pratiquement toutes les actrices de la troupe et Madeleine ne quitta jamais Modène. Mais ils s'aimaient, et leur union constitua le cœur de la troupe. En épousant Armande, la fille de Madeleine, Jean-Baptiste interdit le retour des gestes tendres qui avaient tant marqué leurs vies. Pire, aimant la fille, Jean-Baptiste vieillit d'un coup la mère, comme si elle ne devait plus s'inscrire que dans le passé et la mémoire.

Le regard critique sur l'âge de Madeleine n'échappe pas à Molière qui, d'un coup, la trouve fanée. Attiré par la jeunesse, car ne se sentant pas vieillir, il garde les yeux fixés sur les corps légers et nourrit des désirs jouvenceaux. Catherine de Brie maintient ce feu et leur entente demeurera. C'est elle qu'il imaginera en Agnès, l'ingénue, tandis que Madeleine délaissera ses rôles pour ceux de confidente, avant de quitter la scène, du moins la comédie, sur la pointe des pieds.

Le mariage est célébré le 20 février dans une petite chapelle de Saint-Germain-l'Auxerrois. Jean Poquelin, le père, assiste à la cérémonie et participe à la fête au milieu des comédiens et amis. On joue, on rit, on danse, car les musiciens sont là, forcément, grâce aux Mazuel qui viennent en bande avec d'autres violons du roi.

Molière habite désormais avec sa femme. Est-il heureux ?

> Il le faut avouer, l'amour est un grand maître :
> Ce qu'on ne fut jamais il nous enseigne à l'être ;
> Et souvent de nos mœurs l'absolu changement
> Devient par ses leçons, l'ouvrage d'un moment ;
> De la nature, en nous, il force les obstacles,
> Et ses effets soudain ont de l'air des miracles ;
> D'un avare à l'instant il fait un libéral,
> Un vaillant d'un poltron, un civil d'un brutal ;
> Il rend agile à tout l'âme la plus pesante,
> Et donne de l'esprit à la plus innocente[2].

Cette installation marque une rupture aussi nécessaire que cruelle. Pour la première fois depuis 1643, Jean-Baptiste ne vit plus avec les comédiens, ses comédiens. L'intimité conjugale se fait secrète et tournera à l'opacité. Finis les éclats de voix, les adultères chuchotés, les enthousiasmes communs, les querelles étouffées. À présent, Molière rentrera seul du théâtre. Son isolement raffermit sa stature de directeur ; il renforce aussi sa qualité d'auteur. Molière sait-il que la solitude l'envahira à mesure que le succès s'imposera ? Qu'est-ce qui le motive ? Une fière responsabilité de faire vivre ses comédiens, de leur fournir du travail, d'une part ; de se placer comme le fournisseur du roi, de l'autre. Cela dépasse la simple vanité d'artiste et lui vient du plus profond de lui-même comme si l'entreprise Poquelin & fils perdurait avec ses bonnes méthodes et sa gestion sûre. Elle a changé de cadre, voilà tout, passant des tapis au rideau, des Halles au Palais-Royal. L'envers de cet artiste est un grand bourgeois qui bataille contre la concurrence tout en la respectant.

La solitude est vite renforcée par les légèretés d'Armande. Les désenchantements du mariage occupent rapidement le quotidien. Molière crie : « Taisez-vous, ma femme, vous êtes une bête. » À quoi Armande répond : « Grand merci, Monsieur mon mari. Voilà ce que c'est : le mariage change bien les gens, et vous ne m'auriez pas dit cela il y a dix-huit mois[3]. » « L'absolu changement » sera sa solitude, ce qui n'était pas vraiment le but de son mariage.

Au printemps, François Le Noir, dit La Thorillière, entre dans la troupe du Palais-Royal pour succéder à L'Épi. Né en 1626, il a été capitaine au régiment de Lorraine puis comédien en épousant la fille de La Roque, chef et orateur du théâtre du Marais. Il commence tout de suite dans *L'École des femmes*, dans le rôle de Chrysalde, le doux modérateur d'Arnolphe, qui commence la pièce : « Vous venez dites-vous pour lui donner la main ? » et qui critique les gens d'importance qui veulent changer leur patronyme pour une particule :

> Quel abus de quitter le vrai nom de ses pères
> Pour en vouloir prendre un bâti sur des chimères[4] !

Est-ce La Thorillière qui inspira au moment de signer ces vers de Chrysalde :

> Je suis surpris pour moi du grand empressement
> Que vous me faites voir par cet engagement
> Et ne puis deviner quel motif vous inspire...[5].

Il est certain qu'il n'a ni la réputation ni la grande expérience d'un comédien. Mais le gendre de La Roque a tant d'informations à transmettre à Molière sur les programmes du théâtre du Marais, les auteurs qu'on y contacte, les projets auxquels on songe, qu'on lui passe certaines lacunes. Molière sait ce qu'il fait : n'a-t-il pas recruté Du Croisy aussi pour ses relations avec Bellerose de l'Hôtel de Bourgogne ?

Les débuts de La Thorillière n'ont pas été faciles avant qu'il obtienne la confiance et l'amitié du directeur, car « il vient avec un air tranquille, vous faire des questions, et ne se soucie pas qu'on ait en tête d'autres affaires[6] ». La Thorillière dérange pour un oui pour un non, interrogeant, s'assurant qu'il est dans le ton d'une communauté si unie, flattant, aussi, pour mieux s'intégrer : « Sans vous, la comédie ne vaudrait pas grand'chose[7]. » Pas évident, donc, d'intégrer la troupe.

La Thorillière a deux enfants, Pierre et Charlotte. Quand l'aîné jouera de petits rôles, il pourra se croire complètement accepté.

À la fin du mois de juin, on part pour Saint-Germain jusqu'au 11 août pour jouer treize fois devant leurs majestés. Le roi a donné à la troupe quatorze mille livres, croyant qu'il n'y a que quatorze parts. Cependant, la troupe est de quinze parts : MM. La Thorillière, Brécourt, Molière, Béjart, Du Parc, L'Épi, de Brie, du Croisy, La Grange et Mlles Béjart, de Brie, Molière, Du Parc, du Croisy et Hervé. La reine mère fait venir les comédiens de l'Hôtel de Bourgogne, qui la félicitent de leur procurer davantage de faveur que le roi. « La troupe de Molière leur donna beaucoup de jalousie[8] », note La Grange.

En même temps, un comédien est retrouvé : Brécourt revient de Hollande par autorisation royale. Ce retour met sur scène un criminel et un caractère difficile. Quelle éloquence Molière a dû déployer auprès du roi pour que le passé du comédien soit complètement oublié ! Le roi apprécie sans aucun doute l'esprit de famille des comédiens, esprit qu'il ne trouve pas à l'Hôtel de Bourgogne. Il apprécie aussi l'étendue d'un répertoire partagé par les mêmes : on joue *Jodelet prince*, *Mariane* suivie de *L'École des maris* ; on représente du Corneille — *Sertorius, Rodogune, Le Menteur* —, du Rotrou — *La Sœur* —, du Scarron — *Don Japhet d'Arménie* — précédant *La Jalousie du Gros-René*[9].

Les visites chez Mme de Soissons ou M. de La Feuillade demandent du Molière exclusivement, et on y donne *Les Fâcheux* ou *L'École des maris*, adoptant les lieux pour les déplacements, les entrées, les sorties, les frottements, les glissements, les battements, les balancements : tout est mouvement et les pièces de Molière ne peuvent que bouger.

Molière continue de baliser le chemin de ses succès : il publie *Les Fâcheux*, et *L'Étourdi* chez Quinet, et *Le Dépit amoureux* chez Barbin.

Fallait-il que 1662 marque une étape ? Comme si le mariage était une mode, toute une génération convola. Jean-Baptiste Lully épousa Madelaine Lambert avec, pour témoins, Anne d'Autriche, Marie-Thérèse et Louis XIV...

Pour Molière, c'est donc une grande année. Pierre Corneille aussi change de vie cette année-là. Après l'échec de *Sertorius*, il décide de quitter Rouen et de s'installer définitivement à Paris avec ses trois derniers enfants âgés de moins de dix ans. Il loge d'abord chez le duc de Guize, 58 rue des Archives* puis habitera rue des Deux-Portes, entre l'hôtel de Bourgogne et le théâtre du Marais. Les succès de Molière et la montée de la troupe du Palais-Royal, les déconfitures du théâtre du Marais et les ambitions du jeune Jean Racine imposent une présence parisienne. Faut-il croire que les temps ont changé ou que le monde bouge ? Rien n'est plus comme avant, comme s'il fallait toujours se remettre en cause. Académicien, auteur lu, vu, publié, Corneille sait qu'il devra se battre chaque jour. Les pièces de Molière (Thomas Corneille n'a-t-il pas dit : « Bagatelles » ?) ont une étrange simplicité qui s'oppose à son esthétique et qui risque de faire descendre le goût du public au plus bas. Certes, elles sont drôles et pleines de gaieté mais n'a-t-il pas, lui, Pierre Corneille, inventé le genre de la comédie à la française ? Qui pourrait le rappeler ? Le roi ? Or le roi voit beaucoup Molière, c'est-à-dire très régulièrement.

Et pour clore cette année 62, le 26 décembre, Molière joue une nouvelle pièce qui fait l'effet d'un véritable feu d'artifice : *L'École des femmes.*

Le triomphe est éclatant et la pièce franchement neuve : Molière a inventé une façon de se déplacer et d'installer le spectateur dans un drame enjoué.

* L'hôtel est désormais occupé par les Archives nationales.

La gravité n'est absente ni du texte ni de l'action ; elle est là pour asseoir les personnages dans leur rôle. La comédie, à partir de *L'École des femmes*, devient un genre sérieux, c'est-à-dire à vivre avec une totale maîtrise de son art.

En France, on n'aime guère les succès des autres. Au-delà des jalousies personnelles et naturelles, un sentiment de frustration collective s'empare de la plupart devant un succès qu'on n'aurait pas programmé. Molière va trop loin, trop vite, trop haut. Sa pièce surprend et dérange ; elle bouscule les habitudes du spectacle et de la comédie, elle ride la sacro-sainte tragédie qui fait le succès et la fortune de l'Hôtel de Bourgogne ; elle oblige les auteurs du théâtre du Marais non pas à réviser leurs classiques mais à se tourner vers le futur. Parce qu'un chef-d'œuvre devance toujours l'actualité, il est appelé *moderne*. On dira que Molière était en avance sur son temps, qu'il était moderne parce qu'il voulait que la nature l'emporte sur la scène. Aussi, voyant que le héros appartient au passé, à la tragédie, au théâtre de Corneille, il prend le contre-pied et installe l'antihéros, c'est-à-dire le caractère ; porté non plus par une action dont il serait le sujet mais par un mouvement dont il n'est qu'un objet :

> J'ai peine, je l'avoue, à demeurer en place,
> Et de mille soucis mon esprit s'embarrasse,
> Pour pouvoir mettre un ordre et dedans et dehors
> Qui du godelureau rompe tous ses efforts[10].

Un caractère ne parvient pas à l'héroïsme dans la nonchalance ni l'oisiveté ; il est englué dans son monde, dans sa vision du monde. Dom Juan est un anti-Rodrigue qui refuse la grandeur d'âme de son père parce qu'elle l'obligerait. Les figures de Molière n'ont pas d'héroïsme. Voudraient-elles gouverner les autres, conduire les événements ? Elles sont soumises à tous et à tout à cause d'elles-mêmes, provoquant ainsi le rire, la moquerie, en un mot : la comédie. Molière en gardera le secret, la marque de fabrique parce qu'elle est l'expression de lui-même. Quelle personnalité faut-il pour... être !

Mais la critique a de quoi mordre. « Les saletés y crèvent les yeux[11] », dit-on. « Il y a une obscénité qui n'est pas supportable[12]. » Qu'est-ce qui choque ? L'histoire du « le ». « Ce *le* scandalise furieusement ; et, quoi que vous en puissiez dire, vous ne sauriez défendre l'insolence de ce *le*[13]. » L'effet est d'un comique classique qui laisse au spectateur envisager ce qui n'est pas. Agnès en effet avoue à Arnolphe, son tuteur, qu'elle a rencontré un Horace qui lui a pris :

— Le...
— Plaît-il ?
— Je n'ose, et vous vous fâcherez peut-être contre moi.
— Non.
— Si fait.
— Mon Dieu, non !
— Jurez donc de votre foi.
— Ma foi, soit.

— Il m'a pris... Vous serez en colère.
— Non.
— Si.
— Non, non, non, non. Diantre, que de mystère !
Qu'est-ce qu'il vous a pris ?
— Il...
— Je souffre en damné.
— Il m'a pris ce ruban que vous m'aviez donné[14].

L'ambiguïté est évidente et charmante venant de la bouche d'une ingénue. Paillard, Molière ? Ce ne serait pas le premier auteur de théâtre à l'être ; il suffit de passer sur le Pont-Neuf pour assister sur les tréteaux à toutes les grivoiseries bien françaises et entretenues par les Italiens. Le parterre a ri, bien entendu. « Il ne faut que voir les continuels éclats de rire que le parterre y fait[15] », et on imagine Molière jouant Arnolphe en grossissant les traits selon les réactions de la salle. N'est-ce pas trop populaire que de rire avec le peuple ? Ne faut-il pas s'inquiéter quand le succès est porté par la plèbe et non plus par la Cour ? « C'est son goût qu'il faut étudier pour trouver l'art de réussir[16]. » Le succès risque de dévier le goût de tous. « Et cela est honteux pour la France[17] », dit un auteur de comédie. Les calomniateurs résument leurs critiques au mot de « tarte à la crème ». Arnolphe, en effet, voulant que sa femme reste sotte déclare :

Je prétends que la mienne en clartés peu sublime,
Même ne sache pas ce que c'est qu'une rime ;
Et s'il faut qu'avec elle on joue au corbillon
Et qu'on vienne à lui dire à son tour : « Qu'y met-on ? »
Je veux qu'elle réponde : « Une tarte à la crème.[18] »

« Tarte à la crème » ! « Tarte à la crème » ! Les pédants n'ont que ce mot à la bouche pour stigmatiser Molière.

Molière a compris ce qu'on lui reproche et l'exprime avec soin, verve et un goût scénique indiscutables dans sa *Critique de l'École des Femmes*. Il retrouve ainsi le goût pour les joutes verbales de Clermont et s'en amuse en les rédigeant pour la scène. Or on n'est plus au collège. Il n'a pas compris que la vraie critique qu'on lui formule est identique à celle qu'on entendait à propos des *Fâcheux* ; à savoir qu'il met en scène des contemporains.

Qu'il vise le naturel dans les mots les plus simples, pourquoi pas ? Cette nouvelle forme plaît au roi. Mais qu'il inscrive dans son théâtre des caractères bien reconnaissables, qu'il les imite et les singe, voilà qui n'est pas tolérable et démolit la tradition courtisane qui veut qu'on vive les uns avec les autres en bonne intelligence. Pourtant, Molière s'obstine et théorise sur cette nécessité d'imitations : « Mais lorsque vous peignez les hommes, il faut peindre d'après nature. On veut que ces portraits ressemblent ; et vous n'avez rien fait, si vous n'y faites reconnaître les gens de votre siècle[19] », écrit-il. Il se fabrique quantité de détracteurs, voire d'ennemis, et de façon durable (jusqu'en 1666 avec *Le Misanthrope*). Ne risque-t-il pas de placer ses textes si proches de l'actualité au point qu'ils ne lui survivraient pas ? Molière ne cherche pas à bâtir une œuvre universelle, atemporelle, mais à plaire, à séduire, à en emporter un succès immédiat. Une grande œuvre obéit à des règles, « les règles de l'art ». « Je voudrais bien savoir si la grande règle de toutes les règles n'est pas de plaire », se demande-t-il. Faut-il que l'œuvre ait son mystère pour traverser les siècles ?

On parle souvent de la « querelle de *L'École des femmes* » qui permet à la critique (aujourd'hui encore) d'opposer deux courants : celui du sublime, du brillant et du romanesque et celui de la nature et de la vérité[20]. Il s'agit surtout de bâillonner Molière dont le succès grandissant risque de mettre à mal de hautes figures, de grandes lignées, qui, pour parvenir à leur place à la Cour, ont réussi faits d'armes, joutes sociales, manœuvres politiques. Il agace, voilà tout. On s'oppose. On s'autorise des mots ignobles. Ainsi, Villiers, comédien de l'Hôtel de Bourgogne, raconte sur scène *Les Fâcheux* de Vaux-le-Vicomte en présentant le prologue : « On croyait tromper nos yeux en nous la faisant voir (la nymphe sortant de la coquille) et nous faire trouver beaucoup de jeunesse dans un vieux poisson[21]. »

Attaquant Madeleine Béjart, on pensait abîmer Molière. « Vieux poisson » : le mot blesse Madeleine définitivement. C'est ignoble. Bientôt, ils en appelleront à la censure. Il faut réagir. Pour le cas où son théâtre tienne, ce dont on doute. En usant du caractère des animaux, La Fontaine sentait qu'il traverserait le futur à l'inverse de La Bruyère dont les *Caractères* nécessiteraient dictionnaires et notices biographiques pour être pleinement compris. Molière met en scène des gens identifiés ; rien de sérieux, donc, en face des grandes tragédies jouées à l'Hôtel de Bourgogne. Il écrit *La Critique de l'École des femmes*, présentant tous les arguments des opposants exposés de façon ridicule. Faut-il aller le voir ? On s'y sent obligé pour se préparer aux rumeurs qui ne manqueront pas d'amplifier le caractère, surtout si le roi assiste à la représentation ; elle apparaîtrait comme l'oraison funèbre de son modèle.

On y va aussi avec bonheur, car *L'École des femmes* avait été dédiée à la femme la plus en vue de la Cour : Henriette d'Angleterre. « Tout bien considéré, Madame, je ne vois rien à faire ici pour moi, que de vous dédier simplement ma comédie[22]. » *Simplement* exprime la relation directe et franche de l'auteur et de la princesse. Car de quelque côté qu'on « vous regarde, on rencontre gloire sur gloire et qualités sur qualités[23] », écrit-il encore. Ce n'est pas forfanterie. Henriette incarne la jeunesse, la grâce, l'effigie de cette nouvelle cour heureuse de vivre et de conquérir les cœurs pour mieux conquérir le monde. « Elle connaissait si bien la beauté des ouvrages de l'esprit que l'on croyait avoir atteint la perfection quand on avait su plaire à Madame[24] », dira Bossuet. Molière était sous ce charme-là. La *Critique* ne devait pas le rompre.

À cause de cette protection, il ne se rend pas compte du danger réel que représentent les courtisans. Il brave les opposants en donnant à la comédie un sens moral qu'on ne vient pas forcément chercher, celui de corriger les hommes en les montrant sur scène. Il s'engouffre ainsi dans une série de difficultés qui le mineront. Mais peut-il faire autrement ?

Car il est jaloux de lui-même

Toute corporation est animée par les besoins d'argent et de reconnaissance. Le monde des lettres n'échappe pas à la règle qui s'y durcit parce que l'ego y domine et prend le pas sur la finance.

En 1663, le roi veut gratifier les écrivains pour leur assurer la sécurité financière nécessaire à leurs travaux. Colbert charge Jean Chapelain d'établir une liste des auteurs à pensionner.

Jean Chapelain est le plus à même de conduire cette liste. On peut être sûr que des gens de théâtre y figureront.

Depuis Richelieu, le théâtre est le genre à la mode. La passion affichée du cardinal pour l'art dramatique encourageait les auteurs à se tourner vers la scène. Un dessein politique se concevait aussi ; l'unification du pays par la langue. Codifiée (syntaxe), définie (vocabulaire), décrite (usages), la langue française serait le ciment du royaume et le théâtre son meilleur vecteur.

À quoi bon promulguer des lois qui ne seraient pas comprises ou favoriser le commerce interrégional si d'une ville à l'autre on ne s'entend pas ?

Picards, Normands, Languedociens, Nantais et Bordelais ne pouvaient pas se comprendre sans une unité linguistique décidée. Or, pour imposer le français, encore fallait-il que le français s'imposât ! La divulgation d'œuvres parlées était nécessaire. Dit en public, un texte transmet un langage. Joué à Paris, le théâtre rassemble en un lieu, en un temps, un public épars. Diffusé en province, il donne les bonnes manières de la syntaxe dont Richelieu avait confié le code à l'Académie française. La grammaire, alors constituée du vocabulaire, de la syntaxe et de la prononciation, pouvait s'imposer par le théâtre. Le dispositif que le cardinal mit en place s'appuyait sur des hommes : à Valentin Conrart et à Vaugelas, l'élaboration de la grammaire ; à Furetière, celle du dictionnaire ; à Jean Chapelain, le choix des textes et des auteurs ; à Vincent Voiture ou Gilles Ménage, la diffusion dans les salons.

À soixante-six ans, Chapelain est depuis longtemps au centre de cette politique culturelle, continuée par Mazarin, et que Louis XIV développera selon le même schéma pour la musique, la danse, la peinture, l'architecture et les jardins. C'est donc tout naturellement à Chapelain que Colbert confie en 1663 le soin de dresser la liste des pensions accordées par le roi aux auteurs de son temps.

On se battrait presque pour y figurer : une reconnaissance royale sonnante et trébuchante en impose plus en effet qu'un triomphe du public. Boileau écrit une ode et Racine un encouragement.

Les deux jeunes auteurs jouent aussi sur leur âge : une confirmation royale pour un écrivain de vingt-cinq ans, voilà qui soulignera le génie. De son côté, Corneille stimule quelques jeunes talents comme Boursault qui lui seront redevables et n'attaqueront jamais la place qu'il veut détenir. Et il se fait porter par des pairs qu'il fabrique.

Chapelain se place en tête de cette « feuille de pension » où il figure comme « le plus grand poète français qui ait jamais été et du plus solide jugement ». Reçu : trois mille livres. Puis viennent les auteurs qu'il a sélectionnés : Cureau de La Chambre (deux mille livres), Pierre Corneille (deux mille livres), Conrart (mille cinq cents livres), Benserade (mille cinq cents livres), Jean Desmarets de Saint-Sorlin* (mille deux cents livres), Thomas Corneille (mille livres), l'abbé de Pure (mille livres), Molière (mille livres), Racine (huit cents livres), Le Clerc (six cents livres), l'abbé Cotin, etc.

Inscrit sur la liste, Molière est gagnant ; il n'est plus ni un amuseur ni un tapissier du roi mais gratifié en tant qu'acteur et auteur. La notice que rédige Chapelain est assez mince : « Molière. Il a connu le caractère du comique, et l'exécute naturellement. L'invention de ses meilleures pièces est inventée, mais judicieusement. Sa morale est bonne, et il n'a qu'à se garder de la scurrilité**. »

Cette nomination excite les jalousies : on pensait que seuls les auteurs seraient nommés, pas les

* Membre de la Compagnie du Saint-Sacrement.

** Latinisme. Désigne une plaisanterie digne de la farce.

acteurs qui jouissaient déjà de subventions pour leur théâtre et par les ventes de billets. Il y a de quoi tempêter aussi parce que Molière n'est pas passé par les canaux habituels de l'administration du tandem Colbert-Chapelain mais par le roi lui-même. Le jeu semble donc faussé.

Molière a ses entrées ! Il n'a pas à se battre ni à jouer des coudes et de la canne pour paraître au lever du roi ni pour lui parler au calme. Sous le fard du comique demeure la candeur des Poquelin. Si le roi écoute tant un valet, cela en dit long sur le goût français ! On gratifie n'importe qui. Haine sarcastique que dira Alceste :

> Tout est d'un grand mérite également doué,
> Ce n'est plus un honneur que de se voir loué ;
> D'éloges on regorge, à la tête on les jette,
> Et mon valet de chambre est mis dans la Gazette[1].

Faut-il donc que Louis XIV se penche sur l'opinion de gens avisés ? Les auteurs de gazettes, déjà journalistes, se posent en censeurs professionnels : Donneau de Visé ou Robinet, médiocres écrivains mais géniaux plumitifs, veulent marquer leurs influences et se placer en synthèse de l'opinion générale, seule garantie du bon goût. Attaquer Molière, c'est refuser les aléas des gratifications royales et alerter Colbert sur un dysfonctionnement ou une injustice qu'on n'avait jamais vus sous Richelieu quand il institua l'Académie française !

Qu'a-t-il à défendre, Molière ? Il croit bon de se moquer des critiques pérorant sur *L'École des femmes*. Sa *Critique de l'École des femmes* est plus jouée dans les salons qu'au théâtre. Or il s'agit bien de sauver le théâtre. Les recettes sont aléatoires et la salle désertée quand on joue une pièce peu connue en première partie. Les gens de l'Hôtel de Bourgogne s'en donnent à cœur joie et attaquent cette fois la qualité du jeu, des décors, de la scène. Molière, d'abord, ne répond pas ; il a connu les coups bas des acteurs quand, à Pézenas, Conti balançait entre lui et Cormier.

La pièce *Le Portrait du peintre* de Boursault intensifie la cabale. Doit-on s'y attarder avec ces vers qui ne contentent que leur auteur tels que : « Il s'amuse à la muse et la muse l'amuse » ! À tant d'artifice, Molière réplique par le naturel, sans pseudonymes ni faux personnages mais en montrant le travail de sa troupe dans *L'Impromptu de Versailles*. Les personnages y sont réels et l'on voit la troupe répéter et travailler, et douter d'elle-même avant l'arrivée du roi. Et puisqu'on est entre soi, on peut s'ouvrir sincèrement :

> Le plus grand mal que je leur aie fait, c'est que j'ai eu le bonheur de plaire un peu plus qu'ils n'auraient voulu ; et tout leur procédé, depuis que nous sommes venus à Paris, a trop marqué ce qui les touche [...]. N'ai-je pas obtenu de ma comédie tout ce que j'en voulais obtenir, puisqu'elle a eu le bonheur d'agréer aux augustes personnes à qui particulièrement je m'efforce de plaire[2] ?

Le public est naturellement touché et Boursault de répliquer que « toutes injures qu'on me dit dans le galimatias que Molière appelle *Impromptu* ne peuvent détruire la bonne opinion qu'il a fait concevoir de mon ouvrage [...] Et puis, cette sorte de vengeance est si indigne d'un honnête homme que la sienne n'a pas eu lieu de me surprendre[3] ». La mauvaise foi et le ressentiment étouffent ce petit talent qui ne laissera pas de nom dans l'Histoire.

Il est obligé que Molière se fabrique des ennemis : non seulement il crée aux dépens de personnes réelles et reconnues mais, en plus, s'en prend directement aux comédiens qui ne le suivent pas, imitant les gens de l'Hôtel de Bourgogne, à l'exception de leur chef, Floridor, pour lequel il a de l'estime, voire de l'amitié.

Transfuge du théâtre du Marais, intime de Corneille, Floridor a aussi ses protections. « Le roi le voyait d'un bon œil et daignait le favoriser à toute rencontre », note Chapuzeau à l'époque. Cultivé, d'une réelle élégance, il est respecté de tous. Rencontre-t-il Molière ? Les deux directeurs se parlent en effet, et travaillent de concert aux divertissements du roi. Molière admire l'équilibre de Floridor, bon comédien, bon père de famille. Floridor apprécie le courage et le talent de Molière, préférant sans doute l'acteur à l'auteur. Mais les coups sont de plus en plus vulgaires : Montfleury, l'acteur vedette de l'Hôtel de Bourgogne, adresse au roi une plainte contre les mœurs de Molière, signifiant que ce grand faiseur de morale a épousé sa propre fille. On en est là ! Accusé d'un crime passible des galères. Et à ce coup ignoble, Molière ne peut pas répondre, muselé par les secrets de Madeleine.

Mieux vaut pour lui se détourner de ce monde et s'adonner au travail, c'est-à-dire aux réjouissances royales, de regarder Louis XIV danser un berger dans *Le Ballet des arts*, entouré de Madame, de sa servante, Mlle de La Vallière, et de Mlle de Rochechouart de Mortemart, future Mme de Montespan. C'est là que tout se joue réellement. On danse avec Lully, grâce à Lully... L'autre Jean-Baptiste avec lequel on s'amuse et qui a un même sens de la gloire, du rêve, du rythme, de la grâce. En un mot : du spectacle.

Des battements de cœur au rythme de la fête

Le 19 janvier 1664, Armande accouche d'un fils, Louis. Il a le roi pour parrain, Madame pour marraine, représentés respectivement par le premier gentilhomme de la chambre de sa majesté et par Colombe Le Charron, première dame d'honneur pour le baptême qu'on célèbre le 28 février. Ce parrainage coupe court aux rumeurs d'inceste. Louis XIV a compris cette union, lui qui naquit la même année qu'Armande et qui éprouve pour le comédien l'amitié secrète et l'admiration silencieuse qu'encourage son précepteur La Mothe Le Vayer. Henriette d'Angleterre, la marraine donc, sait, elle aussi, de quoi il retourne. Ne dénigrerait-on pas ce mariage comme on jase sur les amours du roi et de Mlle de La Vallière qu'elle a acceptées avec sa grave espièglerie ? Molière n'est pas le seul dans le secret, mais il est chargé de le révéler et de faire respecter ces amours interdites.

À vingt-six ans, le roi était toujours amoureux de Mlle de La Vallière et voulait le clamer.

Molière voit son monarque changer et cela lui plaît :

> Devant mes yeux, Seigneur, a passé votre enfance,
> Et j'ai de vos vertus vu fleurir l'espérance ;
> Mes regards observaient en vous des qualités
> Où je reconnaissais le sang dont vous sortez ;
> J'y découvrais un fonds d'esprit et de lumière ;
> Je vous trouvais bien fait, l'air grand et l'âme fière ;
> Votre cœur, votre adresse, éclataient chaque jour :
> Mais je m'inquiétais de ne voir point d'amour[1].

C'est pour Mlle de La Vallière que Louis XIV veut montrer plus qu'une gloire ou une force : un avenir radieux, un présent magnifique. Leurs amours sont demeurées confidentielles bien qu'au mois de décembre elle ait donné naissance à un petit Charles qu'on confie discrètement à une famille. Logée en l'hôtel de Brion, à quelques dizaines de mètres du Louvre, absente de la Cour, Louise y effectue donc son retour. Louis XIV demande à l'indéfectible François Honorat de Beauvillier, duc de Saint-Aignan, d'organiser une semaine de festivités et à Molière de dévoiler enfin ses sentiments.

Il se met au travail avec cette même effervescence qu'il a connue pour Nicolas Fouquet. Les répétitions commencent en février. On redoute les figures qu'il mettra sur scène et on s'informe. De qui va-t-on rire et se moquer ? La rumeur se doit d'être extrêmement discrète. Au Palais-Royal, on ne sait rien. Conti craint-il pour lui-même ? La Confrérie du Saint-Sacrement s'inquiète et, probablement sans avoir lu les textes que Molière prépare, demande, le 17 avril, de faire interdire la pièce. Elle n'est pas entendue. Car il ne s'agit pas d'une pièce mais d'une fête étalée sur… huit jours !

Il faut aussi prévoir des mouvements de comédiens : Brécourt passe à l'Hôtel de Bourgogne. On ne le retient pas : non qu'il soit mauvais comédien mais parce qu'il lui arrive toutes sortes d'histoires qui finissent par agacer tout le monde. Il avait fallu beaucoup de persévérance pour le faire rentrer d'exil, mais sa passion du jeu, des femmes et son alcoolisme permanent le rendent vraiment difficile à vivre. Il est remplacé par André Hubert, notamment pour jouer les vieilles femmes. Hubert est le fils d'une propriétaire du théâtre du Marais. Il y a commencé sa carrière, apparaissant pour la première fois à l'occasion de sa réouverture après l'incendie de 1659.

À croire qu'il n'y a plus de saison, il pleut pendant tout ce printemps de 1664. Il faut prévoir pour la fête des baraquements et tirer de grandes toiles pour se protéger du vent glacé qui redouble durant les spectacles. Plus de quatre mille bougies sont brûlées chaque jour et, en cas de bourrasque, de grands flambeaux de cire blanche maintiennent la flamme ; deux cents flambeaux tenus par autant de personnes masquées. Mais la pluie n'atteint pas la somptuosité des réjouissances.

*

En ce premier jour, le 8 mai, la Cour défile. Chacun porte au-dessus de lui une fière devise qui le désigne et prépare les spectateurs à la course de bague (avatar des joutes médiévales) dans laquelle le roi se montre comme toujours plein d'adresse, et que remporte M. de La Vallière qui reçoit le prix des mains de la reine mère : « une épée d'or enrichie de diamants avec des boucles de baudrier de grande valeur ». Puis les saisons défilent : le printemps à cheval (Mlle Du Parc), l'été sur un éléphant (Gros-René), l'automne sur un chameau (La Thorillière), l'hiver sur un ours (Madeleine Béjart). Ils annoncent la collation, un somptueux dîner. Le deuxième jour, on suit le cortège jusqu'à une île sur le bassin. On se place devant. D'un claquement de doigt, le roi fait couvrir la place de toiles qui se tendent immédiatement comme un grand parapluie, « une sorte de dôme » pour abriter le concert.

Au milieu des plaisirs, dans la foule des danseurs, musiciens, figurants, costumes et comédiens, ils sont là, les fidèles, la famille : Armande, Marquise, de Brie, Madeleine, La Grange, du Croisy, Béjart, La Thorillière, Hubert, Prévost et Molière. Ils suspendent la fête pour donner une comédie galante, *La Princesse d'Élide*.

La commande royale était claire : exprimer son amour et y associer la Cour. « La grande épreuve de vos comédies, c'est le jugement de la Cour ; que c'est son goût qu'il faut étudier pour trouver l'art de réussir[2]. »

La Thorillière et La Grange ouvrent le spectacle. Une comédie commence souvent par deux personnages qui dévoilent leurs secrets, amicales confidences, exposé de ce qui les anime. D'emblée, ils dévoilent les raisons de la fête :

> Et je vois que d'un prince on peut tout présumer
> Dès qu'on voit que son âme est capable d'aimer[3].

Tout ce qui se dit sur la scène révèle fidèlement et au grand jour la nouvelle royale. Le reste n'a pas d'importance, au point que l'auteur, pressé, ne peut parachever en vers le texte qu'il a en tête. En plein milieu de la première scène de l'acte II, il glisse un avis :

> Le dessein de l'auteur était de traiter ainsi toute la comédie. Mais un commandement du Roi qui pressa cette affaire l'obligea d'achever tout le reste en prose, et de passer légèrement sur plusieurs scènes qu'il aurait étendues davantage s'il avait eu plus de loisir[4].

Mais on rit de Moron-Molière et de son couple raté avec Philis-Madeleine. Moron fait le bouffon benêt, personnage franchement drôle, grimpant dans les arbres, pourchassé par un ours, acceptant de se tuer pour montrer son amour, chantant comme une casserole et feignant le grand art. On s'attendrit sur le couple royal qui se cherche, on se laisse emporter dans les danses et dans les chœurs. On aimerait que la princesse enfin accepte l'amour du prince. Charmante princesse jouée par Armande ! Tous les regards sont tournés vers elle. Disciple parfaite de Molière, elle a une présence gracieuse qui joue sur tous les moyens pour multiplier les effets. Elle joue avec la Du Parc, la de Brie, la Béjart. Elle leur a tout pris : la jambe de Marquise, les hanches de Catherine, les épaules de Madeleine et, par-dessus tout, elle leur a ravi l'auteur. Maintenant, elle leur vole la vedette et charme le public, la Cour et le roi. Avec quelle grâce, celle de la jeunesse, se place-t-elle au-devant de la scène :

> De quelle émotion inconnue sens-je mon cœur atteint, et quelle inquiétude secrète est venue troubler tout d'un coup la tranquillité de mon âme ? Ne serait-ce point aussi ce qu'on vient de me dire ! et, sans en rien savoir, n'aimerais-je point ce jeune prince ? [...] J'ai vu toute la terre à mes pieds avec la plus grande insensibilité du monde ; les respects, les hommages et les soumissions n'ont jamais pu toucher mon âme, et la fierté et le dédain en auraient triomphé. [...] Mais si ce n'est pas de l'amour que ce que je sens maintenant, qu'est-ce donc que ce peut être ? et d'où vient ce poison qui me court par toutes les veines, et ne me laisse point en repos avec moi-même[5] ?

Quel trouble, quel émoi ! Le public ne s'y trompe pas mais la trompe elle-même. La tête lui tourne malgré le chagrin de Molière qui a écrit pour elle, pour la placer en majesté. Succès assuré qui se retourne contre lui parce qu'Armande est encore bien jeune dans son esprit.

Ainsi, la troupe de Monsieur révèle les battements du cœur de Louis et les fait approuver par la Cour elle-même. Toute la Cour ? De vieux courtisans sidérés par l'hédonisme ambiant commencent à se plaindre à la reine mère. Mais Mlle de La Vallière est conquise et installée dans les cœurs.

Après la course de bague et le secret dévoilé, l'amour courtois est bel et bien enterré au sommet de l'État.

> Et pourquoi ce secret où vous vous obstinez ?
> Vous aimez, dites-vous, cette illustre princesse,
> Et venez à ses yeux signaler votre adresse :
> Et nuls empressements, paroles ni soupirs,
> Ne l'ont instruite encor de vos brûlants désirs[6] ?

Après cela, tout semble achevé, mais on reprend le lendemain pour un autre spectacle, *Le Palais d'Alcine*, qui disparaît enfin sous les tonnerres des feux d'artifice : « Il semblait que le ciel, la terre et l'eau fussent tout en feu. » La perfection pousse jusque dans les symboles : les quatre éléments célèbrent la Cour, les amours et le roi. Le samedi,

> Sa majesté voulait courre les têtes. [...] Les chevaliers entrent l'un après l'autre dans la lice, la lance à la main et un dard sous la cuisse droite ; et après que l'un d'eux a couru et emporté une tête de gros carton, peinte et de la forme de

celle d'un Turc, il donne sa lance à un page ; et faisant la demi-volte, il revient à toute bride à la seconde tête, qui a la couleur et la forme d'un Maure, l'emporte avec le dard, qu'il lui jette en passant ; puis, reprenant une javeline peu différente de la forme du dard, dans une troisième passade, il la darde dans un bouclier où est peinte une tête de Méduse ; et achevant sa demi-volte, il tire l'épée, dont il emporte, en passant toujours à toute bride, une tête élevée à un demi-pied de terre ; puis faisant place à un autre, celui qui en ses courses a remporté le plus, gagne le prix [...] une rose de diamants de grand prix[7].

On se paye la tête d'un Turc, d'un Maure, bataille imagée contre les autres cultures pour affirmer la suprématie de la sienne.

Le dimanche, le roi fait visiter sa ménagerie et nourrit tout son monde : « Il serait inutile de parler de la collation qui suivit ce divertissement, puisque huit jours durant, chaque repas pouvait passer pour un festin des plus grands qui puisse faire[8]. » Le soir, on joue *Les Fâcheux* comme pour rappeler malicieusement la fête de Vaux-le Vicomte que Fouquet avait voulue inégalable et qui, en ces jours de l'*Île enchantée,* est largement surpassée. Pour le lendemain, Molière a prévu une surprise, une comédie, bien sûr, non une farce mais plutôt une truffe au goût si fort qu'elle emporte tout avec elle : *Tartuffe* « que le sieur Molière avait faite contre les hypocrites ». C'est l'histoire d'une famille divisée par la présence d'un faux dévot qui se présente dès son premier vers : « Laurent, serrez ma hère avec ma discipline[9] », dit-il à son valet pour signifier qu'on peut remiser au placard les attirails de la pénitence. Il reprend ainsi une expression de François de Sales.

Car *Tartuffe* est d'inspiration salésienne. Alexandre VII avait béatifié l'ancien élève de Clermont en 1661. Il marquait ainsi l'importance de *L'Introduction à la vie dévote*, expression de la foi de Jean-Baptiste adolescent, et il sublimait le parcours de l'infatigable prédicateur qui ne cherchait pas à briller en société pour y tenir une place, mais qui, malgré les attachements de la Cour, revenait en son diocèse pour y développer une charité accrue.

Sur le moment, on ne comprend pas trop ce que veut Molière. Pourquoi parler d'Église au milieu de la fête ? Parce qu'à la révélation, l'officialisation d'un amour, seuls les hypocrites feraient mine de s'offusquer. Et sur quels arguments ? La religion qui, désapprouvant au nom de la vérité, pourrait s'ériger en contre-pouvoir et rassembler avec elle d'authentiques âmes refusant la débauche, est un danger contre lequel le roi doit se protéger.

Le mardi soir, on donne *Le Mariage forcé,* qu'on avait créé en janvier dans les appartements de la reine, et qui marqua la profondeur de la collaboration des deux Jean-Baptiste. Louis XIV entre en scène tenant à son bras Marquise Du Parc. L'intervention est éblouissante. Molière apparaît en « haut-de-chausses et manteau de couleur d'olive doublée de vert, garni de boutons violets et argent faux et un jupon de satin à fleur aurore garni de pareils boutons faux[10] ». Est-ce prémonition quand Sganarelle-Molière dit : « Vous savez que les songes sont comme des miroirs, où l'on découvre quelquefois tout ce qui nous doit arriver. Il me semblait que j'étais dans un vaisseau, sur une mer bien agitée ; et que...[11] » Est-il déjà inquiété de quelques attitudes ou par quelques courtisans ? Il a l'appui indéfectible de Madame dont l'autorité charmante enchante le roi : « On ne l'eût point vu s'attirer la gloire avec ardeur inquiète et précipitée ; elle l'eût attendue sans impatience, comme sûre de la posséder. Cet attachement qu'elle a montré si fidèle pour le roi jusques dans la mort lui en donnait les moyens[12]. »

Le mercredi, on clôt la fête. Le roi part pour Fontainebleau. On félicite Colbert pour « ses soins infatigables » ; Saint-Aignan pour la conception de ses journées ; Périgny pour les vers adressés aux reines ; Benserade, Bontemps (premier valet de chambre) et M. de Launay, intendant des menus plaisirs. Rien sur Molière. Qu'a-t-il donc fait pour qu'on lui manifeste une indifférence si criante ?

Le lundi 13 mai lui est fatal. L'ire de la reine mère, attisée par les vieux courtisans qui ne reconnaissent plus les devoirs moraux de la noblesse, encouragés par les ecclésiastiques voyant une débauche si officielle qui autorise un adultère affiché, l'ire a joué, a éclaté. Savamment préparée par quelques aristocrates de haute naissance et des ecclésiastiques qui trois semaines auparavant se sont réunis pour interdire la pièce. Il y a de quoi, car on y accuse ceux qui « prêchent la retraite au milieu de la Cour[13] », on y distingue les vrais des hypocrites dévots, bafouant ainsi la vocation des clercs :

Les bons et vrais dévots, qu'on doit suivre à la trace,
Ne sont pas ceux aussi qui font tant de grimaces
Hé quoi ? Vous ne ferez nulle distinction
Entre l'hypocrisie et la dévotion ?
Vous les voulez traiter d'un semblable langage,
Et rendre même honneur au masque qu'au visage,
Égaler l'artifice à la sincérité,
Confondre l'apparence avec la vérité,
Estimer le fantôme autant que la personne,
Et la fausse monnaie à l'égal de la bonne[14] ?

L'éloge de François de Sales aurait dû être compris de tous. Mais ce n'est pas cela qu'entend l'Église de France et si, pour elle, il n'est pas question d'un reproche au roi, au moins peut-on en vouloir à son bouffon et le museler.

« L'office de bouffon a des prérogatives mais souvent on rabat nos libres tentatives[15] », avait dit Moron-Molière. Prenons-le au mot !

On savait que Molière parlerait encore contre l'hypocrisie. « Seigneur, je serai meilleur courtisan une autre fois, et je me garderai bien de dire ce que je pense[16] », avait dit Moron. On s'est précipité pour voir quels caractères et quels personnages il mettrait en scène cette fois-ci. Tartuffe ? Le pauvre homme... Et quand Tartuffe a paru habillé de noir, sans épée au côté, grand chapeau et petit collet, on comprit que l'hypocrite n'était pas Untel ou Conti (quoiqu'il s'y reconnût lui-même) mais l'homme d'Église, celui-là même qui ne dirait rien au cours de ces huit jours de fête, profitant des collations et des joutes et des spectacles, mais qui, sitôt rentré chez lui, blâmerait le roi au nom de la morale et de la religion.

Quand les abbés se mirent à parler de mœurs, c'était l'hôpital qui se moquait de la charité. Quels étaient les juges ? Ceux-là mêmes qui avaient vécu les mêmes histoires avec les mêmes femmes : le dévoiement des cœurs sous couvert de la dévotion des âmes. Intolérable ? Il valait mieux en rire. Le double langage continuait : non plus la galanterie sur la pantalonnade mais la confusion du spirituel et du sexuel :

> L'amour qui nous attache aux beautés éternelles
> N'étouffe pas en nous l'amour des temporelles ;
> Nos sens facilement peuvent être charmés
> Des ouvrages parfaits que le Ciel a formés[17].

Et plus loin :

> Ah ! Pour être dévot, je n'en suis pas moins homme ;
> Et lorsqu'on vient à voir vos célestes appas,
> Un cœur se laisse prendre, et ne raisonne pas.
> [...] Et considérez, en regardant votre air,
> Que l'on n'est pas aveugle, et qu'un homme est de chair[18].

Louis XIV était-il informé de la pièce quand elle n'était encore qu'à l'état de projet ? Il semble impossible qu'il en fût autrement ; lui qui regarde chaque plan des jardins de Versailles, qui examine les architectures, qu'elles soient de pierre ou d'événements, il savait que Molière s'en prendrait aux faiseurs de morale. Et cela arrangerait ses affaires sentimentales. Son bouffon rabattrait le caquet des moralisateurs. Cependant, le roi s'attendait plus à une farce qu'à une truffe, à une comédie et non à une bombe.

Fallait-il que le ciel punît l'auteur d'un tel texte ? Louis, son enfant, meurt à cinq mois. Molière n'est pas superstitieux mais il est impossible devant la mort d'un enfant de dire *fiat voluntas tua*. « Contre un pareil malheur, sa constance est sans armes[19]. » Armande, que son rôle de princesse d'Élide a confondue avec la permissivité de Mlle de La Vallière, s'est entichée d'Armand de Grammont, comte de Guiche. Les membres de la Confrérie du Saint-Sacrement, attisés par la haine d'Armand de Conti, déploient leurs ramifications dans le clergé et la noblesse. L'abbé Roullé écrit que « [l] a pièce de Molière est diabolique, elle est écrite pour tourner en dérision toute l'Église ». La tempête annoncée n'en est qu'à ses prémices.

René Du Parc, dit Gros-René, meurt. Il avait eu tant de soucis et de chagrin avec Marquise-Thérèse… Bien sûr qu'elle dormait parfois avec Molière, mais là, on restait en famille. Tandis qu'avec ce vieillard de Corneille, que signifiait la tendresse ? Il lui avait écrit des vers magnifiques et l'avait invitée à l'amour en un quatrain :

> Pensez-y belle Marquise
> Quoiqu'un grison fasse l'effroi
> Il vaut bien mieux qu'on le courtise,
> Quand il est fait comme moi.

Et maintenant, que faisait-elle avec ce petit prétentieux de Racine ? Gros-René s'était montré agacé, puis avait décidé que Marquise ne serait plus sienne. Pourtant, il ne pouvait plus la dévisager sans ressentir les tourments qui l'animaient depuis qu'il l'avait vue à Lyon et qu'on pouvait lire dans *Le Mercure de France* : « Elle faisait certaines cabrioles remarquables, on voyait ses jambes au moyen d'une jupe qui était ouverte des deux côtés avec des bas de soie attachés au haut d'une petite culotte. » Il l'avait toujours aimée et, à cause de lui et de son cœur attendrissant, tous les cocus de Molière ne font pas rire. Le cocu était drôle quand Molière parlait de lui-même ; il était touchant quand il décrivait Gros-René.

Ce deuil affecte toute la troupe. De Brie reprendra ses rôles mais ce ne sera plus vraiment la même chose ; Molière et lui ne s'apprécient guère, on sait pourquoi.

Fallait-il farcir ou truffer ?

La mort de Louis, les distances et les libertés que prend Armande, le décès de Gros-René rappellent Molière à la réalité du quotidien. La simplicité de la vie engendre de ces difficultés qu'il faut traverser. Les poids alourdissant l'existence viennent parfois des événements les plus simples.

La cabale contre son *Tartuffe* en est le meilleur exemple : une affaire d'orgueils, en vérité, que l'on aurait pu éviter.

Le Tartuffe, aux yeux de Molière, est une comédie sans gravité — sans quoi il l'aurait créée au Palais-Royal, sans risquer un aval du roi aux conséquences si politiques. Armand de Conti est piqué au vif : que les comédiens qu'il a soutenus pendant trois ans, qu'il a aidés et instruits, soient repris par Monsieur et triomphent à la Cour sans qu'il puisse s'en enorgueillir et sans qu'on n'en fasse jamais mention, voilà qui l'irrite. Molière comprend que l'imbroglio autour de sa pièce vient d'une simple histoire de personnes et de caractères. Il n'imagine pas que cela va devenir une affaire d'État et ne cherche même pas à répondre à la querelle. Ayant eu, pour la préparation de cette semaine de fête, le privilège de collaborer avec le roi, il sous-estime les courtisans, ces seconds rôles, qui prennent position pour parler à bon droit et flatter les puissants. On lui en veut, depuis *L'École des femmes*, non pas à cause de sa personne mais pour son succès ; comme toujours en France, où le triomphe est la seule richesse qu'on ne puisse pas partager ni taxer.

Jalousie de Conti, jalousie des courtisans, jalousie des comédiens de l'Hôtel de Bourgogne, jalousie, enfin, de Molière qui ne veut pas se soumettre aux colères d'un ancien protecteur, ami de collège qui l'a renvoyé comme un malpropre, lui ayant rappelé qu'il ne serait jamais qu'un Poquelin.

Or les dévots se déchaînent.

Peu de gens ont vu la pièce mais suffisamment pour créer la rumeur et l'amplifier. Ils ont trouvé un sujet pour affirmer leur autorité, éprouver leurs influences et développer une morale au nom de la vérité. Mazarin avait interdit la Confrérie du Saint-Sacrement ; Molière la ressuscite malgré lui. Ah, si l'on avait écouté l'abbé Olier, le curé de Saint-Sulpice qui dès 1644 avait décelé dans l'Illustre-Théâtre l'expression de la perversion !

Pour les idéologues de l'Église, la vérité est un moule dans lequel chaque homme doit se couler : elle ne se cherche pas, elle s'impose, intangible, à travers les sacrements et la dévotion : on suit les préceptes de la vie dévote, on reprend *L'Imitation de Jésus-Christ,* on écoute ce qui manque aux laïcs pour en faire des saints (François de Sales).

Ne pas adhérer à ce chemin de tout son cœur, de toutes ses forces, de toute son intelligence, de toute son âme, c'est se perdre et, avec soi, damner le genre humain.

Molière ne réplique pas. Pourquoi ? Pour une raison humaine, on l'a vu. Parce qu'il est protégé par le roi, c'est un fait. Parce que, surtout, il est chrétien. Et qu'il ne comprend pas l'interprétation que certains font de sa pièce. S'y est-il moqué de Dieu ? Jamais. De l'Église ? Non plus. Il a brossé le portrait d'un imposteur. Faut-il que ceux qui s'opposent à lui défendent l'imposture ?

Il ne peut qu'être sensible à la canonisation de François de Sales et constater l'élan chrétien, voire mystique qui germe dans la France d'alors. N'a-t-il pas une demi-sœur religieuse et plusieurs tantes bénédictines ? La querelle du *Tartuffe* ne naît pas de l'opposition entre la religion et le libertinage, comme on voudra le soutenir plus tard, mais de l'incompréhension d'un auteur devant la hargne de quelques-uns.

Les réflexions de Molière ont plusieurs conséquences sur la vie de la troupe. En premier lieu, il supprime les petites farces du répertoire. Puisque la comédie doit « obliger les hommes à se corriger de leurs défauts », on ne viendra rire au Palais-Royal que pour cela et non plus pour de petites pièces rapides, faciles et exténuantes pour les comédiens. Cette décision de directeur montre aussi le niveau d'excellence qu'il souhaite donner à son public.

Ensuite, à partir du 14 novembre, il abandonne à La Grange le rôle d'annonceur. Signe de lassitude pour qui aime cabotiner devant la salle, improviser chaque jour sur un mot venu du parterre, une remarque lancée, rattrapée et renvoyée à la face du public ? C'était son jeu, sa force, son bonheur et sa gloire qui signaient le spectacle et suscitaient l'enthousiasme pour le(s) suivant(s). Une fois de plus, La Grange remplit sa mission avec sobriété et naturel, commençant par les trois saluts d'usage : au roi, à la reine, à la salle. La Fontaine écrit :

> Ce comédien,
> Si jeune, si bien fait, qui déclame si bien,
> Qu'on aime tant, et qui, quand la pièce est finie
> Vient toujours saluer toute la compagnie
> Et faire un compliment[1].

D'où vient cette fatigue ? De la cabale des jaloux : l'Hôtel de Bourgogne, d'abord, avec *L'École des femmes* ; les dévots ensuite, avec *Le Tartuffe*. Faut-il répondre aux quolibets, aux insultes qui transforment chaque jour le théâtre en arène politique ? La mort de Louis, dont nous avons déjà parlé, de son petit garçon, trois jours plus tôt, précipite sa décision : il ne paraîtra plus jamais en public que sous les traits d'un autre ; travestissement qui reste sa vraie passion : « Tâchez de bien prendre le caractère de vos rôles, et de vous figurer que vous êtes ce que vous représentez[2] », conseillait-il à ses comédiens. Plaise aux détracteurs d'attaquer, ils ne pourraient s'en prendre qu'aux personnages qu'il incarnait et non à lui-même. Son succès, la complicité du roi et ses pensions phénoménales exigent désormais qu'il se protège.

Le répertoire de l'été suivant montre combien Molière cherche à afficher l'excellence de la troupe et le divertissement qu'elle peut produire dans tous les genres. Ils créent la première pièce de Racine, *La Thébaïde*, souvent suivie par une danse, parfois par *Le Cocu imaginaire*. À Fontainebleau, ils donnent quatre fois *La Princesse d'Élide* et une fois *La Thébaïde*. En septembre 1664, la troupe part « pour Villers-Cotterêts pendant huit jours. Par ordre de Monsieur, on y joue *Sertorius* et *Le Cocu imaginaire*, *L'École des maris* et *L'Impromptu*, *La Thébaïde*, *Les Fâcheux* et les trois premiers actes de *Tartuffe*[3] », écrit La Grange. Et, plus loin : « À Versailles, on a joué tous les jours des comédies tant sérieuses que comiques. » Il faut être là, marquer une omniprésence dans les divertissements, ne surtout pas s'arrêter à ce qui fâche. Mais Molière ne peut pas s'empêcher d'imiter et de faire rire.

Faut-il demander au roi de faire supprimer les banquettes des marquis installées sur la scène, qui gênent les comédiens ? « Le vendredi 12 juin, la troupe est allée à Versailles par ordre du roi où on a joué le favori dans les jardins sur le théâtre tout garni d'orangers. M. de Molière fit un prologue en marquis ridicule qui voulait être dans le théâtre malgré les gardes et fit une conversation ridicule avec une actrice ridicule placée au milieu de l'assemblée[4]. » Il choisit son programme pour s'assurer la bienveillance du roi. Pour une visite chez Colbert, on représente *L'École des femmes* et *L'Impromptu de Versailles*. De quoi faire rire pour des pièces déjà anciennes, du moins qui ne défraient plus la chronique. Et *Le Tartuffe* dans tout cela ? Faut-il l'oublier malgré le manque à gagner pour chacun des comédiens ? Molière entreprend les salons et à travers les visites tente de placer ses vérités qui s'opposent aux faussetés de ses ennemis. Il reprend la pièce, modifie le personnage, bouscule les idées, amenuise le propos, développe l'intrigue de trois à cinq actes. « Le samedi 29 novembre, la troupe est allée au Raincy, maison de plaisance de Mademoiselle la princesse Palatine près de Paris, par ordre de Monseigneur le Prince de Condé, pour y jouer *Tartuffe* en cinq actes[5]. »

Les grands du royaume, Condé en tête, voulaient soumettre les hommes d'Église qui étendaient leurs principes jusqu'au règlement des divertissements. Ils étaient intouchables.

Où lit-on « Malheur à celui par qui le scandale arrive » ? Dans la Bible.

Acte IV :
des hypocrites contre un jaloux

Dom Juan, pour la raison

Comment apaiser les querelles irrationnelles du *Tartuffe*, sans faire amende honorable, sinon en produisant une nouvelle pièce sur un thème connu et à la mode ; un sujet on ne peut plus moral qui s'achève par la justice céleste ? *Dom Juan ou le Festin de pierre*. On ne pourra pas reprocher à Molière de révolutionner en innovant : l'histoire est connue et obtient un vif succès à l'Hôtel de Bourgogne avec *Le Festin de pierre ou le Fils criminel* que Villiers a écrit à partir d'un texte homonyme de Dorimond, comédien lyonnais. Ne va-t-on pas rire, depuis cinq ans, en voyant les Italiens jouer *Il convitato di pietra* avec un nouvel Arlequin, Domenico Biancolelli, excellent d'ailleurs ?

Dom Juan n'offre pas de vraie surprise : l'histoire est suffisamment connue pour qu'on sache en entrant dans le théâtre que ça finira mal pour le héros. Les spectateurs sont motivés par l'arrivée terrible du revenant pétrifiant Sganarelle et rendant justice en emmenant le séducteur aux enfers.

Molière ne peut en rester là. Il rend son personnage sympathique, séduisant, joué par La Grange.

Qu'est-ce qui l'anime ? Pas tant le désir de plaire ou d'assouvir une soif de conquêtes que de… se marier ! « Un mariage ne lui coûte rien à contracter ; il ne se sert point d'autres pièges pour attraper les belles, et c'est un épouseur à toutes mains[1] », annonce Sganarelle à Elvire-Marquise comme il dira à Mathurine-de Brie que son maître « est l'épouseur du genre humain[2] ». C'est finalement tout l'ordre moral qu'il faut revoir. Le narcissisme de Dom Juan dénature la liberté, aliénant les autres à la violence de son désir. Et devant cette urgence, il convient de ramener les censeurs à la raison. Quoi ? On interdit de fumer dans des lieux publics ? Mais qu'est-ce que cela fait quand on ne sait plus ce qu'est ni la fidélité ni l'engagement ? On proscrit le fumeur mais on reste indifférent aux mœurs déréglées des gens qui nous gouvernent ? Sganarelle-Molière ne comprend pas cet ordre des choses. Au lever de rideau, il commence par un éloge du tabac :

> Quoi que puisse dire Aristote et toute la philosophie, il n'est rien d'égal au tabac : c'est la passion des honnêtes gens, et qui vit sans tabac n'est pas digne de vivre. Non seulement il réjouit, il purge les cerveaux humains, mais encore il instruit les âmes à la vertu, et l'on apprend avec lui à devenir honnête homme. Ne voyez-vous pas bien quand on en prend, de quelle manière obligeante on en use avec tout le monde, et comme on est ravi d'en donner à droit, et à gauche, partout où l'on se trouve ? On n'attend pas même qu'on en demande et l'on court au-devant du souhait des gens : tant il est vrai que le tabac inspire des sentiments d'honneur et de vertu à tous ceux qui en prennent[3].

C'est une pique immédiate à la Confrérie du Saint-Sacrement. Faut-il rappeler que Louis XIV ordonna qu'on distribue à chaque soldat une pipe en terre et un cube de tabac gris, ration quotidiennement distribuée par le caporal — d'où le nom du tabac brun d'aujourd'hui. Une société qui prend un méfait pour un délit perd son autorité et court à sa perte. Molière fumait-il ? On le voit parfois avec une pipe. Interdire l'usage du tabac, c'est bien brimer les honnêtes gens ; créer des délits où il n'y en avait pas. Absurdité bien drôle en début de spectacle, on en conviendra.

En revanche, bafouer l'institution du mariage, voilà qui serait lourd de conséquences pour la société, pour l'ordre, pour la nature, pour soi-même.

Sganarelle suivra son maître comme Sancho Pança suit Don Quichotte, cherchant à justifier l'injustifiable, la nature humaine, s'affrontant à l'impitoyable ego de son maître insatisfait. Joué par Molière, le comique l'emporte. Et l'on attend le céleste courroux que brave le jeune aristocrate en tendant sa main : « La voilà ». À force d'en appeler au ciel, le ciel répond. Dom Juan a tout compris pour ses fins personnelles. Or, si le système moral est cassé, comme un jouet abîmé par caprice, tout s'écroule. Quel monde est présenté ? Le père, Dom Louis, garant de l'ordre, est joué par Louis Béjart, qui est boiteux ; Armande et de Brie jouent des paysannes incompréhensibles et bécasses, aliénées par leur désir. Qui plaît d'emblée ? Elvire-Marquise, ex-nonne et Dom Juan-La Grange, séducteur.

Mais Molière a soigné ses effets. Il écrit cette fois en prose pour être certain que la nature domine et imprègne le discours. Il s'assure aussi de la beauté du spectacle par de somptueux décors. *Dom Juan* sera sa seule pièce pour laquelle il passe un contrat de peinture sous forme de marché. Quarante-deux châssis se succèdent sur la scène pour : un palais (façade et jardin), un hameau de verdure (grotte et aperçu sur la mer), une forêt, une chambre et une ville. Cinq décors payés à grands frais pour une pièce à machines où les effets spéciaux épousent la chorégraphie verbale. Il veut qu'on assiste à *Dom Juan* pour rêver, pour craindre, pour sentir la menace d'un monde qui s'écroule ou d'un dieu qui s'impose — cela revient au même.

Il doit se réconcilier avec son public, le charmer, et désamorcer les rumeurs de scandale liées à son nom à cause du *Tartuffe*. L'archevêque de Paris, ayant excommunié toute personne qui verrait ou qui lirait la pièce, peut-il étendre son dévolu à l'ensemble du théâtre comme jadis le père Olier ? C'est impensable tant que Louis XIV soutient ses comédiens, mais on peut l'imaginer par la double menace des dévots et des comédiens de l'Hôtel de Bourgogne se revendiquant soudain des Confrères de la Passion, leurs propriétaires. Alors, quoi ? Il faut charmer le public, prendre un sujet connu, jouer sur le mouvement, multiplier les lieux, les espaces, les couleurs et les perspectives. Mais aussi : incarner Sganarelle, personnage fétiche qui amuse comme Jodelet en son temps (plus encore, car on ne sait jamais ce qu'il va pouvoir inventer pour transgresser sur scène) ; établir un ordre indéfectible auquel l'au-delà soumet le héros désobéissant ; et, surtout, faire rire. On n'y parvient jamais si l'on ne rit pas soi-même.

Faut-il corriger encore les défauts des hommes ? Dom Juan nie le mariage, car il en joue. Faut-il aussi que les amours d'un homme et d'une femme soient sujet à moquerie ? Et pourquoi pas ?

Tout le monde est convoqué au tribunal dramatique : l'épouse qu'on a retirée du couvent, le père, le fournisseur, les paysans. Seuls le roi et le prêtre ne figurent pas dans le défilé des accusateurs. Leur absence sacre Dom Juan en un royaume destiné à l'anéantissement. Voilà qui musèle élégamment les dévots et permet à Molière de répondre aux attaques concernant son libertinage. Sa conduite personnelle n'a rien de libertine : il n'a jamais remis en cause son mariage et ne s'est marié qu'une seule fois au risque d'en pleurer. Il n'a jamais cherché à officialiser ses intimités avec telle ou telle. Son comportement ? Ses mœurs ? Ils découlent d'un esprit de famille. Les tendres amitiés se développent quand le rideau tombe.

Applaudi par le parterre, *Dom Juan* est décrié par le balcon, marqué par une polémique soigneusement orchestrée par les réseaux de la Compagnie du Saint-Sacrement et probablement animée par Conti, qui écrit alors son *Traité de la comédie et des spectacles selon la tradition de l'Église tirée des conciles et des saints Pères* (qui sera publié un an après sa mort). Conti est aussi à l'initiative des *Observations sur une comédie de Molière intitulée le Festin de pierre*, ouvrage anonyme (signé B.A. *Sr*. D.R.) qui obtient un fort retentissement. Les accusations ne peuvent que blesser Molière parce qu'elles ne sont pas sans fondement et qu'elles montrent une bonne connaissance de l'homme autant que de son œuvre :

> Ses amis avouent librement que ses pièces sont des jeux de théâtre où le comédien a plus de part que le poète, et dont la beauté consiste presque toute dans l'action. Ce qui fait rire en sa bouche fait souvent pitié sur le papier, et l'on peut dire que ses comédies ressemblent à ces femmes qui font peur en déshabillé et qui ne laissent pas de plaire quand elles sont ajustées, ou à ces petites tailles qui, ayant quitté leur patin, ne sont plus qu'une partie d'elles-mêmes. Je laisse là ces critiques qui trouvent à redire à ses voix et à ses gestes, et qui disent qu'il n'y a rien de naturel en lui, que ses postures sont contraintes, et qu'à force d'étudier les grimaces, il fait toujours la même chose ; car il faut avoir plus d'indulgence pour des gens qui prennent peine à divertir le public, et c'est une espèce d'injustice d'exiger d'un homme plus qu'il ne peut, et de lui demander des agréments que la nature ne lui a pas accordés : outre qu'il y a des choses qui ne veulent pas être vues souvent, et il est nécessaire que le temps en fasse perdre la mémoire, afin qu'elles puissent plaire une seconde fois. Mais, quand cela serait vrai, l'on ne pourrait daigner que Molière n'eut bien de tendresse ou du bonheur de débiter avec tant de succès sa fausse monnaie et de duper tout Paris avec de mauvaises pièces. [...]. Si le dessein de la comédie est de corriger les hommes en les divertissant, le dessein de Molière est de les perdre en les faisant rire. De même que ces serpents dont les piqûres mortelles répandent une fausse joie sur le visage de ceux qui en sont atteints. La naïveté malicieuse de son

1 Portrait présumé de Molière par Claude Lefèbvre.
Paris, collections de la Comédie-Française.

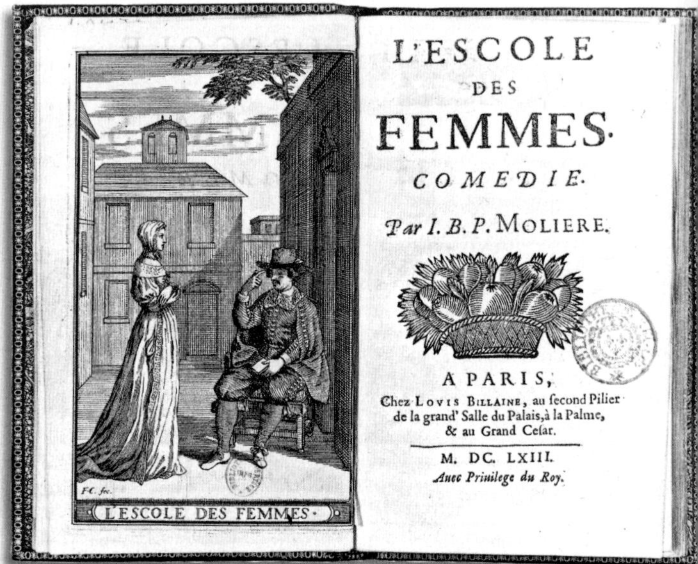

2

2 à 8 Gravures de Jean Sauvé d'après Pierre Brissart pour les frontispices des *Œuvres de Monsieur de Molière revues, corrigées et augmentées*. Paris, D. Thierry, C. Barbin et P. Trabouillet, 1682.

« Comme l'affaire de la comédie est de représenter en général tous les défauts des hommes, et principalement les hommes de ce siècle, il est impossible à Molière de faire aucun caractère qui ne rencontre quelqu'un dans le monde ! »
(*L'Impromptu de Versailles*, scène IV)

« Les pièces ne sont faites que pour être jouées. »

3 L'IMPOSTEUR

LE MISANTROPE 4

5 GEORGE DANDIN

LE BOURGEOIS GENTILHÔME 6

7 LES FEMMES SCAVANTES

LE MALADE IMAGINAIRE 8

9

9 Portrait de Molière par Charles Le Brun, 1660.
Moscou, musée Pouchkine.

« Pour moi, la beauté me ravit partout où je la trouve,
et je cède facilement à cette douce violence
dont elle nous entraîne. »

(*Dom Juan*, Acte I, scène 2)

10

11

12

13

10 Madeleine Béjart. Gravure par Hillemacher, 1867.
Paris, collections de la Comédie-Française

11 Catherine de Brie. Gravure du 19e siècle.
Paris, BnF.

12 Mademoiselle Du Parc. Gravure par Hillemacher, 1867.
Paris, collections de la Comédie-Française.

13 Armande Béjart. Gravure par Hanriot d'après un dessin d'époque.

14

1673

	Dimanche 29 Janvier Maris Infidelles	599# 10s
	part	
	Mardy 31e Maris Infidelles	179# 10s
	part	
	Vendredy 3 feuvrier Trissotin	298#
	part	
Mardy 7me Representation	Dimanche 5 Idem	388#
	part	
Piece nouvelle et derniere de Mr de Moliere	Vendredy 10me 1re Representation du malade Imaginaire	1992#
	part	
	Dimanche 12 Malade Imag.re	1459#
	part	
	Mardy 14me mal. Imag.	1879# 10s
	part	
	Du Vendredy 17	1219#
	part	

Ce mesme Jour apres la Comedie sur les 10 heures du Monsieur de Moliere mourust dans sa maison Rue de lieu, ayant joué le rosle dud. malade Imaginaire fort In mode d'un Rhume et fluction sur la poitrine qui luy Une grande toux de sorte que dans les grands Efforts qu'il pour cracher il se rompit une veyne dans le corps et ne vescut pas demye heure ou trois quarts d'heure depuis la veyne Rompue et son Corps est Enterré a St Joseph de la parroisse St Eustache. Il y a une tombe Eslevée pied hors de terre.

Dans le desordre ou la troupe se trouva apres cette perte Irreparable le Roy eust dessein de joindre les acteurs qui la composoient aux Comediens de l'hostel de Bourgogne

16

15

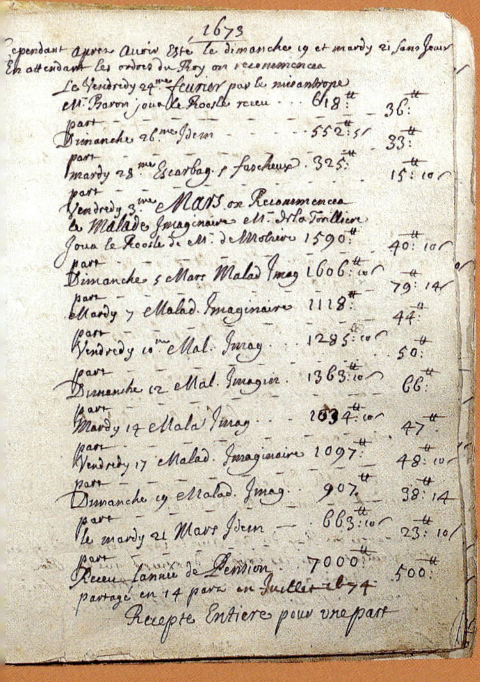

1673
Cependant apres avoir Esté le dimanche 19 et mardy 21 sans Jouer
En attendant les ordres du Roy on recommencea
Le Vendredy 24me feurier par le misantrope
Mr Baron joua le Roosle receu ... 618# — 36#
part
Dimanche 26me Idem ... 552# 5s — 33#
part
mardy 28me Escarbag. et fascheux 325# — 15: 10s
part
Vendredy 3me Mars on Recommencea
le Malade Imaginaire Mr dela Torillière
Joua le Roosle de Mr de Molière 1590# — 40: 10s
part
Dimanche 5 Mars Malad Imag 1606# 10s — 79: 14
part
Mardy 7 Malad. Imaginaire 1118# — 44#
part
Vendredy 10me Mal. Imag. 1285: 10s — 50#
part
Dimanche 12 Mal. Imagin. 1363: 10s — 66#
part
Mardy 14 Mala Imag 1034: 10s — 47#
part
Vendredy 17 Malad. Imaginaire 1097# — 48: 10s
part
Dimanche 19 Malad. Imag 907# — 38: 14
part
le mardy 21 Mars Idem 663: 10s — 23: 10s
part
Receu l'année de Pension 7000# — 500#
partagé en 14 parts en Juillet 1674
Recepte Entiere pour une part

14 Molière sur scène. Dessin de Claude Gillot (1673-1722).
Paris, collections de la Comédie-Française.

15 *Molière dînant avec Louis XIV.* Peinture de Jean-Auguste-Dominique Ingres, 1857.
Paris, collections de la Comédie-Française

16 *Le Registre de La Grange* ouvert à la page de la mort de Molière.
Paris, collections de la Comédie-Française.

17 *La mort de Molière*.
Peinture d'Emile Renard, 1912.
Hazebrouck, Musée municipal.

Agnès a plus corrompu de vierges que les écrits les plus licencieux ; son *Cocu imaginaire* est une invention pour en faire de véritable [...][4].

Molière ne peut pas répondre par un nouvel *Impromptu* ni par une *Critique de Dom Juan.* Il a déjà utilisé ces cartouches de la polémique et ce type de conflits interdit les mêmes armes. Il ne peut que se taire et enrager tout en présentant, le matin, un visage lisse et serein devant les courtisans excités d'assister au lever du roi.

On jouera quinze représentations jusqu'au 20 mars pour une recette moyenne inégalée de mille trois cent quarante et un livres ; deux mille trois cent quatre-vingt-dix livres à la cinquième représentation. Du jamais-vu au Palais-Royal où, entre 1659 et 1673, dix recettes seront supérieures à deux mille livres : six pour *Le Tartuffe* et quatre pour *Dom Juan*[5].

Une nouvelle interdiction tombe. *Dom Juan* ne peut poursuivre sa carrière à la réouverture d'après-carême. Il faut se replier sur *Les Fâcheux* pour quatre représentations et monter la nouvelle pièce de Mlle Desjardins, *La Coquette ou le Favori,* pour vingt-six représentations. À l'exception de *L'École des maris*, on ne joue plus de pièces de Molière. Et quand il faut jouer à Versailles, c'est *Le Favori* qu'on représente, ainsi qu'une improvisation pour signifier que les nobles banquettes sur scène empêchent les comédiens de se donner complètement.

Une fois encore, Louis XIV vient au secours de Molière. Il convoque la troupe, le 14 août 1665, à Saint-Germain-en-Laye.

Le roi, nota La Grange, dit au Sieur de Molière qu'il voulait que la troupe dorénavant lui appartienne à la demande de Monsieur. Et sa majesté donna six mille livres de pension à la Troupe qui prit congé de Monsieur, lui demanda la continuation de sa protection, et prit ce titre[6].

De quoi écœurer les dévots, ces « fanfarons de vertu[7] ». Eh quoi ! Est-il sourd, le roi, au point qu'il n'ait pas entendu les plaintes et protestations de l'Église de France mise à mal sous son propre régime ? Faut-il lui rappeler la place trop considérable des réformés depuis que l'édit de Nantes leur laisse la liberté de culte ?

Molière ne participe pas aux querelles politiques. C'est une de ses forces, une qualité reconnue par le roi, voire par Colbert à qui on rend aussi des visites pour des pièces plus convenues, c'est-à-dire des spectacles rodés au succès : *L'École des femmes* et *L'Impromptu de Versailles*. Molière travaille au théâtre et rien que pour le théâtre. Les multiples actions (lois, guerres, traités) qui font la vie du royaume ne l'intéressent guère et il garde la prudence ni de s'en mêler ni de les évoquer. Il veut corriger les hommes mais ne cherche pas à rectifier les affaires de l'État. Louis XIV lui en sait gré.

Les affaires marchent bien. Certes, les recettes sont irrégulières mais elles sont là. *Dom Juan* a rapporté de l'argent. Quand La Grange note une recette de deux cent cinquante-huit livres pour *L'École des maris* suivie des *Fâcheux*, et, sept lignes plus bas, deux mille trois cent quatre-vingt-dix livres pour *Dom Juan*, on comprend l'affection des comédiens pour la nouvelle pièce...

L'interdiction du *Tartuffe* représente un manque à gagner qui devrait être comblé lorsqu'elle sera levée. Quand ? On l'ignore, sachant qu'il ne faut pas traîner : se battre donc, pas tant pour la liberté d'expression ou le combat idéologique contre l'Église que pour la recette. L'argent motive davantage la troupe que les grands desseins philosophiques qu'on lui prêtera après la Révolution.

Les comédiens d'alors préparaient leur avenir, leur retraite, leur vieillesse. La plupart achetaient une demeure en province pour se retirer aux champs, là où la vie est moins chère. Molière ne suivit pas ce chemin-là parce qu'il avait l'intuition de ne pas vivre vieux ; surtout parce qu'il investissait dans ses affaires : le théâtre et la maison Poquelin.

Les aléas de la recette poussent Madeleine à d'autres commerces. Elle a le goût des placements immobiliers, des affaires et des prêts. Elle a acheté autrefois une maison rue de Thorigny pour cacher Modène. En 1665, elle s'associe avec deux tanneurs, Jacques Tyersant père et fils, pour monter une affaire de cuirs « façon de Hongrie » dans le faubourg Saint-Victor, dans une ancienne brasserie (qui appartenait à François Dufresne, ancien valet de chambre de Gaston d'Orléans, et probable parent de Charles, le comédien). Elle y engage six mille livres qu'elle peut reprendre quand elle le veut, et se réserve la possibilité de loger sur place — ce qu'elle ne fera pas. Pour placer de l'argent, elle en prête à un chirurgien, à un maître tailleur, à un vigneron de Bougival, à un secrétaire du roi. À y regarder de près, ce réseau de débiteurs est constitué plus ou moins de personnages liés au duc d'Orléans ; probables ex-frondeurs, derrière lesquels l'ombre de Modène plane toujours.

Depuis un an, celui-ci vit à nouveau à Paris et se consacre à des affaires de verrerie de Venise dans le faubourg Saint-Antoine où il croise Madeleine L'Hermite, fille de Jean-Baptiste, nièce de Tristan, l'auteur. Il l'épouse, écartant soigneusement de la noce tout ce que comptent les noms de Béjart ou de Poquelin. La deuxième Madeleine veut sans aucun doute tourner la page définitivement. La Béjart poursuivra la voie solitaire qui fera sa destinée.

Les difficultés des locataires avec les Daquin contraignent à un nouveau déménagement. Tous les comédiens se rassemblent pour six mois dans la maison Millet, puis ils s'installent durablement dans un immeuble appartenant à Antoine Bourdon, apothicaire du roi, tout près du Palais-Royal, donnant sur la place, à l'angle de la rue Saint-Thomas-du-Louvre*. Au deuxième étage, Edme

* Cette rue prolongeait la rue de Valois jusqu'à la Seine, elle passait à la place de la pyramide de Pei.

Villequin et Catherine Leclerc, les de Brie donc ; Molière et Armande occupent le troisième ; au quatrième, il y a Madeleine et Marie Hervé, sa mère, et au cinquième, Geneviève Béjart et son mari Léonard de Loménie. La famille, toujours. Elle se réunit autour d'un nouveau berceau : Armande accouche d'une fille qu'on appelle Esprit-Madeleine pour ceux qui n'auraient pas encore compris ou voulu comprendre sa lignée : fille de Jean-Baptiste et d'Armande, elle-même fille d'Esprit et de Madeleine. Tout est clair.

La joie de vivre et la paix sont de rigueur à la maison parce qu'on est dans la double tempête du *Tartuffe* et de *Dom Juan* et dans l'écriture du *Misanthrope*, nouvelle pièce encore plus ambivalente. La fatigue mine Molière. On le dit gravement malade. Le théâtre doit fermer pendant près de deux mois.

L'auteur et son double

Dans ses pièces, Molière se moque mais en même temps érige la statue d'une personne mal définie à la cour comme à la ville : l'honnête homme. Il se joue des importants et des envieux, des hypocrites surtout. Depuis *Les Fâcheux* on le lui a reproché : *L'École des femmes* puis *Le Tartuffe, Dom Juan*, *Le Misanthrope* enfin présentent trop de caractères reconnaissables et dont il peint les travers pour corriger les hommes. Toutefois, il va triompher de tous en se mettant en scène lui-même sous un double regard : celui dont on peut se moquer et celui dont on se prend à rêver.

Il dépeint ses propres défauts : la jalousie, l'envie, la possessivité des personnes et des choses. Tour à tour Arnolphe, Alceste, Orgon, Sganarelle, Molière rit de lui-même et affiche ses travers. Les comédiens sont les premiers à s'en apercevoir et à en rire. Le directeur dit tout haut ce que d'aucuns pensent tout bas et n'osent naturellement pas exprimer. Sur le cas d'Armande, tout a été dit dans *L'École des femmes*. Sur la jalousie, *Dom Garcie* a tout révélé. Certes, la pièce n'a pas été jouée plus de quatre fois mais le texte demeure et les mémoires le retiennent. Alceste accentue encore les traits par sa brusquerie. Un fou ! Quand on l'accusera d'hypocondrie, Molière forcera encore le trait en créant *Le Malade imaginaire*, plus fort, plus terrible dans la gaieté et la comédie.

S'arrêter là signifierait que Molière n'est qu'un farceur qui montre des caractères en les caricaturant. On oublie ainsi le double de chaque personnage, celui dans lequel l'auteur place son véritable propos, son humanisme et son goût pour la nature. Chaque pièce à héros typé contient en effet un double plus ou moins sérieux mais dont l'esprit remporte tous les suffrages, les sympathies immédiates du spectateur. C'est Philinte, du *Misanthrope*, qui donne la mesure : « La parfaite raison fuit toute extrémité, Et veut que l'on soit sage avec sobriété[1]. » Cléante, dans *Le Tartuffe*, raisonne Orgon sans lui asséner aucune vérité autre que la nature humaine : « Ne hasardez jamais votre estime trop tôt, et soyez pour cela dans le milieu qu'il faut[2]. » Molière partage équitablement sa personnalité en deux personnages avec ce même naturel qui fait de lui à la ville un taciturne, à la scène un extravagant. Encore une fois : tout en l'homme est complémentaire.

Ses intimes le sentent et le comprennent. Boileau, La Fontaine en premier lieu, et Chapelle, naturellement, adhèrent à cette schizophrénie littéraire. Louis XIV, surtout, a compris son protégé.

Il ne voit pas de scandale dans *Le Tartuffe* parce qu'il a entendu Cléante. Il aime ce sens de la mesure qui ne soit ni rabat-joie ni étouffeur de plaisirs, au contraire ! Il n'a pas besoin qu'on lui explique le « cas Molière », il en perçoit la réalité chaque matin à son lever. Molière cependant lui a donné ce mode d'emploi à l'occasion du remerciement officiel de la première pension allouée.

Texte court de cent deux vers, écrit comme une fable, ce *Remerciement au roi* raconte la cérémonie du lever pour donner la façon de remercier le roi. D'abord, se déguiser : « Lorsqu'en marquis vous serez travesti. Vous savez ce qu'il faut pour paraître marquis. » Puis traverser la salle des gardes en « vous peignant galamment », « gratter du peigne à la porte du roi » et, s'il y a foule, « pressez, poussez, faites le diable pour vous mettre le premier ». Puis, quand s'ouvre la porte, « ne vous relâchez pas : pour assiéger la chaise, il faut d'autres combats ». Voilà pour la comédie, le ridicule forcé. Pour le sérieux, le naturel et l'affable, Molière décrit le roi :

> Mais les princes n'aiment guère que les compliments qui sont courts ; et le nôtre surtout a bien d'autres affaires que d'écouter tous vos discours. La louange et l'encens n'est pas ce qui le touche ; dès que vous ouvrirez la bouche pour lui parler de grâce et de bienfaits, il comprendra d'abord ce que vous voudrez dire, en se mettant doucement à sourire d'un air qui sur les cœurs fait un charmant effet, il passera comme un trait, et cela vous doit suffire[3].

Ce petit texte, singulièrement, avait plu au roi, car il le vivait tous les jours, et que jamais un homme de la Cour ne lui avait signifié combien il n'était pas dupe des empressements des gens. Louis XIV avait pu comparer ce texte alerte et drôle avec les deux sonnets que lui avait adressés Chapelain pour le remercier aussi, accompagnés de ces lignes : « Après la grâce dont sa majesté m'honora aussi surprenante pour moi que je ne l'avais pas méritée d'elle[4]. » Rien à voir avec cet auteur à genoux près du lit à refaire l'édredon, à examiner les boutons, les cordons, les dorures, et à choisir le couvre-lit qui sied à la nouvelle couverture ? Naturellement, cette double vue charmait le roi qui y vit ce qui le fascinait : les noces de l'extravagance et de la tempérance.

Louis XIV ne prend jamais part aux querelles. Il écoute et corrige. On peut remarquer[5] que chaque fois que Molière est en difficulté, le roi l'aide : il lui donne une pension après *L'École des femmes*, parraine son fils après l'accusation d'un mariage incestueux, le place à table quand on le dédaigne au palais, le fait « comédien du roi » quand on censure *Le Tartuffe*. Qu'il apprenne que Molière n'est pas convié aux déjeuners des officiers de la chambre, il lui offre son « en-cas de nuit » et déjeune avec lui au moment où entrent les courtisans pour le premier lever. Rapporté par Mme Campan[6], la scène inspirera Ingres un siècle plus tard.

Le roi, au centre du tableau, un coude sur la table, présente son hôte aux courtisans entrant : les premiers s'inclinent respectueusement, les seconds montrent leur jalousie et leur haine. À table, Molière a un geste humble, une main sur le cœur. Il regarde son prince avec étonnement comme s'il ne se sentait pas digne de cette place.

« Il fallait, écrit Taschereau, un Louis XIV pour que la France pût s'enorgueillir d'un Molière. » Les deux sont en effet inséparables comme l'acteur de l'auteur, comme Philinte d'Alceste, Cléante d'Orgon, Béralde d'Argan. Et cela réfute l'idée d'un Molière subversif qui relève encore d'une vision postrévolutionnaire. On aimerait qu'il se soit affranchi de son père, de l'Église, de l'ordre et du roi. C'est oublier les dédicaces à Madame, à Monsieur, à la reine mère, au roi même. Une telle idée gomme de son théâtre le portrait du juste milieu, de l'honnête homme, du raisonnable ému et de l'émotion raisonnée. Le vrai Molière marie le rire et la raison, l'outrance joyeuse et le langage du cœur ; il dresse l'unité d'un homme trop intransigeant de caractère pour avancer masqué ou pour tenir un langage double, celui de l'hypocrisie qu'il abhorrait. Petits marquis et frondeurs étaient dans la subversion, non pas Molière, qui s'enrichissait de son parfait service au roi ; dans sa chambre comme sur sa scène.

En 1658, mettant fin à la guerre contre l'Espagne, le roi est le monarque le plus puissant d'Europe, l'Europe qui est au centre de l'Occident, l'Occident qui est au centre du monde. Donc, Louis XIV est le roi le plus puissant du monde. Raisonnement implacable et juste, qui donne à chacun sa fierté malgré les incertitudes du lendemain : disettes, famines, épidémies, guerres. Faut-il rappeler que la France n'a jamais subi d'invasion ni d'attaque ennemies sous le règne de Louis XIV ? Certes, les charges sont lourdes et les guerres interminables, mais l'armée française est la plus puissante sur terre et bientôt sur mer, grâce à Colbert, dépassant la marine anglaise... Vauban fortifie les villes. Louis accroît son territoire : il prend le Roussillon à l'Espagne et, dans le Nord, repousse les frontières jusqu'en Hollande. Le siège de Lille est le prix à payer pour apaiser les régions, ouvrir une brèche entre les populations saxonnes et se placer juste vis-à-vis de l'Angleterre, l'ennemi juré.

Stratège et organisateur, le roi travaille sur tous les fronts. S'il est seul à décider, il sait s'entourer d'experts et des meilleurs. Colbert n'est pas noble mais obtient la confiance du roi. Cette façon de régner est sans conteste possible. « Il élève les humbles, renvoie les riches les mains vides », chante-t-on dans le *Magnificat*. De droit divin, le roi reprend les méthodes de Dieu, son seul maître. Sa personnalité irradie : « Tous les yeux sont attachés sur lui seul, on ne fait rien que par lui seul, on ne croit s'élever qu'à mesure qu'on s'approche de sa personne ou de son estime ; tout le reste est stérile[7] », écrit La Rochefoucauld. Et de fait, tous les ministres ou les proches collaborateurs s'élèvent en sa présence. Les grandes familles nobles ont été écartées du pouvoir pour l'avoir revendiqué pendant la Fronde.

Nous vivons sous un Prince ennemi de la fraude,
Un prince dont les yeux se font jour dans les cœurs,
Et que ne peut tromper tout l'art des imposteurs.
D'un fin discernement, sa grande âme pourvue,
Sur les choses toujours jette une droite vue ;
Chez elle jamais rien ne surprend trop d'accès,
Et sa ferme raison ne tombe en nul excès.
Il donne aux gens de bien une gloire immortelle ;
Mais sans aveuglement il fait briller ce zèle,
Et l'amour pour les vrais ne ferme pas son cœur
À tout ce que les faux doivent donner d'horreur[8].

Louis refuse les dynasties : servir l'État ne relève ni du privilège ni de la rente.

Malades et médecins

Chez lui, Molière a quelques soucis domestiques : quand sa femme ne le quitte pas, elle fait des caprices et s'énerve facilement. Dans les rapports de voisinage, cela crée des tensions.

Le propriétaire de leur logement est Louis Henri Daquin, médecin du roi, qui succédera à Antoine Valot comme archiatre, c'est-à-dire premier médecin du roi. Les deux hommes se croisent au lever mais ne s'estiment guère ; Daquin parce qu'il est médecin, Molière parce qu'il n'est que comédien. La femme de Daquin tient visiblement les affaires de son ménage (elle est la nièce de Valot) et, voulant augmenter le loyer, contraint les Molière à déménager.

Pingre, cette femme se procure un jour un billet pour la comédie. Armande l'y aperçoit et la fait chasser du théâtre « puisque vous êtes ici chez moi ». Molière en conçoit *L'Amour médecin*, qu'on joue le 15 septembre 1665. « Un simple crayon, un petit impromptu dont le roi a voulu se faire un divertissement », prévient-il. « Les airs et les symphonies de l'incomparable M. Lully, mêlés à la beauté des voix et à l'adresse des danseurs[1] » rendent le spectacle total.

Le roi rit et la Cour se divertit parce que cela est vrai, parce cela sonne juste : faut-il croire que les travers ainsi montrés permettraient à certains de s'améliorer ? Il s'agit simplement de dire que personne n'est dupe et que les médecins sont de grands hypocrites : « Chacun s'efforce de prendre les hommes par leur faible, pour en tirer quelque profit. Les flatteurs, par exemple, cherchent à profiter de l'amour que les hommes ont pour les louanges, en leur donnant tout le vain encens qu'ils souhaitent ; et c'est un art où l'on fait, comme on voit, des fortunes considérables. [...] Mais le plus grand faible des hommes, c'est l'amour qu'ils ont pour la vie ; et nous en profitons, nous autres, par notre pompeux galimatias, et savons prendre nos avantages de cette vénération que la peur de mourir leur donne pour notre métier[2] », dit M. Filerin, un médecin chargé de départager les deux consultants prêts à s'entretuer pour imposer qui la saignée, qui le vin émétique.

Tout le monde reconnaît les personnes derrière les personnages. M. Bahys est le premier médecin de Monsieur ; M. Macroton, à travers lequel on voit Guéraut, premier médecin de la reine. Tomès ressemble à s'y méprendre à Antoine Daquin qui tient chaque jour le *Journal de la santé du roi* avec son oncle, Antoine Vallot, l'archiatre. La pièce est drôle et précisément écrite. Trop écrite ? Molière prévient :

Je ne conseille de lire celle-ci qu'aux personnes qui ont des yeux pour découvrir dans la lecture tout le jeu du théâtre[3].

Cet avertissement devra s'adapter à toutes ses pièces. Il ne faut lire que dans la gaieté et sentir à l'intérieur des répliques les folles cabrioles, les mimiques, les écarts et les éclats de voix ; bruits, fougues, doubles jeux, accessoires humoristiques, tout ce qui concourt aux pitreries les plus délirantes. « Tout le jeu du théâtre » ! Pas de rupture entre la danse, la comédie et les chants : tout passe dans un même élan, une même fougue. Les médecins avancent masqués et dès leur apparition on rit. Qu'ils parlent, on se tord. Les comédiens, au lieu de suivre la Carte du Tendre qui poussera les amants à s'aimer, poursuivent la Carte de la Surprise. À chaque moment, on se demande, comme pour *Le Misanthrope*, ce qu'ils vont bien pouvoir inventer. Qu'est-ce qui va encore se passer ? Ils vont au bout de leurs possibilités comiques, de leur imagination : un geste, une intonation, une trouvaille. « Tout le jeu du théâtre » consiste à bousculer les mots, les choses et les êtres.

Formés à cette école, les comédiens de Molière ne laissent pas d'étonner. Qu'ils paraissent sur scène et l'on rit. Qu'ils se retrouvent en bande et la folie triomphe.

Dom Juan a connu un superbe succès. Les autorités, aveuglées de morale, n'ont pas compris la pièce qui est très drôle pour autant que la mise en scène épouse l'invraisemblable et l'absurde. Car il faut toujours chercher l'absurde, le point de déraison, dans le théâtre de Molière, sans quoi on le rabaisse à la comédie de caractère, à l'étude psychologique, voire à la comédie bourgeoise.

Ce n'est pas le cas. L'avertissement de Molière était clair de ce point de vue. Il écrit pour des enfants de la balle qui s'amusent, qui s'étonnent, qui rigolent, qui chahutent jusque devant le roi. L'insolence redouble l'élan comique.

Pour parler de la médecine et des médecins, Molière est renseigné par Jean Armand de Mauvillain, son médecin. Favori de Richelieu, il a appris sa médecine à Montpellier et soutenu sa thèse à Paris : « La fièvre puerpérale est-elle essentielle ou symptomatique ? ». Doyen de la faculté dès 1666, il soignera Molière jusqu'à la fin, et sera omis des cinq comédies qui accusent les médecins. « Ce ne sont point les médecins qu'il joue mais le ridicule de la médecine », dira Béralde à son frère Argan à propos de Molière*. Mauvillain a compris son patient qui ne cherche à guérir qu'à travers la nature et ce qu'elle procure, les médecins ne pouvant absolument rien : « Ils n'ont pas plus de part que toi aux guérisons des malades, et tout leur art est pure grimace. Ils ne font rien que recevoir la gloire des heureux succès, et tu peux profiter comme eux du bonheur du malade, et voir attribuer à tes remèdes tout ce qui peut venir des faveurs du hasard et des forces de la nature[4] ». Le médecin connaît son patient et éprouve malgré

* *Le Malade imaginaire*, acte III, scène 3.

tout de l'admiration et de l'affection pour lui. Et ce médecin-là, Molière ne l'imitera jamais sur scène.

Un jour, le roi demande à Molière :

« Vous avez un médecin, Molière ? Et que vous fait-il ?

— Sire, nous raisonnons ensemble ; il m'ordonne des remèdes, je ne les fais point et je guéris[5]. » De ces causeries vient un regard clinique des plus rigoureux pour décrire les malades et les remèdes.

Louis XIV et Molière ont vécu au même âge, vers treize ans, leur premier contact avec la médecine. Jean-Baptiste a vu sa mère mourir. Parce que Poquelin avait les moyens de payer des médecins, on peut imaginer qu'ils furent plusieurs au chevet de sa femme et que tout fut entrepris pour la sauver : saignées et clystères. Molière refusera toute sa vie les saignées ; traumatisé sans doute par l'agonie de sa mère. Louis XIV, de son côté, est une force de la nature, habitué aux chevauchées au grand air, aux repas pantagruéliques, aux exercices du corps. À neuf ans, il a connu les phlébotomies administrées par Vallot, puis à Mardyck, où, pour une méchante grippe, il fut purgé vingt-deux fois[6]. Comme Molière, trop amoureux de la santé, il déteste la maladie et les malaises auxquels il ne veut prêter aucune attention particulière, mais il est le roi de France dont la naissance avait été si attendue qu'elle parut miraculeuse, l'action même de Dieu. Il doit donc chaque matin confier son corps à l'examen minutieux des médecins. Il laissera toujours Molière se moquer de la Faculté et ressentira une sorte de vengeance personnelle à faire reconnaître ses propres médecins sur scène, à rire des répliques qui se répètent de pièce en pièce comme : « Il ne faut pas qu'elle meure sans l'ordonnance d'un médecin. »

On peut d'ailleurs s'interroger sur la pertinence de certains médecins formés en quelques mois à l'université d'Orange.

Comme toute science, la médecine accomplit au XVIIe siècle des progrès importants. En Angleterre, William Harvey (1578-1657) découvrit la circulation du sang en 1628. Les grandes inventions médicales furent aussi italiennes, hollandaises, allemandes. Les Français en restaient à une forme de corporatisme, philosophant en latin sur les précautions à prendre et se gaussant des élégances de démonstration qu'on appelait diagnostic et dont Molière truffe ses comédies. Il valait mieux pratiquer la saignée dite de précaution, dans le pli du coude, pour examiner le sang et surtout pour vider le trop-plein. Le clystère et la saignée faisaient la médecine : « *Clysterium donare, postea seignare, ensuitta purgare*[7]. » On considérait que les maladies venaient du dérèglement des quatre humeurs (sang, bile, flegme, atrabile) qui donnaient les quatre tempéraments : sanguin, bilieux, flegmatique et atrabilaire. Un bon médecin ne devait surtout rien changer :

C'est un homme qui sait la médecine à fond [...] et qui,

quand on devrait crever, ne démordrait pas d'un iota des règles des anciens. Oui, il sait toujours le grand chemin, et ne va point chercher midi à quatorze heures ; et pour tout l'or du monde, il ne voudrait pas avoir guéri une personne avec d'autres remèdes que ceux que la Faculté permet[8].

Il n'y avait qu'en France que les découvertes et les progrès n'étaient pas acceptés parce qu'ils dérangeaient l'organisation de la Faculté.

Il faudra beaucoup d'habileté et d'autorité à Louis XIV pour susciter une vraie formation médicale et stimuler la recherche. Cela n'aura lieu qu'après la mort de Molière. Le médecin de Molière est l'idéologue d'une corporation toute-puissante, un pur produit français, effrayant dans la vie, hilarant sur la scène.

De quelle étrange maladie ?

Le début de l'année 1666 est marqué par la maladie de la reine mère. Atteinte d'un cancer, saignée plutôt que soignée, elle meurt le 20 janvier.

Est-ce que les médecins font mourir ?

— Sans doute ; et j'ai connu un homme qui prouvait, par bonnes raisons, qu'il ne faut jamais dire : « Une telle personne est morte d'une fièvre et d'une fluxion sur la poitrine » ; mais « Elle est morte de quatre médecins et de deux apothicaires[1] ».

Louis XIV, très affecté, craignant la mort ou aspirant à une nouvelle vie, quitte le Louvre, lieu d'agonie de sa mère, pour Saint-Germain, où il réside pendant cinq mois. Puis il passe l'été à Fontainebleau et l'automne à Vincennes. Pour Molière, l'absence signifie bien des contorsions dans l'emploi du temps.

Désormais seul, le roi commence à changer. Sa calvitie se remarquant, il adopte la perruque, dont il gonfle le rôle non plus comme celui d'une prothèse légère mais comme un atout, un privilège, une forme d'autorité. Dès lors, la Cour obéit et l'on se coiffe selon le goût royal. Comme toute mode excessive, elle est plutôt grotesque et donne matière à moquerie aux gens de la campagne : « Quien, Charlotte, ils avont des cheveux qui ne tenont point à leu teste, et ils boutont ça après tout comme un gros bonnet de filace[2]. » Les perruquiers (on en aurait compté une quarantaine à Paris) font fortune en inventant des modèles, en créant la perruque du matin, celle du soir, celle qu'on doit porter pour une cérémonie, celle dont il faut se couvrir pour assister à la messe. « Est-il bien nécessaire d'employer de l'argent à des perruques, lorsqu'on peut porter des cheveux de son cru, qui ne coûtent rien[3] ? » À croire que l'atmosphère de la Cour pouvait polluer le tempérament humain : « L'approche de l'air de la Cour a donné à son ridicule de nouveaux agréments, et sa sottise tous les jours ne fait que croître et embellir[4] », écrira Molière d'une femme d'Angoulême.

Plus graves que les complots sournois dans les rues du Palais, les trahisons et les mensonges l'affectent bien davantage. Jean Racine, à cet égard, vient de réaliser l'une des plus belles infamies de l'histoire du théâtre.

Molière a tout ouvert à ce jeune homme de vingt-six ans à l'ambition démesurée mais au talent qui permet de la rêver. En écrivant une *Ode sur la convalescence du roi*, il est parvenu à se faire inscrire sur la liste des auteurs pensionnés pour six cents livres. Il entrait ainsi dans le sérail des auteurs officiels, alors qu'il n'avait presque rien écrit. Au lieu de le mépriser — attitude habituelle des gens de lettres à l'égard des débutants —, Molière le convia aux soirées amicales qu'il partageait avec La Fontaine, Chapelle, Boileau. La Fontaine lui parlait de son pays, de la nature champenoise, de la glaise généreuse des champs. Racine avait quitté La Ferté-Milon pour Port-Royal, trop jeune pour connaître son pays natal. La Fontaine savait goûter les paysages, Molière imitait les gens et livrait les expressions du terroir qu'il connaissait et qui lui venaient du Sud, de la Provence mais aussi de Picardie et de Normandie. Mieux, il avait mis en scène au théâtre du Palais-Royal une pièce de Racine, *La Thébaïde ou les Frères ennemis* l'année précédente, sous la protection du duc de Saint-Aignan, le plus à même de parler de lui en haut lieu. La pièce n'avait pas eu grand succès. Molière ne découragea pas Jean Racine ; au contraire, il lui proposa de monter une nouvelle œuvre. Racine écrivit *Alexandre*. Molière lut. L'aida-t-il ? Lui prodigua-t-il quelques conseils pour intensifier le drame, pour le rendre plus vivant, moins statique ? Possible. Boileau, qui versifiait comme on respire, put donner quelques rimes. Il n'importe, Molière avait le sentiment de porter Racine sur les fonts baptismaux de la gloire théâtrale. On apprit les rôles, on travailla la mise en scène, on réalisa des costumes magnifiques, selon l'habitude et le métier de chacun. Racine observait, écoutait, notait les inflexions et les déplacements.

On attendit le roi pour les premières représentations. Il ne vint ni à la première, le 4 décembre, ni à la deuxième, ni à la troisième, et se manifesta le jour suivant... à l'Hôtel de Bourgogne ! Oui Madame, oui Monsieur ! Racine y donnait son *Alexandre* et avait fait répéter sa pièce par les deux troupes pour s'assurer du succès, voire pour choisir la meilleure des deux productions ! Du jamais-vu ! Voilà bien une belle trahison pire que les attaques habituelles entre comédiens. Intolérable.

La déception que provoque aujourd'hui encore ce transfuge et que Molière, si investi affectivement, reçoit comme une gifle, montre la cruauté de cette concurrence marquée par les fausses amitiés. Mais n'en rajoute-t-il pas un peu, Molière, avec une presque évidente mauvaise foi ? N'est-il pas jaloux de Racine qui triomphe avec un répertoire atemporel qui fera l'œuvre ? Qui ne rameute pas le public par des imitations et des portraits mais des personnages à l'épaisseur psychologique et dramatique considérable ?

Pour Racine, être joué importe mais qu'allait-il confier une pièce à un mauvais promoteur ? À l'Hôtel de Bourgogne, il est sûr d'être valorisé :

Les grands comédiens... il n'y a qu'eux qui soient capables de faire valoir les choses ; les autres sont des ignorants, qui récitent comme l'on parle ; ils ne savent pas faire ronfler les vers, et s'arrêter au bel endroit : et le moyen de connaître où est le beau vers, si le comédien ne s'y arrête, et ne vous avertit par là qu'il faut faire le brouhaha[5] ?

On note là les inflexions sur le texte comme des musiciens annotent leurs partitions. Or être joué, au Palais-Royal, signifie une diction naturelle qui lisse les vers et ne s'attarde pas sur la rime. On y répète le naturel et les mouvements, surtout les mouvements. En outre, les spectateurs y aiment le scandale autant que la comédie qui suit le grand spectacle. Voilà qui peut être dommageable. Il arrive qu'on se souvienne moins d'une pièce que d'une bagarre à la sortie ou d'une bousculade à l'entrée, émeutes plus ou moins graves — l'une d'elles voit le portier mourir de plusieurs coups d'épée.

Racine a compris le risque à produire son *Alexandre* chez Molière : en cas d'insuccès, il lui faudra attendre encore une, deux, voire trois pièces pour se hisser au rang des auteurs en vue. Le succès engendre le succès, et l'on ne pardonne une pièce moins bonne qu'à ceux qui en ont déjà imposé plusieurs. Sans reconnaissance, on demeure un débutant auquel on ne tolère aucun faux pas.

Jean Racine n'aurait probablement pas été le grand Racine s'il n'avait pas trahi Molière. Il en ira de même pour Lully quelques années plus tard.

Envers eux, Molière ne se met pas en colère ; il montre une amitié blessée et ne reconnaît pas ses torts. Pour Racine, les choses sont claires : puisque Molière ne met pas tout en œuvre pour le promouvoir (mais le peut-il seulement ?), pourquoi demeurer ? Molière affiche sa tristesse et décrira plus tard les défauts qu'il ressent en lui-même.

Alors, il en veut à la terre entière : mais n'est-ce pas un peu ridicule de vouloir que le monde lui ressemble ? Que chaque homme vive les mêmes valeurs et la même honnêteté que celles qui l'animent ? La nature ne donne-t-elle pas elle-même toutes les différences pour imposer son harmonie ? Il en rit tout seul. Quelqu'un qui détesterait tout le monde, voilà bien un impatient et un odieux personnage, si odieux qu'il en devient comique, pitoyablement comique.

Non, je ne puis souffrir cette lâche méthode
Qu'affectent la plupart des gens à la mode ;
Et je ne hais rien tant que les contorsions
De tous ces grands faiseurs de protestations,
Ces affables donneurs d'embrassades frivoles,
Ces obligeants diseurs d'inutiles paroles,
Qui de civilités avec tous font combat,
Et traitent du même air l'honnête homme et le fat.
Quel avantage a-t-on qu'un homme vous caresse,
Vous jure amitié, foi, zèle, estime, tendresse,
Et vous fasse de vous un éloge éclatant,
Lorsqu'au premier faquin il court en faire autant ? [...]
Je veux qu'on me distingue ; et pour le trancher net,
L'ami du genre humain n'est point du tout mon fait[6].

Il se rend bien compte qu'il est odieux, qu'on le dit « petit en ces occasions[7] », qu'il prend la bonne la Forêt pour un souffre-douleur et que sa jalousie envers tous devient insupportable pour tout le monde. « Si on lui avait dérangé un livre, c'en était assez pour qu'il ne travaillât de quinze jours[8]. » Au lieu de souffrir des autres, ne vaut-il pas mieux changer le regard qu'on porte sur eux ?

Est-ce l'esprit courtisan qui corrompt les êtres ou l'hypocrisie des êtres qui compose l'esprit courtisan ?

Molière est las de ces gens qui disent oui par-devant et non par-derrière, qui se veulent courageux et gardent le silence quand il faudrait parler. Il a tellement croisé de ces personnages illustres dont les mensonges et les calomnies demeuraient impunis, jamais relevés ! Les médecins eux-mêmes qui se moquent délibérément de l'homme pour s'enrichir.

Il ne s'agit pas de dénoncer pour appeler la justice ou faire justice soi-même, mais, s'il n'y a rien à faire, ne peut-on pas au moins en rire ?

À Pézenas, le jour même du décès de la reine mère, comme si tout ce qu'il réalisait était toujours occulté par plus important que lui, Armand de Bourbon, prince de Conti, meurt saintement de la syphilis. Paix à son âme ! Molière est fatigué des honneurs en trompe l'œil. Jaloux ? Il l'est toujours et cela ne s'arrange pas avec l'âge parce qu'il le revendique : « Les jaloux sont comme ceux qui perdent leur procès : ils ont la permission de tout dire[9]. » Les gagnants, même malhonnêtes, ne sont jamais drôles. Le perdant, en revanche, attire la sympathie et peut franchement faire rire. Molière n'imagine pas : il se sert de ses comédiens comme de son premier matériau. Il les écoute, les aime, les respire pour qu'ils n'aient qu'à s'imiter eux-mêmes. Ses agacements, sa fureur, ce regard sévère sur ses contemporains l'incitent à rire de ce perdant qui ne démissionne jamais et qu'il sent en lui-même. Au-delà de l'acrimonie, il noircit le trait par la maladie. Ce nouvel héros, Alceste, est un atrabilaire, quelqu'un qui subit le déséquilibre des humeurs par une surabondance de la bile noire, celle qui donne du génie, selon Aristote, et qu'on appelle mélancolie.

Mes yeux sont trop blessés, et la cour et la ville
Ne m'offrent rien qu'objets à m'échauffer la bile :
J'entre dans une humeur noire, et un chagrin profond,
Quand je vois vivre entre eux les hommes comme ils font[10].

La mélancolie est une grande question qui embrasse toute la culture de l'Occident. Et on n'y peut rien ! Les médecins auront beau faire, la bile noire, humeur saturnienne, reste l'apanage du génie. Comment la guérir, sinon la soigner ? Par l'amour ? Un atrabilaire amoureux, voilà qui fait sourire. Alceste ne pourra se faire aimer malgré le feu naturel qui lui prend le cœur. Molière grossit le personnage. Il reprend des vers et des scènes entières du *Dom Garcie* qu'il n'a pas publié. « Et je puis tout permettre à mes ressentiments » sonne mieux dans la bouche d'un fou que dans celle d'un prince, fût-il éperdument jaloux. Mais Madeleine ne tient pas le premier rôle féminin et la promise est Armande (Célimène). Elle est touchante, et à les voir, considérant aussi la différence d'âge, on voudrait intervenir en conseillant à l'homme de prendre un peu de la féminité qui lui fait face pour s'arrondir, s'éclairer et vivre enfin. « Non, vous ne m'aimez point comme il faut que l'on aime[11] », dit-elle. Elle affronte la Du Parc (Arsinoé) et donne avec elle l'un des plus méchants duos féminins, sans avoir trop à se forcer, semble-t-il.

Le Misanthrope est une pièce mal comprise. On cherche des noms derrière les personnages, comme toujours ! Deux académiciens, deux abbés, Cotin et Ménage, « étaient allés au sortir de la première sonner le tocsin à l'hôtel de Rambouillet, disant que Molière jouait ouvertement le duc de Montausier ». Ils n'ont rien compris.

Dans son « noir chagrin », Alceste est drôle et décalé par rapport aux autres. La finesse de Molière est de ne pas lui donner tous les torts. « Je veux qu'on soit sincère et qu'en homme d'honneur on ne lâche aucun mot qui ne parte du cœur[12]. » Ne serait-ce pas une belle maxime pour chacun ?

Mais lui donner entièrement raison, comme plus tard Jean-Jacques Rousseau, change le regard sur les hommes pervertis par la société et donc la façon de lire *Le Misanthrope*, qui devient une charge sévère et cohérente de la Cour. Jamais Molière n'aurait osé. Puisque ses détracteurs se nourrissent de noms à placer derrière les personnages, il s'en donne à cœur joie. Les petits marquis dénoncent. Ils dénigrent, tiennent un double langage. Double langage, que Molière utilise parfois, laissant aux mauvaises langues le soin de noircir la Cour. Lui, Molière, ne met en scène que la folie, la sienne. Alceste marche en tous sens, furieux : un fou qui dit des choses justes mais sans justesse. Un tendre colérique dont, à chaque nouvelle apparition, on se demande ce qu'il va bien encore faire : casser un carreau, gifler un ami, tirer la langue à une femme, renverser un mur ou briser une chaise à toutes forces. Quand il se tait et retrouve son calme, il relance l'attention, et continue de surprendre. On s'attend toujours au pire.

De nos jours encore, la pièce est mal comprise. Pour le public du Palais-Royal, le théâtre de Molière s'alourdit. Les comédiens demandent à leur directeur une gaieté plus évidente, une pièce pleine d'entrain, de querelles, de coups de bâton. Molière écrit *Le Médecin malgré lui* dont le succès (cinquante-neuf représentations jusqu'à son décès en 1673) est attesté par la recette : tourner une farce en comédie, placer des personnages si généraux qu'on ne pouvait en trouver les modèles, garder une situation banale ; ainsi un père voulant marier sa fille à un homme qu'elle n'aime pas. Le succès vient surtout du jeu des acteurs et particulièrement de Sganarelle. Molière se fait plaisir.

Comme elle est jouée parfois après *Le Misanthrope*, il passe d'Alceste à Sganarelle : d'un riche à un pauvre, tous deux atteints de mélancolie, maladie complexe à la ville et facile à la campagne. André Hubert joue-t-il déjà Martine, la femme de Sganarelle ? La succession des deux pièces donne un festival de gaieté et d'éclats de rire.

Nouvel amour

Pour marquer la fin du deuil de la reine mère, Louis XIV veut une nouvelle série de fêtes. Il demande à Benserade un ballet constitué de treize entrées et convoque tous les gens de théâtre de la capitale : les comédiens de l'Hôtel de Bourgogne (« la troupe royale »), du Marais (« la troupe royale du Marais »), la troupe de M. de Molière (« la troupe du roi »), les Italiens et tout ce qui se compte de musiciens, joueurs d'instruments, danseurs. Lui-même jouera Cyrus puis Jupiter dans le *Ballet des Muses*.

Devant la charge de travail, Molière est en retard et ne compose que deux actes du *Mélicerte*, « comédie pastorale héroïque ». Pourquoi encore des bergers ? Parce « qu'il n'est guère naturel en dialogue que des princes ou des bourgeois chantent leurs passions[1] ». La pastorale, comme la mythologie, permet de présenter des êtres hors des contingences du quotidien ou des influences politiques. Elle invite à une liberté de ton qu'aucun personnage n'aurait pu exprimer sur une scène figurant un salon ou une chambre. Ainsi, les intermèdes, si importants dans le théâtre de Molière, forment la prolongation presque inconsciente des protagonistes de la comédie : « Mais quoi qu'on puisse dire, il n'est rien de plus doux que notre liberté[2] », chante-t-on. C'est là que Molière peut transmettre des messages nimbés de galanteries champêtres mais dépourvus des nécessités dramatiques :

Le soin de goûter la vie
Est ici notre emploi :
Chacun y suit son envie ;
C'est notre unique loi.
L'Amour toujours nous inspire
Ce qu'il a de plus doux :
Ce n'est jamais que pour rire
Qu'on aime parmi nous[3].

Mélicerte marque les esprits à cause du premier rôle que Molière a confié à un jeune prodige de treize ans comme tombé du ciel dans sa vie : Michel Baron.

Ce comédien fera une grande carrière théâtrale et livrera aux premiers biographes (Grimarest en premier) l'intimité du dramaturge comédien.

Michel Baron est le fils de deux comédiens de l'Hôtel de Bourgogne. Son père est mort de la gangrène, alors qu'il venait de se blesser en se plantant l'épée dans le pied pendant qu'il jouait Don Diègue (dans *Le Cid* de Pierre Corneille) ! Passant de troupe en troupe, Michel a joué dans la troupe du Dauphin, ensemble d'enfants animé par la Raisin, veuve d'un organiste de Troyes, qui monte des spectacles dans un but clairement mercantile. À sa demande, Molière lui a prêté la salle du Palais-Royal pour trois représentations remarquées. Robinet écrit :

> Cependant au Palais-Royal,
> Avec un plaisir sans égal,
> On peut voir la troupe enfantine,
> Qu'on nomme la troupe dauphine,
> Dont les acteurs à peine éclos
> Des plus vieux méritent le los.
> Sur tous, le fils de la Baronne,
> Actrice si belle et si bonne,
> Dont la Parque a fait son butin,
> A comme elle le beau destin
> De charmer chacun sur la scène,
> Quoiqu'il n'ait que douze ans à peine,
> Et certes il sera quelque jour
> Fort propre aux rôles de l'amour[4].

Molière est immédiatement ébloui par cet enfant qu'il invite à dîner, écoute, regarde longuement. Il fait demander un tailleur et commande un costume pour le lendemain. Enfin, il lui « donne encore six louis d'or, avec ordre de les dépenser à ses plaisirs[5] ». Dès le lendemain matin, Molière sollicite du roi l'autorisation de retirer Baron de la troupe du Dauphin pour l'intégrer à celle du Palais-Royal.

L'immédiateté de cette relation nouvelle ressemble à un coup de foudre. Molière n'a pas de fils, il en trouve un tombé du ciel. Pygmalion a perdu sa Galatée-Armande, il reçoit un nouvel objet d'adoration. Poquelin transmettait tout son savoir-faire à ses apprentis, Jean-Baptiste saisit l'occasion pour prolonger cette bonne gestion. Surtout, il peut déployer son talent d'éducateur qui le passionne, qu'il a largement développé auprès d'Armande-Léonor :

> Soit ; mais je tiens sans cesse
> Qu'il nous faut en riant instruire la jeunesse,
> Reprendre ses défauts avec grande douceur,
> Et du nom de vertu ne lui point faire peur.
> Mes soins pour Léonor ont suivi ces maximes :
> Des moindres libertés je n'ai point fait des crimes.
> À ses jeunes désirs j'ai toujours consenti,
> Et je ne m'en suis point, grâce au Ciel, repenti.
> J'ai souffert qu'elle ait vu les belles compagnies,
> Les divertissements, les bals, les comédies ;
> Ce sont des choses pour moi, que je tiens de tout temps
> Fort propres à former l'esprit des jeunes gens ;
> Et l'école du monde, en l'air dont il faut vivre
> Instruit mieux, à mon gré, que ne fait aucun livre.
> Elle aime à dépenser en habits, linge, et nœuds :
> Que voulez-vous ? Je tâche à contenter ses vœux ;
> Et ce sont des plaisirs qu'on peut, dans nos familles,
> Lorsque l'on a du bien, permettre aux jeunes filles[6].

Instruire la jeunesse en riant ! Il aime Michel Baron qu'il inscrit sur-le-champ dans son intimité.

Mélicerte, inachevé, ne sera pas publié. Mais qu'on lise *Le Ballet des Muses*, on s'apercevra que toute la fête tourne autour du jeune acteur.

Molière ajoute une quatorzième entrée au *Ballet* pour donner une nouvelle comédie à Saint-Germain-en-Laye : *Le Sicilien ou l'Amour peintre* : « Quelque temps après, dans le même ballet, on ajouta la comédie du *Sicilien*. La troupe est revenue de Saint-Germain le dimanche 20 février 1667. Nous avons reçu pour ce voyage et la pension que le roi avait octroyée à la troupe deux années de ladite pension de douze mille livres », note La Grange.

Au Palais-Royal, on représente *Attila* de Corneille, où brille Marquise qui a dû satisfaire le vieil auteur pour obtenir le premier rôle. La tragédie est suivie du *Sicilien*. L'argument, toujours le même, ne fait pas preuve de grande originalité : un mariage à la barbe d'un irascible. Molière garde jalousement la de Brie enfermée, bien qu'aimée par La Grange qui, pour la rencontrer, se fait passer pour peintre, aidé par son valet, La Thorillière, afin de duper le jaloux. Armande remplacera la de Brie et Du Croisy viendra en fin de pièce faire signer l'acte de mariage. Seulement voilà : Molière est sicilien, de Brie est grecque et La Thorillière est turc. La Grange est le seul Français. La caricature, à outrance, des tempéraments, des accents et des nationalités, mise en musique par Lully, voilà de quoi déchaîner la bande d'amis : déguisements, travestissements, doubles rôles, coups de bâton et coups de gueule, obscurités, ambiguïtés, caresses, plaisirs et légèreté, humeurs et décolletés. La vie, quoi. Et, entre les lignes, une façon de rappeler les défauts non de quelques-uns mais de tous, comme la galanterie française :

— Qu'en dites-vous ? Ce gentilhomme me paraît le plus civil du monde, et l'on doit demeurer d'accord que les Français ont quelque chose en eux de poli, de galant, que n'ont point les autres nations.

— Oui ; mais ils ont en cela de mauvais, qu'ils s'émancipent un peu trop, et s'attachent, en étourdis, à conter des fleurettes à tout ce qu'ils rencontrent.

— C'est qu'ils savent qu'on plaît aux dames par ces choses.

— Oui ; mais s'ils plaisent aux dames, ils déplaisent fort aux messieurs ; et l'on n'est pas bien aise de voir, sur sa moustache, cajoler hardiment sa femme ou sa maîtresse[7].

Molière s'essouffle. Il virevolte, hurle, danse, multiplie les accents, s'effondre, se cache, bouscule, et dévore des yeux la de Brie qui se tourne vers La Grange. Tous ses personnages étant motivés par leurs excès, Molière ne s'économise pas sur scène : brassant de la vie, trouvant on ne sait où cette énergie entraînante, accélérant encore et toujours le rythme des scènes et des mots. La rechute est au bout de l'effort : Molière doit s'arrêter. Mauvillain lui conseille un régime au lait. Dans *La Gazette* du 17 avril, on peut lire :

Le bruit a couru que Molière
Se trouvait à l'extrémité
Et proche d'entrer dans la bière :
Mais ce n'est pas la vérité.

Molière n'est plus sûr de lui, de son jeu ; parce qu'il ne s'y amuse plus, parce qu'il redoute de ne pouvoir achever une représentation ; parce que les vacations auprès du roi, les travaux de directeur et l'obsession créatrice de l'auteur ne lui laissent que peu de répit, bousculé par sa mauvaise toux. « Fluxion de poitrine », dit le corps médical comme si le nom de la maladie était un sort lancé contre lui — ce que ne manquera pas de faire M. Diafoirus dans *Le Malade imaginaire*. Molière se moque qu'il puisse vivre une telle superstition, s'imaginer une pareille diablerie. Pourtant, sa santé se dégrade. Il tousse de plus en plus jusqu'à sentir ses poumons éclater ou sa gorge se rompre. D'où vient ce mal étrange ? Du théâtre ? Des difficultés avec Armande comme le suppose Le Boulanger de Chalussay :

> C'est une grosse toux avec mille tintoins
> Dont l'oreille me corne
> — Ô les grandes merveilles ! Les cornes sont toujours fort proches des oreilles[8].

Quelle qu'en soit l'origine, les médecins ne recommandent que quatre sortes de remèdes : la purge, le clystère, la saignée et l'antimoine. Que faire de liquides quand on manque d'air !

Neurasthénique par surmenage intellectuel, commentera-t-on plus tard, Molière s'épuise et s'agace de tout. Impatient, las, accablé par l'infidélité d'Armande — puisque c'est elle qui a voulu ce mariage, que n'en suit-elle pas les devoirs ? —, usé de consacrer tant d'énergie, de ressorts et de temps à répondre aux insultes, aux sournoiseries, aux calomnies, à tout ce qui freinerait net le développement de la compagnie et l'enrichissement de ses membres si on n'y prend pas garde. Molière doit se reposer, se retirer, pas trop loin tout de même de la ville, demeurer en bord de Seine. Sait-on jamais ? Il s'installe à Auteuil.

La campagne d'Auteuil

Molière loue à Jacques de Grou, sieur de Beaufort, un appartement à Auteuil à l'angle de la rue de la Planchette et de la grand-rue, noms qui rappellent la retraite bucolique de Louis Cressé à Saint-Ouen, pour y retrouver Claude Chapelle, Nicolas Boileau, Jean de La Fontaine. Il dispose de sa servante, la Forêt, et d'un cuisinier. Sur les coteaux qui longent la Seine, il peut se reposer et surtout respirer.

> Trop de perversité règne au siècle où nous sommes,
> Et je veux me tirer du commerce des hommes[1].

Loin du théâtre et de Paris, Molière se repose. Mauvillain lui a ordonné un régime et un rythme de vie : boire du lait, rien que du lait ! Marcher, dormir. On respire le long de la Seine et sur la colline de Chaillot. La promenade le conduit jusqu'à Longchamp, jusqu'à une ferme où l'on s'assied pour boire du lait.

Du lait ! Voilà qui ne convient pas du tout à Claude Chapelle, qui vient souvent à Auteuil, toujours suivi de son valet Godemer, s'invitant pour de longs dîners arrosés et joyeux.

Ces soirées rassemblent les amis, les vrais : le physicien Jacques Rohault, le peintre Pierre Mignard, Jean-Baptiste Lully. « N'y cherchez point l'éclat des fêtes de la Cour : on ne sent ici que de l'amour, ce n'est que d'amour qu'on y chante[2]. » On philosophe, on parle sans querelle jusqu'à ce que Claude s'écroule, ivre mort.

Un soir, sentant l'ivresse gagner ses amis, Molière prend congé et monte se coucher. Il y a sûrement Boileau, Chapelle bien sûr, Lully probablement, Racine et Michel Baron. Ils en viennent à l'inutilité de cette vie. Chapelle reparle encore de Gassendi et d'Épicure, refusant Descartes et sa « machinerie » intellectuelle. La causerie tourne autour de la conclusion du désespoir ; entre l'à quoi bon et le pourquoi pas. Il ne leur reste qu'à achever leurs jours et à mourir sur-le-champ en se jetant dans la Seine. Il fait nuit. Ils se lèvent, titubent et sortent. Leur plan est tracé : ils prendront la barque et iront vers le milieu du fleuve pour se jeter ensemble dans l'eau glacée.

Baron, affolé, monte chercher Molière qui garde son calme et rejoint ses amis pour leur signifier son étonnement et sa colère : Comment ? Ils viennent de prendre une sage décision sans lui en parler ? Quoi ? Ils se suicideraient sans même l'associer à ce geste salutaire ? « Eh bien, dit Chapelle, viens avec nous. — Pas dans cet état, rétorque Molière. Car enfin, lorsque la nouvelle de notre mort parviendra aux hommes, ils diront que nous n'étions pas dans notre bon sens et que nous sommes passés à l'acte sous l'effet de la boisson. » Chapelle, soudain plein de bon sens, ajoute : « Oui messieurs, ne nous noyons que demain matin et en attendant allons boire le vin qui nous reste. » Claude Chapelle conclut l'affaire en terminant d'autres bouteilles et en chantant :

Buvons, chers amis, buvons :
Le temps qui fuit nous y convie ;
Profitons de la vie
Autant que nous pouvons.
Quand on a passé l'onde noire,
Adieu le bon vin, nos amours ;
Dépêchons-nous de boire,
On ne boit pas toujours.

Laissons raisonner les sots
Sur le vrai bonheur de la vie ;
Notre philosophie
Le met parmi les pots.
Les biens, le savoir et la gloire
N'ôtent point les soucis fâcheux,
Et ce n'est qu'à bien boire
Que l'on peut être heureux.

Sus, sus du vin partout versez, garçons versez,
Versez, versez toujours, tant qu'on vous dise assez[3].

« Le jour suivant changea leurs idées ; et ils jugèrent à propos de supporter encore les misères de la vie[4]. » Molière a agi avec bienveillance et chaleur. Suicidaire, ce neurasthénique, atrabilaire jaloux ? Point du tout : se tuer « est un recours où je ne songeais pas ; vous n'avez qu'à mourir pour sortir d'embarras ; le remède sans doute est merveilleux. J'enrage lorsque j'entends tenir ces sortes de langage[5] ».

Les froissements, les irritations, les accablements même ne sauront avoir raison de sa vitalité et de son amour pour la vie.

Le régime lacté améliore un peu la santé de Molière, non pas ses humeurs. Grand buveur de vin depuis la sortie du collège de Clermont, Molière aime retrouver Chapelle ou Bernier dans un cabaret pour deviser et s'amuser, notamment au Petit-Maure ou à L'Écu d'argent (place Maubert) où l'on goûte un potage au jus de citron, au jaune d'œufs et au verjus, ou au cabaret de la Fosse-aux-Lions, 3, rue du Pas-de-la-Mule que tient La Coiffier. Et où l'on chante : « Sus ! Allons chez La Coiffier ou bien au Petit-Maure. Je vous veux tous défier de m'enivrer encore[6]. » Quitte à ne plus se souvenir au matin de ce qui s'était dit ou fait la veille : « Nous avions bu de je ne sais quel vin, Qui m'a fait oublier tout ce que j'ai pu faire[7]. » La troupe aussi, lors des délibérations et des moments heureux d'après-spectacle, s'en donne à cœur joie. La Thorillière, Gros-René, La Grange, Madeleine aiment à se retrouver autour d'une bouteille dont on ne coupe pas le vin, comme le roi. Temps de l'amour parce qu'« il n'est ni vin ni temps qui puisse être fatal à remplir le devoir de l'amour conjugal[8] » ou simplement des éclats de rire :

Notre amour n'a pas toujours
Tout le bonheur qu'il désire ;
Mais nous avons un secours,
Et le bon vin nous fait rire,
Quand on rit de nos amours[9].

Depuis qu'il est au régime, Molière a tout le temps faim et s'énerve souvent. Assiste-t-il aux agapes de ses compagnons ? Oui, et il s'en amuse au début, parce qu'il les voit s'imbiber et progressivement perdre pied. Comme il est étrange d'entendre soudain les voix tonitruer, les langues s'emporter, les mâchoires inférieures se relâcher et les regards s'enamourer avant de s'éteindre. L'un ne s'aperçoit pas qu'il est en train de brailler, l'autre ne se regarde pas lutter contre le sommeil. Ils ont l'air aussi sots que sûrs de leur fait. Un Sganarelle ivre du matin au soir passerait bien pour ridicule et serait encore plus drôle en passant pour une personne d'importance comme un médecin.

Molière ne juge pas ses amis ; il les regarde et regrette sans doute que sa santé l'empêche de partir les rejoindre en leurs terres copieusement avinées.

Nicolas Boileau, que cette campagne charme au point d'y acheter plus tard une maison, vient fréquemment marcher avec lui. Boileau est admiratif : « Enseigne-moi, Molière, où tu trouves la rime, on dirait, quand tu veux, qu'elle te vient chercher[10]. » Les deux hommes ont quatorze ans de différence, et Boileau, le plus jeune, cherche toujours la gloire. Bien qu'il connaisse déjà tous les ressorts de la république des lettres, il lui faudra attendre deux ans encore pour être pensionné par le roi.

Il est fasciné par l'acteur-auteur, par l'écrivain d'abord : sa culture, son appétit de lecture, sa connaissance des hommes et la finesse de ses analyses lui permettent de croire que ce qu'il écrit passera les siècles comme les œuvres de Térence ou de Plaute.

Il a suffisamment d'inimitiés et de détracteurs pour s'en plaindre. On se moque de ses origines bourgeoises, de son style bourgeois, de ses vues de bourgeois qui décrit l'agacement à ne pouvoir se reposer tranquillement chez lui du fait des embarras de Paris. Que ne reproche-t-on pas à Molière ? Bourgeois, il l'est, mais s'en moque. Il est riche, très riche. Son prestige ne vient pas de son argent mais des applaudissements. Nicolas Boileau-Despréaux a du mal à se faire connaître. Il se débat dans la société, multiplie les vers, et ne prendra son essor que plus tard, la quarantaine venue. Admiratif de Molière pour sa manière de tourner la rime, bien sûr, il l'est davantage de sa façon d'agir et de garder sa place avec tant de naturel.

Leur amitié est sincère. Boileau, encore jeune, manque de discernement pour lui-même mais sait donner de justes conseils aux autres. Il encourage Molière à se retirer de la scène et à se concentrer sur son œuvre. Il ne sera pas le seul à conduire ainsi sa carrière : Rotrou n'est-il pas rentré à Dreux et Corneille n'a-t-il pas avant 1662 tout contrôlé de Rouen ? Lorsqu'on écrit, il faut s'effacer derrière les pages et faire désirer sa personne.

L'argument a de quoi séduire d'autant qu'on imagine alors que Molière pourrait entrer à l'Académie française. Mais aller vivre en province ? Il n'y pense pas, imaginant assurément ce qui adviendrait :

> D'abord chez le beau monde on vous fera venir ;
> Vous irez visiter pour votre bienvenue
> Madame la baillive et Madame l'élue,
> Qui d'un siège pliant vous feront honorer.
> Là, dans le carnaval, vous pourrez espérer
> Le bal et la grand'bande, à savoir deux musettes [...][11].

Molière connaît trop les villes de France pour adopter cette solution. Il a besoin d'actions de jeu et de reconnaissance. Tout est lié.

En réalité, il doute.

Il l'a écrit dans sa préface des *Précieuses ridicules* et l'a encore soufflé à l'auteur de la *Lettre sur la comédie de l'Imposteur* : le théâtre est écrit pour être dit. Molière a publié presque tous ses textes pour les protéger contre les pilleurs, jeunes ambitieux comme Boursaut (« Le beau sujet à divertir la cour, que Monsieur Boursaut[12] ») qui le singent et le dénigrent, et non pas pour établir une œuvre.

On parle de son théâtre à la Cour et en ville, parce qu'on vient y prendre plaisir devant les décors, les costumes, les mouvements des comédiens et les pas de danse, devant la grâce des femmes, le comique d'un Sganarelle, d'un Mascarille ou d'un vieux barbon conduisant son monde dans la folie qui l'anime. On vient aussi pour ses roulements d'yeux à lui, ses coups de gueule, son hoquet et cette façon si personnelle de trépigner, de s'agacer. La gaieté ne s'écrit pas, pense-t-il, elle se joue, elle se vit. Au service du texte, un acteur sauve un auteur.

Oui, Molière doute que ses pièces soient assez bonnes pour être jouées par un autre que lui-même.

Il a aussi un rang à tenir.

Lorsqu'on n'est pas vu, on est vite oublié. Le public aime les nouveautés, demande toujours plus d'étonnement. Un auteur doit-il paraître ou, selon Boileau, savoir se retirer ? Que signifie paraître à bon escient pour un auteur ? Que les écrivains se jalousent en public ? Tant mieux, ils confrontent leurs idées. Boileau aime ces réunions où l'on discute sans se battre.

Ni Molière ni Boileau n'ont vraiment connu la Chambre bleue de la belle Arthénice, anagramme de Catherine, épouse de Charles d'Angennes, marquis de Rambouillet, rue Saint-Thomas-du-Louvre, parce qu'elle avait été désertée depuis la Fronde. Arthénice était morte en 1665, l'année de *Dom Juan* et de *L'Amour médecin* mais elle reçut les esprits les plus fins, sinon les plus influents : Voiture, Montausier, Ménage, Benserade, Conrart (premier secrétaire perpétuel de l'Académie française), l'abbé Cotin, Tallemant des Réaux, Corneille, Bossuet et bien sûr Chapelain. Lors de ces collations se faisaient les réputations et se décidaient les pensions. Pourquoi ne l'y voyait-on pas, lui, Molière ? Parce qu'il ne supportait pas la vanité du paraître ; ces gens qui faisaient et défaisaient des réputations et des gloires pour n'avoir pas à créer. Retrouver l'abbé Cotin ? Chapelain ? Conrart ? Ménage, « qu'on vit dans l'alcôve de Madame de Rambouillet se nettoyer les dents, par-dedans, avec un mouchoir fort sale et cela durant toute une visite[13] » ? Est-il nécessaire d'être apprécié par quelques-uns quand le parterre chaque jour vous applaudit et que le roi vous gratifie ?

La vraie raison est qu'il ne peut plus y retourner parce qu'on ne manquerait pas de l'y molester ; parce qu'il garde en mémoire ce soir de 1662 quand il voulut paraître avec le succès de *L'École des femmes* : « Le Maréchal de La Feuillade le prit par le cou et, en s'écriant *Tarte à la crème, Molière, tarte à la crème*, lui frotta le visage contre ses boutons qui, étant fort durs et fort tranchants, lui mirent le visage en sang[14]. » Il a trop irrité sur la scène, il a trop désigné les personnes, il a trop accusé les mœurs pour qu'on n'ait pas envie de l'étouffer. Chaque salon a son dévot ou « ces prudes sauvages dont l'honneur est armé de griffes et de dents, et veut au moindre mot dévisager les gens[15] ».

Pour paraître, il n'y a guère que la scène ou les visites au roi ou à la Cour. Là, après le spectacle, on peut causer aisément comme on l'a fait avec *La Critique de l'École des femmes* chez la reine mère elle-même ! On joue simplement dans ses appartements avec les spectateurs assis à un mètre de soi. C'est comme une causerie qui se prolonge ; une conversation réglée sur le papier et qu'on admire parce que tous en deviennent les acteurs. Ces visites rapportent plus que les représentations au Palais-Royal, car on est sûr à l'avance des recettes.

Même dans la rue, il ne fait pas toujours bon paraître. On le hue, on tousse comme lui :

> Et de tous les mortels que vous avez joués
> Aucun n'est sans plaisir de vous voir bafoué.
> L'un qui vous voit passer près de lui dans la rue,
> Vous montre au doigt à l'autre, et cet autre vous hue :
> Puis, toussant tour à tour, et sur différents tons,
> Vous font tousser vous-même et de tous vos poumons ;
> Et si vous les maudissez, ils vous traitent de même[16].

Alors, où est la réussite ? En bon Poquelin, Molière la mesure à sa richesse, celle de ses associés, de ses ouvriers, et aussi à l'estime du roi.

Comment donc abandonner le théâtre et à quel profit ? Pour recouvrer la santé ? Faut-il mourir jeune et heureux ou vieux et aigri ? Le théâtre n'est-il pas cette étrange maladie qui l'essouffle et en viendra à bout ?

> Par exemple, à Paris, l'air salé de nos boues,
> Me piquant les poumons, déjà rougit mes joues ;
> Mais au lieu de choyer mes poumons entichés,
> Ils deviennent enfin flétris et desséchés,
> Par l'effort que sans cesse ils font sur un théâtre.
> Lors, j'ai beau changer d'air, pour y mettre une emplâtre,
> Mes poumons entichés ne guériront jamais,
> Si je ne quitte aussi le métier que je fais.
> Mais si je quitte ensemble et ville et comédie,
> Je vois bientôt la fin de cette maladie[17].

Quoi, demeurer parmi les vaches, les poules, au milieu des prés, loin des éclats de la scène et des rires ? N'a-t-on pas besoin de lui ? Que vit-elle en ce moment, Armande ? « Faut-il se quereller sans cesse pour se raccommoder alors que les querelles sont aimables et belles[18] ! »

La lenteur du bateau remontant la Seine jusqu'au Louvre excite son impatience. Il sait que La Grange lui donnera un récit fidèle et précis de ce qui s'est passé ; il compte sur les comédiens pour qu'ils apprennent leurs rôles ; il s'appuie sur La Thorillière pour parler des spectacles ; il sent qu'Armande, encore une fois, lui dira des mensonges.

Armande brille et se laisse aimer. Comme il aimerait la détester ! Il peut s'en ouvrir à Claude Chapelle :

Dis-m'en, je t'en conjure tout le mal que tu pourras. Fais-moi de sa personne une peinture qui me la rende méprisable ; et marque-moi bien, pour m'en dégoûter, tous les défauts que tu peux voir en elle.

— Elle, Monsieur ! Voilà une belle mijaurée, une pimpesouée bien bâtie, pour vous donner tant d'amour ! Je ne lui vois rien que de très médiocre, et vous trouverez cent personnes qui seront plus dignes de vous. Premièrement, elle a les yeux petits.

— Cela est vrai, elle a les yeux petits ; mais elle les a pleins de feux, les plus brillants, les plus perçants du monde, les plus touchants qu'on puisse voir.

— Elle a la bouche grande.

— Oui ; mais on y voit des grâces qu'on ne voit point aux autres bouches ; et cette bouche, en la voyant, inspire des désirs, est la plus attrayante, la plus amoureuse au monde.

— Par sa taille, elle n'est pas grande.

— Non, mais elle est aisée et bien prise.

— Elle affecte une nonchalance dans son parler, et dans ses actions.

— Il est vrai ; mais elle a grâce à tout cela, et ses manières sont engageantes, ont je ne sais quel charme à s'insinuer dans les cœurs.

— Pour de l'esprit...

— Ah ! Elle en a, Covielle, du plus fin, du plus délicat:

— Sa conversation...

— Sa conversation est charmante.

— Elle est toujours sérieuse.

— Veux-tu de ces enjouements épanouis, de ces joies toujours ouvertes ? Et vois-tu rien de plus impertinent que des femmes riant à tout propos ?

— Mais enfin elle est capricieuse autant que personne du monde.

— Oui, elle est capricieuse, j'en demeure d'accord ; mais tout sied bien aux belles, on souffre tout des belles.

— Puisque cela va comme cela, je vois bien que vous avez envie de l'aimer toujours[19].

Il va la retrouver, et que vont-ils se dire ? Saura-t-il étouffer ses cris de jalousie ? L'écouter seulement sans vouloir se moquer des hommes qu'elle voit ni de ceux qu'elle attend ?

Parlent-ils tous les deux de ce besoin de plaire ? Lui avoue-t-elle ses méfaits dont on parle partout ? Jean-Baptiste voit bien ce qui se passe en elle. La vie est toujours plus cruelle qu'au théâtre. Est-ce Armande qui murmure : « Il est vrai que j'ai failli. Mais enfin ce sont des actions que vous devez pardonner à mon âge ; des emportements de jeune personne qui n'a encore rien vu, et ne fait que d'entrer au monde ; des libertés où l'on s'abandonne sans y penser de mal, et qui sans doute dans le fond n'ont rien de...[20] » Il souffre, lui qui s'est tant moqué des cocus. Eh quoi, faut-il qu'il la séquestre, qu'il la garde à la maison pour éviter les regards des autres qui déjà au théâtre la dévorent des yeux. Pour rien au monde elle ne l'accepterait, même par amour pour lui, ou simplement par respect :

> Car pour moi, je vous déclare que mon dessein n'est pas de renoncer au monde, et de m'enterrer toute vive dans un mari. Comment ? Parce qu'un homme s'avise de nous épouser, il faut d'abord que toutes choses soient finies pour nous et que nous rompions tout commerce avec les vivants ? C'est une chose merveilleuse que cette tyrannie de messieurs les maris, et je les trouve bons de vouloir qu'on soit morte à tous les divertissements, et qu'on ne vive que pour eux. Je me moque de cela, et ne veux point mourir si jeune[21].

Dialogue de sourds dans lequel il est impossible de se trouver, car, s'il a vieilli, Molière se souvient de ce à quoi il a toujours aspiré : « J'aime la liberté en amour, tu le sais, et je ne saurais me résoudre à renfermer mon cœur entre quatre murailles. Je te l'ai dit vingt fois, j'ai une pente naturelle à me laisser aller à tout ce qui m'attire[22]. » Cocu, Molière ? Pire que cela : perdu, abandonné.

> Quoi ? J'aurai dirigé son éducation
> Avec tant de tendresse et de précaution ?
> Je l'aurai fait passer chez moi dès son enfance,
> Et j'en aurai chéri la plus tendre espérance ?
> Mon cœur aura bâti sur ses attraits naissants
> Et cru la mitonner pour moi durant treize ans,
> Afin qu'un jeune fou dont elle s'amourache
> Me la vienne enlever jusque dans la moustache,
> Lorsqu'elle est avec moi mariée à demi[23] ?

Finalement, que demande-t-il à sa femme, sinon ce qu'il se conseillait à lui-même : « Je ne quitterai point mes douces habitudes ; mais j'aurai soin de me cacher et me divertirai à petit bruit. » Qu'elle le trompe ? Peut-être, mais sans un bruit.

Aima-t-il Auteuil ? Oui, sans aucun doute. Comme jadis Louis de Cressé à Saint-Ouen, il s'y arrêtait un peu, pour vivre la nature et son rythme apaisant : lire sans être dérangé, marcher sans être bousculé, respirer sans être incommodé.

> Je chéris comme vous ces retraites tranquilles,
> Où l'on se vient sauver de l'embarras des villes.
> De mille objets charmants ces lieux sont embellis ; [...]
> La douce passion de fuir la multitude
> Rencontre une si belle et vaste solitude[24].

Et la vie continue.

Une affaire trop importante

Parce que les recettes ne dépassent pas les deux cents livres, les comédiens s'alarment. Seule la première d'*Attila* rapporte plus de mille livres. Il serait grand temps de renouer avec les succès durables. Le 5 août 1667, on donne *Le Tartuffe* au Palais-Royal, qui rapporte mille huit cent quatre-vingt-dix livres. Il n'y a pas de secret : le chef-d'œuvre attire le public parisien, parce qu'il a un goût d'interdit. Louis XIV est parti pour Lille, en campagne, retrouver son armée et ses plans. Son absence ne semble pas grave : il connaît la pièce.

Le lendemain matin, un huissier de la cour du Parlement vient interdire la pièce au nom du premier président, M. de Lamoignon, seule autorité royale par intérim. Des militaires arrachent les affiches des murs. À quel saint se vouer ?

Nicolas Boileau connaît très bien le premier président et persuade Molière de demander une entrevue en son hôtel, 24, rue Pavée*. Boileau racontera :

* Actuelle bibliothèque historique de la Ville de Paris.

Un matin, nous allâmes trouver monsieur de Lamoignon, à qui Molière expliqua le sujet de sa visite. Monsieur le Président lui répondit en ces termes : « Monsieur, je fais beaucoup de cas de votre mérite : je sais que vous êtes non seulement un acteur excellent, mais encore un très habile homme qui faites honneur à votre profession et à la France. Cependant avec toute la bonne volonté que j'ai pour vous, je ne saurais vous permettre de jouer votre comédie. Je suis persuadé qu'elle est fort belle et fort instructive ; mais il ne convient pas à des comédiens d'instruire les hommes sur les matières de la morale chrétienne et de la religion : ce n'est pas au théâtre de se mêler de prêcher l'Évangile. Quand le roi sera de retour, il vous permettra, s'il le trouve à propos, de représenter *Le Tartuffe* [...]. » Molière qui ne s'attendait pas à ce discours demeura entièrement déconcerté, de sorte qu'il lui fut impossible de répondre à monsieur le Premier Président. Il essaya pourtant de prouver à ce magistrat que sa comédie était très innocente et qu'il l'avait traitée avec toutes les précautions que demandait la délicatesse en la matière. Mais quelques efforts que pût faire Molière, il ne fit que bégayer et ne put point surmonter le trouble où l'avait jeté monsieur le Premier Président. Ce sage magistrat, l'ayant écouté quelques moments, lui fit entendre par un refus gracieux qu'il ne voulait pas révoquer les ordres qu'il avait donnés, et le quitta en lui disant : « Monsieur, vous voyez qu'il est près de midi : je manquerais la messe si je m'arrêtais plus longtemps. » Molière se retira, peu satisfait de lui-même, sans se plaindre pourtant de Monsieur de Lamoignon, car il se rendit justice. Mais toute la mauvaise humeur de Molière retomba sur M. l'Archevêque (Mgr de Péréfixe), qu'il regardait comme le chef de la cabale des dévots qui lui était contraire[1].

Oui, Molière bégaie, titube, demeure abasourdi. Lamoignon est sorti vers la chapelle ; il l'a écouté pour lui signifier que le théâtre jamais ne s'opposerait à l'Église. « Excuses colorées. » A-t-il seulement lu la pièce ? La question excite l'auteur, car rien dans le texte ne vise l'institution. L'imposteur, c'est un dévot dévoyé. Et c'est drôle, non ? On monte un scandale autour de la pièce, mais c'est lui faire trop d'honneur ! Jamais Molière n'aurait osé la moitié de ce qu'on lui reproche. Ignore-t-il que Lamoignon est membre de la Confrérie du Saint-Sacrement ?

Dans l'impasse où il se trouve, Molière n'a plus d'autre recours que le roi. La démarche n'est pas sans risque mais les comédiens l'encouragent à le rencontrer, à lui exposer au moins les faits. Devant lui, il ne devrait pas perdre ses moyens ; les deux hommes se connaissent trop. Molière ne veut pas déranger le monarque pris dans les affaires internationales, la guerre, les camps de soldats et les chevauchées sur les champs de bataille. La Grange et La Thorillière sont désignés pour porter un message, un placet, une supplique qui sonne comme un respectueux cri d'alarme. Le roi les écoutera, les reconnaîtra, on en est sûr : ne l'ont-ils pas charmé en jouant tous les deux les secrets de son cœur dans *La Princesse d'Élide* ? Ils préparent leur voyage (qui coûtera mille livres à la troupe) pendant que Molière rédige une page et demie où chaque mot est pesé :

Sire,

C'est une chose bien téméraire à moi que de venir importuner un grand monarque au milieu de ses glorieuses conquêtes ; mais, dans l'état où je me vois, où trouver, Sire, une protection qu'au lieu où je la viens chercher ? et qui puis-je solliciter, contre l'autorité de la puissance qui m'accable, que la source de la puissance et de l'autorité, que le juste dispensateur des ordres absolus, que le souverain juge et le maître de toutes choses ?

Ma comédie, Sire, n'a pas pu jouir ici des bontés de Votre Majesté. En vain, je l'ai produite sous le titre de *L'Imposteur*, et déguisé le personnage sous l'ajustement d'un homme du monde ; j'ai eu beau lui donner un petit chapeau, de grands cheveux, un grand collet, une épée et des dentelles sous l'habit, mettre en plusieurs endroits des adoucissements, et retrancher avec soin tout ce que j'ai jugé capable de fournir l'ombre d'un prétexte aux célèbres originaux du portrait que je voulais faire : tout cela n'a de rien servi. La cabale s'est réveillée aux simples conjectures qu'ils ont pu avoir de la chose. Ils ont trouvé moyen de surprendre des esprits qui, dans toute autre matière, font une haute profession de ne se point laisser surprendre. Ma comédie n'a pas plus tôt paru, qu'elle s'est vu foudroyée par le coup d'un pouvoir qui doit imposer du respect ; et tout ce que j'ai pu faire en cette rencontre pour me sauver moi-même de l'éclat de cette tempête, c'est de dire que Votre Majesté avait eu la bonté de m'en permettre la représentation, et que je n'avais pas cru qu'il fût besoin de demander cette permission à d'autres, puisqu'il n'y avait qu'elle seule qui me l'eût défendue.

Je ne doute point, Sire, que les gens que je peins dans ma comédie ne remuent bien des ressorts auprès de Votre Majesté, et ne jettent dans leur parti, comme ils l'ont déjà fait, de véritables gens de bien, qui sont d'autant plus prompts à se laisser tromper qu'ils jugent d'autrui par eux-mêmes. Ils ont l'art de donner de belles couleurs à toutes leurs intentions. Quelque mine qu'ils fassent, ce n'est point du tout l'intérêt de Dieu qui peut les émouvoir ; ils l'ont assez montré dans les comédies qu'ils ont souffert qu'on ait jouées tant de fois en public, sans en dire le moindre mot. Celles-là n'attaquaient que la piété et la religion, dont ils se soucient fort peu ; mais celle-ci les attaque et les joue eux-mêmes, et c'est ce qu'ils ne peuvent souffrir. Ils ne sauraient me pardonner de dévoiler leurs impostures aux yeux de tout le monde ; et, sans doute, on ne manquera pas de dire à Votre Majesté que chacun s'est scandalisé de ma comédie. Mais la vérité pure, Sire, c'est que tout Paris ne s'est scandalisé que de la défense qu'on en a faite, que les plus scrupuleux en ont trouvé la représentation profitable, et qu'on s'est étonné que des personnes d'une probité si connue aient eu une si grande déférence pour des gens qui devraient être l'honneur de tout le monde et sont si opposés à la véritable piété dont elles font profession.

J'attends avec respect l'arrêt que Votre Majesté daignera prononcer sur cette matière ; mais il est très assuré, Sire, qu'il ne faut plus que je songe à faire des comédies, si les Tartuffe ont l'avantage, qu'ils prendront droit par là de me persécuter plus que jamais et voudront trouver à redire aux choses les plus innocentes qui pourront sortir de ma plume.

Daignent Vos bontés, Sire, me donner une protection contre leur orage envenimé ; et puissé-je, au retour d'une campagne si glorieuse, délasser Votre Majesté des fatigues de ses conquêtes, lui donner d'innocents plaisirs après de si nobles travaux et faire rire le monarque qui fait trembler toute l'Europe[2] !

Le roi ne s'agace pas à lire la missive. Il donne même une réponse rapportée par La Grange, sans équivoque : « Sa Majesté nous fit dire qu'à son retour, il ferait examiner la pièce de *Tartuffe*, et que nous la jouerions. » Il ne témoigne aucun signe d'impatience, ne profère aucun reproche aux comédiens venus lui parler de comédie devant un champ de bataille où se joue la fermeté de la France. Mais sans doute l'entourage s'est-il inquiété de l'aplomb de Molière qui vient se rappeler aux bons souvenirs du roi en faisant fi de la hiérarchie établie en son absence. N'est-ce pas outrepasser l'administration, l'ordre et la bonne marche du royaume que de court-circuiter le président du Parlement et, pis, l'Église ? Il convient de riposter au plus vite et marquer solennellement la gravité du mal. Puisque le roi est saisi de l'affaire, aucun politique ne peut s'exprimer sur le sujet. Nul ne peut corriger le roi sinon Celui dont il détient le pouvoir par la voix d'un de Ses ministres.

Hardouin de Péréfixe, ancien précepteur du roi, archevêque de Paris, sera cette voix. A-t-il lui même rédigé son ordonnance dont bien des termes ont la logique de la Confrérie du Saint-Sacrement et la hargne de Conti ? Il est préférable d'en laisser le jugement au lecteur.

La lettre est publiée trois jours après l'escapade lilloise :

Hardouin, par la grâce de Dieu et du Saint-Siège apostolique archevêque de Paris, à tous curés et vicaires de cette ville et faubourg, Salut en Notre Seigneur.

Sur ce qui nous a été remontré par notre promoteur que, le vendredi cinquième de ce mois, on représenta sur l'un des théâtres de cette ville, sous le nom de *L'Imposteur*, une comédie très dangereuse, et qui est d'autant plus capable de nuire à la religion que, sous prétexte de condamner l'hypocrisie ou la fausse dévotion, elle donne lieu d'en accuser indifféremment tous ceux qui font profession de la plus solide piété, et les expose par ce moyen aux railleries et aux calomnies continuelles des libertins, de sorte que pour arrêter le cours d'un si grand mal, qui pourrait séduire les âmes faibles et les détourner du chemin de la vertu, notre dit promoteur nous aurait requis de faire défenses à toutes personnes de notre diocèse de représenter, sous quelque nom que ce soit, la susdite comédie, de la lire ou d'entendre réciter soit en public soit en particulier, sous peine d'excommunication :

Nous, sachant combien il serait en effet dangereux de souffrir que la véritable piété fût blessée par une représentation si scandaleuse et que le Roi même avait ci-devant très expressément défendue, et considérant d'ailleurs que, dans un temps où ce grand monarque expose si librement sa vie pour le bien de son État, et où notre principal soin est d'exhorter tous les gens de bien de notre diocèse à faire des prières continuelles pour la conservation de sa personne sacrée et pour le succès de ses âmes, il y aurait de l'impiété de s'occuper à des spectacles capables d'attirer la colère du Ciel : avons fait et faisons très expresses inhibition et défense à toute personne de notre diocèse de représenter, lire ou entendre ou réciter la susdite comédie soit publiquement soit en particulier, sous quelque nom et quelque prétexte que ce soit et ce sous peine d'excommunication.

Si mandons aux archiprêtres de Sainte-Marie-Madeleine et de Saint-Séverin de vous signifier la présente Ordonnance, que vous publierez en vos prônes aussitôt que vous l'aurez reçue, en faisant connaître à tous vos paroissiens combien il importe à leur salut de ne point assister à la représentation ou lecture de la susdite ou semblable comédie.

Donné à Paris sous le seau de nos armes ce onzième août mille six cent soixante-sept.

Signé : HARDOUIN, archevêque de Paris.
Par mondit Seigneur,
Petit[3]

Le parti pris est net. On ne peut plus lui reprocher d'avoir jadis amenuisé l'anathème d'Olier, curé de Saint-Sulpice, auprès du roi et d'Anne d'Autriche surtout, et d'avoir laissé le théâtre envahir la Cour. Sa virulence envers *Le Tartuffe* égale sa contrition envers Olier.

« Nous fatiguons le Ciel à force de placets », dira La Fontaine qui veut calmer le jeu. Il n'empêche que, pour lever une excommunication, seul le droit canonique entre en ligne de compte ; ce qui échappe au pouvoir royal... Ce n'est ni la première ni la dernière fois qu'un ecclésiastique cherche à mettre en difficulté le pouvoir temporel.

*

Les tensions ecclésiastiques agacent Louis XIV. Elles révèlent les ambitions des uns et des autres et les déchirements religieux qui, de toute éternité, excitent la France. Elles réveillent les luttes entre jansénistes et jésuites, catholiques et protestants, chrétiens et libertins. Au centre du sempiternel débat est la question du salut et de la grâce. « L'ineffable et l'incompréhensible mystère de la grâce, aussi peu à portée de notre intelligence et de notre explication que celui de la Trinité, est devenu une pierre d'achoppement dans l'Église depuis que le système de saint Augustin sur ce mystère a trouvé presqu'aussitôt qu'il a paru des contradicteurs[4] », écrit Louis de Rouvroy, duc de Saint-Simon.

Une lecture de saint Augustin donne l'idée que l'homme, pour son salut, doit vivre saintement et apprendre son chemin de dévotion dès l'enfance. Formulée par Jansen (qui meurt en 1638), elle s'oppose à la liberté de conscience si chère aux jésuites. De la spiritualité à la morale, il n'y a qu'un pas ; de la morale à un code disciplinaire, la frontière est mince et séduisante pour ceux qui veulent gouverner les consciences au lieu de les conduire.

La notion de pouvoir royal s'effrite à la censure des dévots. Richelieu puis Mazarin avaient mis en garde le jeune roi face à un courant religieux capable de se lier aux protestants, d'imposer de nouvelles règles et d'apporter au sommet de l'État *la* vérité.

Nul n'ignorait que les jansénistes touchaient une certaine élite du royaume, la vieille noblesse qui fut celle de la Fronde. Quelques années avant *Le Tartuffe*, Louis XIV a écrit : « Je m'appliquerai à détruire le jansénisme, et à dissiper les communautés où se fomentait cet esprit de nouveauté, bien intentionné peut-être, mais qui ignoraient ou voulaient ignorer les dangereuses suites qu'ils pourraient avoir[5]. » Paroles énigmatiques qu'on peut lire de façon politique (pas question de contre-pouvoir) ou spirituelle (pas question de morceler l'esprit dans le royaume).

La réflexion religieuse en France se nourrit toujours de l'apparente contradiction entre le libre arbitre (trait individualiste du caractère français), l'adhésion aveugle (trait patriotique, voire chauvin) et le mysticisme (génie du christianisme à la française). Et comme en France tout est politique par cette crâne et généreuse volonté de gouverner son monde, cette contradiction ne cesse de déchirer le peuple, aujourd'hui encore. Au XVIIe siècle, le roi est le seul point de cohésion et d'unité pour autant qu'il garde son autorité et que sa vie ne soit jugée par nul autre que Dieu.

Louis XIV doit imposer une religion à la française ; ordonnée et naturelle comme les jardins de Le Nôtre. Conseillé par La Mothe Le Vayer dont l'influence s'est nourrit de l'estime de Richelieu, de celle de Mazarin et de la reine mère, le roi ne censure pas les divergences mais il mate les excès. Faut-il, comme le pensent les jansénistes, soumettre les données de la philosophie antique au dogme catholique ? Est-ce du libertinage que de faire peindre, jouer et danser les grandes figures de la mythologie ? Le paganisme de l'Olympe n'altère pas le salut du Golgotha : ce sont deux sujets d'inégale valeur et l'on peut vénérer le Fils de Dieu sans faire table rase des allégories de l'Antiquité. L'esprit de Louis XIV ne voit pas de blasphème à faire représenter les dieux ni à jouer Neptune ou Jupiter. Il pourrait très bien dire :

> Le Ciel défend, de vrai, certains contentements ;
> Mais on trouve avec lui des accommodements ;
> Selon divers besoins, il est une science
> D'étendre les liens de notre conscience
> Et de rectifier le mal de l'action
> Avec la pureté de notre intention[6].

La hargne d'Hardouin de Péréfixe pour le clergé, de Conti pour la noblesse, de Lamoignon pour l'administration s'oppose à son aspiration, à un équilibre raisonnable de la cause religieuse : « Ne hasardez jamais votre estime trop tôt et soyez pour cela dans le milieu qu'il faut[7]. » De plus, cela révèle des ramifications et des réseaux qui lui échappent et qui pourraient se nourrir des revendications de la Fronde. La Confrérie du Saint-Sacrement a beau être dissoute, elle semble opérer, voire conspirer contre son idéal de vie et d'équilibre. Une reprise en main, autoritaire, des clercs, parlant au nom de *la* vérité, risquerait de rallumer des feux contre son pouvoir.

Il faut donc faire jouer *Le Tartuffe*. Mais pas n'importe comment. Immédiatement ? Ce serait montrer une insouciance coupable. Plus tard ? Ce serait laisser le temps à l'opposition de s'organiser. Que Molière travaille à d'autres pièces, qu'il quitte *Dom Juan* et les affrontements avec le ciel, qu'il retrouve le sens du magnifique et du rire, de la gaieté et de la danse, alors son *Imposteur* ne sera plus un point de crispation pour tous.

Le Tartuffe est devenu une affaire dont les proportions le dépassent. Affaire politique ? Il connaît trop les hommes pour savoir que les déchaînements des passions ne sont qu'affaires humaines, tristement humaines. Le prince de Conti, en l'accusant, a cru authentifier sa conversion qui en a fait rire plus d'un. La Confrérie du Saint-Sacrement ? N'est-elle pas un fantasme du complot parce qu'elle est secrète ? Déjà en 1644, le curé de Saint-Sulpice avait décelé dans l'Illustre-Théâtre l'expression de la perversité. Eh quoi ? Parce que la nature reprenait ses droits sur une scène ? Quel péché de montrer les hommes tels qu'ils sont pour faire rire le parterre ? Ah, comme dit Tartuffe : « Ce n'est pas pécher que pécher en silence[8]. » Faut-il se taire ?

Molière n'a pas le cœur à des ouvrages futiles. Sa toux le préoccupe et le fatigue grandement. Il boit du lait et suit un régime drastique qui ne l'amuse guère. On lui reproche son caractère, sa jalousie, ses accablements aussi devant la bêtise des hommes. Il veut bien se moquer de lui-même en jouant Alceste et en clamant haut et fort que le monde n'est que trahison et hypocrisie, mais tout de même les raisons de s'affliger ne manquent pas. Aux agacements que suscitent les fausses paroles s'ajoutent les amitiés qui cessent. Du Parc, Marquise Du Parc, véritable pilier de la troupe, pourvoyeuse de charmes exquis qui se laissent partager, ravissement des regards et des sens, a signé son contrat à l'Hôtel de Bourgogne. Oh, ce n'est pas la première fois qu'elle passe à l'ennemi. Elle en était revenue au bout d'un an à peine quand, avec son mari, Berthelot, ils avaient tenté l'expérience de la tragédie façon Montfleury. Mais là, le départ est définitif, motivé par son amant qui écrit pour elle des premiers rôles : Jean Racine ! Elle a commencé les répétitions, plus rien ne peut la retenir, ni les souvenirs ni la tendresse. Elle va jouer *Andromaque*.

> On pousse ma douleur et mes soupçons à bout,
> On me laisse tout croire, on fait gloire de tout ;
> Et cependant mon cœur est encor assez lâche
> Pour ne pouvoir briser la chaîne qui l'attache,
> Et pour ne pas s'armer d'un généreux mépris
> Contre l'ingrat objet dont il est trop épris[9] !

Chacun est libre, certes, mais un tel départ avive la jalousie de Molière. En le quittant, Marquise ne passe pas seulement à la concurrence, elle rompt l'esprit de famille qui a toujours été celui de la troupe, depuis l'Illustre-Théâtre jusqu'à aujourd'hui. Les partages des rôles se discutaient ; Molière écrivait pour chacun sur mesure. « Sans doute qu'il les a tous à l'esprit quand il compose[10] », note Guéret. L'absence de Marquise signifie qu'il faudra reprendre ses rôles et qu'il faudra écrire sans elle.

Bien qu'elle ne soit pas la première à quitter le Palais-Royal, son départ installe une sorte de malaise. Les femmes chez Molière n'ont jamais le premier rôle alors que dans la vie elles le dépassent souvent. Sur scène, toutes tournent autour de lui. Il les enrichit mais leur interdit de briller. Madeleine l'a compris trop tard, à quarante-deux ans, il n'est plus temps de vivre ce rêve qu'elle avait commencé dans les pièces de Rotrou ou de Tristan L'Hermite. Reste la de Brie, la grande Catherine, dont le corps filiforme s'offre encore à Molière et qu'il prend parfois sans véritable amour mais avec un égal bonheur. Ni Armande ni Madeleine ne sauraient le lui reprocher. « Ce qui n'était qu'un jeu doit-il faire un divorce[11] ? »

Au mois de décembre, le théâtre du Palais-Royal crée une nouvelle pièce, *Cléopâtre*, de La Thorillière. Le fait est important : Molière n'a pas de pièce nouvelle, et produire un spectacle de quelqu'un de la troupe renforce l'esprit du Palais-Royal, la marque de fabrique. La création n'appartient pas qu'au directeur. Molière donne à chacun sa chance et l'aide au besoin. Surtout, il veut afficher la cohésion de la troupe, sa troupe, chahutée par le départ de la Gorla, Marquise, la Du Parc. Départ que tous savent définitif.

Acte V :
la vitalité ordonnée

Comme si de rien n'était

Molière, un auteur ? Le rire n'a pas de sérieux, la légèreté paraît facile. Pour le roi, il est un fournisseur de spectacles qui sait transmettre ce qu'on lui ordonne. Fin 1667, il demande un nouveau spectacle ; une fête, comme jadis. Pour le satisfaire, il convient de plonger dans la mythologie parmi les figures éternelles que tout le monde connaît. Qu'est-ce qui préoccupe Louis XIV ? Il est amoureux de la marquise de Montespan.

Fille d'honneur de la reine Marie-Thérèse, Françoise Athénaïs de Tonnay-Charente a épousé le marquis de Montespan duquel elle a eu deux enfants. Fascinée par la Cour qu'elle charme par un physique avenant, une taille délicieuse, des dents blanches et serrées qui lui permettent de sourire tout le temps, elle séduisit le roi sans scrupules ni pour la reine, ni pour Louise de La Vallière, ni pour son mari. Se mirant dans les regards du roi, elle était prête à tout pour parvenir à ses fins, même à faire appel à la sorcellerie et aux envoûtements alors passablement à la mode. Montespan hurlait à qui voulait l'entendre sa douleur et son cocuage. N'était-ce pas drôle, un vrai Sganarelle en bas de soie ?

Une pièce de Plaute et surtout celle de Rotrou, *Les Sosies*, qui est un énorme succès, l'inspirent. Molière écrit *Amphitryon* qu'on donne le 13 janvier au Palais-Royal. Les rumeurs appuient le succès : mille cinq cent soixante-cinq livres, recette dépassée le surlendemain : mille six cent soixante-huit livres.

Amphitryon raconte comment Jupiter, pour parvenir à ses fins, se change en la figure du propre époux de la belle Alcmène. Seule difficulté, son mari l'aime et lui est très attaché. Molière sent bien la situation. *Amphitryon* sera une façon de glorifier l'adultère de son roi trentenaire en pleine veine. Autant *La Princesse d'Élide* a charmé Louise de La Vallière et l'a réhabilitée dans le cœur de la Cour après la naissance d'un premier bâtard, autant *Amphitryon* doit calmer l'époux, Montespan (sachant qu'« on est homme d'honneur quand on n'est point cocu[1] ») ; apaiser aussi la conscience de celle qui pencherait vers l'adultère, Françoise ; calmer le jeu enfin des courtisans et des courtisanes qui, en vers anonymes, dénoncent à la reine les façons du monarque.

Il faut dire les choses simplement. Molière se démarque de Benserade en livrant avec nature ce qu'il ressent. Benserade a sa place à la Cour. « Il fut vieux et galant sans être ridicule, et s'enrichit à composer des vers[2] », disait Sénécé. Molière en ferait-il trop ou serait-il toujours aussi naturel ? Naturel, mais devant la Cour, voilà qui donne une leçon de simplicité. Ainsi de ce couple par trop humain :

> Et lorsque je fus te baiser,
> Tu détournas le nez et me donnas l'oreille. [...]
> — J'avais mangé de l'ail, et fis en homme sage
> De détourner un peu mon haleine de toi[3].

Faut-il, comme les autres, dédier la pièce à un prince pour s'assurer son approbation et sa protection ? Oui, mais, pour Molière, dédier une pièce relève d'abord de l'estime et de l'attachement, non d'une quête de quoi que ce soit. On ne dédie pas une œuvre pour rendre quelqu'un redevable. Il n'hésite pas à le dire ni à l'imprimer :

> On sait, dis-je, qu'une épître dédicatoire dit tout ce qu'il lui plaît, et qu'un auteur est en pouvoir d'aller saisir les personnes les plus augustes, et de parer de leurs grands noms les premiers feuillets de son livre ; qu'il a la liberté de s'y donner, autant qu'il veut, l'honneur de leur estime, et de se faire des protecteurs qui n'ont jamais songé à l'être[4].

En plaçant l'amant sous les traits de Jupiter, on ne peut plus que rire du cocu, Amphitryon, et trouver sa révolte bien insignifiante. Pourquoi une femme tromperait-elle son mari, sinon à cause du mari ?

> C'est l'époux qu'il vous faut regarder en coupable,
> L'amant n'a pas de part à ce transport brutal,
> Et de vous offenser son cœur n'est point capable. [...]
> Haïssez, détestez l'époux,
> J'y consens, et vous l'abandonne[5].

Paroles de Jupiter ! Tous les arguments sont bons pour faire passer au grand jour ce qui serait ailleurs un scandale :

> Un partage avec Jupiter
> N'a rien du tout qui déshonore ;
> Et sans doute il ne peut être que glorieux
> De se voir le rival du souverain des dieux[6].

Molière va plus loin que l'occasion de servir le roi. Il exprime toute la palette des sentiments amoureux avec une maîtrise de son art encore inégalée. Désirs, amours, serments, confusions extrêmes, amitiés… tout y passe en tourbillon autour de ce pauvre Sosie drôle à souhait, nouveau Moron pour la fête royale et qui énonce la digne conclusion :

> Mais enfin coupons aux discours,
> Et que chacun chez soi doucement se retire.
> Sur telles affaires, toujours
> Le meilleur est de ne rien dire[7].

Les réactions sont sévères : « Que penser d'une pièce où le parterre applaudit à l'infidélité, au mensonge, à l'impudence de celle-ci, et rit de la bêtise du manant puni[8] ? »

Amphitryon ne déchaîne pas de passions aussi spectaculaires que *Le Tartuffe* ou *Dom Juan* et est souvent joué, parfois suivi du *Médecin malgré lui* ou du *Mariage forcé*. La pièce, malgré le sujet mythologique, s'inscrit parfaitement au répertoire ;

parce qu'elle est une commande royale, parce qu'elle déploie une gaieté toujours plus effervescente à mesure que le rythme s'accélère. Parce que enfin, il faut le dire, elle est le chef-d'œuvre de Molière. « Le mercredi 25 avril, la troupe est partie par ordre du roi à Versailles. On a joué *Amphitryon* et *Le Médecin malgré lui*, *Cléopâtre* et *Le Mariage forcé*, *l'École des femmes*[9]. » Trois représentations, donc, un festival Molière pour des festivités bien régulières.

La concurrence n'en est que plus vive. Racine triomphe avec *Britannicus* et donne une comédie, empiétant avec talent sur le territoire de Molière. L'Hôtel de Bourgogne joue *Les Plaideurs*, pièce qui se moque de la justice à travers un juge, Dandin, tyran domestique, obsédé par le droit. Racine reprend ainsi, à son compte, le schéma type d'une pièce de Molière, jusqu'à certaines scènes de *La Jalousie du barbouillé* écrites du temps de Pézenas. De quoi écraser Molière. Comment répondre ?

Louis XIV, encore une fois, lui en fournit l'occasion.

Il a des raisons pour des célébrations nouvelles. Non pas un amour à dévoiler, mais la conquête de la Franche-Comté grâce à Condé (qu'on appellera désormais « le Grand Condé »). Il demande une nouvelle pièce qui trouverait sa place dans « le Grand Divertissement royal de Versailles ».

Comme pour les fêtes de *La Princesse d'Élide*, quatre années auparavant, Molière compose une comédie en trois actes s'inscrivant dans un défilé de costumes, de chars et de ballets : « On enchaîne pour nous ici tant de divertissements les uns aux autres, que nos heures sont retenues, et nous n'avons aucun moment à perdre, si nous voulons les goûter tous[10]. »

Molière saisit l'occasion pour rappeler au sommet de l'État qu'il est le vrai auteur d'un Dandin. Le 18 juillet, on représente *George Dandin*. Dandin lui appartient et à nul autre. Quant au pauvre mari retrouvé à la rue par ruse de sa femme, si le schéma est désormais un classique du genre, Molière le signe et se l'accapare. Autrement dit, il désamorce à jamais la veine comique de Jean Racine.

Peu avant que la pièce ne soit créée à Paris, le petit jeu des modèles étant si lié au théâtre de Molière, on cherche à tout prix à éviter les ressentiments des courtisans qui se retrouveraient sous les traits des comédiens. D'autant que Racine ne manquerait pas, selon les habitudes de l'Hôtel de Bourgogne, de faire courir des bruits. Qui a servi de modèle à George Dandin ? Qui se sentira visé ? *La Jalousie du barbouillé* a été jouée il y a plus de quinze ans. Qui s'y reconnaîtrait aujourd'hui ? Quel susceptible viendra faire scandale ? On cherche. Qui peut ressembler à Dandin sinon M. Dandin lui-même, un habitué du théâtre, un... homonyme ! Qui pourrait faire interdire une pièce le montrant cocu comme Amphitryon-Montespan ?

L'ennui est prévisible, et la troupe a depuis quelque temps le sentiment d'être toujours attaquée pour les mêmes raisons. Voulant désamorcer le conflit, Molière se présente à l'auguste spectateur pour lui parler de son théâtre. Il lui suggère même de venir le voir chez lui pour lui lire sa prochaine pièce. Dandin, le vrai, honoré, accepte et convie pour cette lecture tout ce qu'il compte d'amis et de relations, trop fier de montrer à tous l'honneur qu'on lui fait. En arrivant chez lui, Molière est étonné du nombre d'auditeurs et, sans se démonter, lit sa pièce. Dandin et les siens applaudissent et se réjouissent, montrant leur impatience de voir ce texte enfin joué sur la scène. Molière a gagné pour le texte et peut se montrer sur scène dans son costume « consistant en haut-de-chausse et manteau de taffetas musque, le collet de même, le tout garni de dentelles et boutons d'argent, la ceinture pareille, le petit pourpoint de satin cramoisi, autre pourpoint de dessus de brocart de différentes couleurs et dentelles d'argent, la fraise et les souliers[11] ».

La musique et la féerie déployée par les deux Jean-Baptiste pour le roi est une merveille. Il faut lire *George Dandin* en regard de la pastorale signée Lully : les deux se complètent, donnant à Dandin le ridicule de sa trivialité, lui qui sort de scène, incapable d'entendre le lamento de Cloris : « Coulez, coulez mes pleurs... » Cette sortie est aussi cocasse que le sera le prosaïsme de Monsieur Jourdain[12]. La réussite de *Dandin* vient aussi de la parfaite entente du musicien et du comédien.

Deux mois plus tard, le 9 septembre, la troupe revient à Versailles pour une nouvelle pièce, *L'Avare*, où Molière s'est taillé un superbe rôle marqué par les quiproquos, rythmé par la versatilité d'un caractère se jouant de tous et pris peu à peu au piège tendu par la nature de ses valets et de ses enfants.

Le génie de la pièce vient de tous les conflits de situation qui trouvent leur cohérence dans l'obsession caractérielle du personnage de l'avare : on peut tout lui conter, il ne comprendra rien. Plus drôle qu'un cocu, qu'un mystique ou qu'un hypochondriaque, plus simple aussi qu'un atrabilaire. En un mot, pour la comédie, il est parfait. Tout est écrit pour jouer : comique de répétition, répliques courtes et incisives. Les quintes de toux coupent ses tirades. Sa toux, d'ailleurs, est reconnaissable entre toutes, et l'on s'en moque, parfois même on l'admire. Quels que soient les rôles, désormais tous les personnages qu'incarnera Molière tousseront : « Je n'ai pas de grandes incommodités », dit Harpagon à Frosine, « Dieu merci, il n'y a que ma fluxion qui me prend de temps en temps. » Elle répond : « Cela n'est rien. Votre fluxion ne vous sied point mal, et vous avez grâce à tousser[13]. »

L'insuccès de *L'Avare* étonne Molière et toute la troupe qui s'est bien amusée. Que lui reproche-t-on ? De parler d'argent parce que c'est vulgaire ? Mais l'argent est un mobile qui anime les Tartuffe, Sganarelle, ou Arnolfe qui disait : « Vous savez mieux que moi, quels que soient nos efforts, que l'argent est la clef de tous les grands ressorts[14]. »

En jouant Harpagon, il se joue lui-même comme il l'a fait avec l'outrance comique contre sa jalousie (*Dom Garcie*), sa mélancolie (*Le Misanthrope*), ses amours (*L'École des femmes*)... Oui, Molière aime sa fortune et son confort : on trouvera chez lui une vaisselle d'argent de plus de soixante-deux kilos. Il a toujours besoin d'argent et vérifie les recettes et ses droits. Il sait combien « ce doux métal qui frappe tant de têtes, en amour, comme en guerre, avance les conquêtes[15] ». À la fin de sa vie, on évaluera sa fortune à cent soixante-neuf mille sept cent quarante-cinq livres. Qu'en faisait-il ? Écrivant deux pièces par an, jouant trois fois par semaine hors des visites, assumant sa charge de tapissier du roi, il n'a pas eu le temps d'acheter un domaine en province, comme la plupart des comédiens qui préparent ainsi leur retraite. Sa vie est au théâtre et Jean-Baptiste aspire à une vie réglée, calme et bourgeoise, alors qu'Armande aurait volontiers transformé leur appartement, rue de Richelieu, en salon où briller.

Économe, non avare : il prête beaucoup d'argent à Jacques Roubaut (le mathématicien), à Jean Ribou (l'éditeur), à Michel Baron (le comédien), à Beauval (un autre comédien), à Lully (dix mille livres !), à son père... On le sollicite. Il constate les méfaits de l'argent, de trop d'argent : il s'en amuse sur son propre caractère, il invente Harpagon.

Avec *L'Avare*, on lui reproche de peindre un caractère plutôt qu'un modèle identifiable ; le spectateur semble perdu. Pourtant, la puissance de l'argent sur le comportement humain y est développée avec un sens de l'observation remarquable. On lui reproche aussi d'écrire en prose ! Parce qu'on ne va pas se divertir en prose, pense-t-on. Faut-il que Molière ait habitué son public à de grandes comédies en vers comme *L'École des femmes* (toujours) qui claqua comme un fameux coup de théâtre ? Pour retrouver l'approbation de Paris, faudrait-il mettre en scène des femmes ou parler d'elles, en vers ? Il s'adonne à une pièce nouvelle, décidant pour lui-même de prendre le temps pour que chaque vers soit parfait. Un tel chantier reste forcément secret. Tout ce que voit Molière peut s'y engouffrer, l'inspirer, nourrir son travail.

On lui reproche enfin sa tyrannie sur scène (en père autoritaire) comme en coulisse. Il est vrai que ses pièces ont souvent le même schéma, celui d'une farandole de personnages autour d'un bourgeois grotesque. Ne pourrait-il pas pour une fois faire tourbillonner une intrigue amoureuse autour d'une femme ? Il dispose de bien des modèles autour de lui et des raisons de charger un peu le tempérament féminin. Que peut-il écrire après *Les Précieuses ridicules* ?

Rien n'est jamais acquis à un artiste toujours exposé à l'humeur du public. On a reproché à Jodelet de faire du Jodelet. Peut-on accuser Molière de faire du Molière, de ne pas se renouveler ? La troupe est son matériau. Il prend les mêmes pour recommencer, car la recette est assurée : La Grange en amoureux, Armande en fille à marier, La Thorillière en homme sage, Hubert ou la Beauval ou la de Brie en épouse... Certes, il arrive que la troupe se rebiffe, en lui demandant plus, voire en le corrigeant. Ils ne sont pas des marionnettes mais de vrais comédiens aguerris à la scène et formés à la meilleure école qui forma Marquise Du Parc pour jouer *Andromaque* à l'Hôtel de Bourgogne. Ils demandent à Molière de leur écrire encore d'autres pièces. Molière se renouvelle, pas tant dans le schéma de ses intrigues que dans les caractères et surtout dans les mouvements. On progresse toujours, car la vie s'intensifie avec le temps. Les mots, plus surprenants, ne manquent pas leurs cibles. Lui-même, sur la scène, n'est plus Molière mais le personnage qu'il incarne. Toutes ses figures diffèrent en taille, en corpulence, en épaisseur intérieure aussi, en démarche. Molière ne reproduit pas Harpagon, il l'est.

Fort curieusement, donc, *L'Avare* ne fait pas recette : quatre mille trois cent vingt-cinq livres pour huit représentations. Molière s'en étonne : « Cela me surprend car une demoiselle de très bon goût et qui ne se trompe guère m'avait répondu du succès », dit-il. Qui est cette demoiselle ? Une comédienne nommée Madeleine à qui il rapporte ses trouvailles ? Rien n'est moins sûr. Pour Tallemant des Réaux, il s'agit d'« Honorée de Bussy à qui Molière lisait toutes ses pièces[16] », une nièce par alliance de La Mothe Le Vayer qui a été défigurée par un accident de voiture vers le faubourg Saint-Marceau en 1656. N'est-ce pas simplement la Forêt qui le sert à Auteuil comme à Paris ? Boileau l'atteste : « Molière m'a montré aussi plusieurs fois une vieille servante qu'il avait chez lui, à qui il lisait, disait-il, quelque fois ses comédies ; et il m'assurait que lorsque des endroits de plaisanterie ne l'avaient point frappée, il les corrigeait, parce qu'il avait plusieurs fois éprouvé sur son théâtre que ces endroits n'y réussissaient point[17]. » *L'Avare* n'a fait rire qu'en privé.

Que faire quand l'insuccès ne vient pas d'une cabale ni d'une concurrence musclée ? Molière ne ferait-il plus recette sur ses schémas rodés ? Il peut lasser son public parce qu'il est omniprésent en son théâtre. C'est pourtant lui qu'on vient voir. Avec *L'Avare*, il s'est écrit un monologue sur mesure : « Au voleur ! Au voleur ! À l'assassin ! Au meurtrier ! » qui le met seul en scène, courant en tous sens, s'agitant, scrutant la foule, fouillant le parterre, interrogeant les spectateurs, questionnant le balcon, conquérant la salle : il rit, il pleure, il accuse, il vitupère ; il fait du Molière et ce Molière-là construit la comédie. Moment irrésistible emprunté à toutes les fois où il venait faire le compliment à la fin des spectacles. Cela ne prend pas, semble-t-il. Harpagon est trop proche du rôle de l'orateur.

On cherche donc d'autres textes. L'Hôtel de Bourgogne semble ne pas désemplir. Et Paris a besoin de rire. De rire et de rêver. *L'Avare*, surtout, ne comporte pas de musique ni de ballet. Dans la production de Molière, il vient après une série de cinq spectacles qui mêlaient l'harmonie et le verbe en un même rythme dramatique. À la suite de ces représentations, *L'Avare* paraît spectaculairement pauvre. Certes, le théâtre s'y enrichit en dépit de la musique. Faut-il croire que sans Lully Molière ne compte pas aux yeux du public ? « Baptiste le très cher n'a point vu ma courante, et je le vais chercher. Nous avons pour les airs de grandes sympathies, et je veux le prier d'y faire des parties[18]. » L'un ne va pas sans l'autre. Cependant, après *George Dandin*, on redemande de ces comédies où le pas de deux épouse la réplique. Alors, on redonne *Le Mari confondu* en alternance avec *Sertorius* ou *Rodogune* pour des recettes irrégulières et parfois médiocres.

Le 1er décembre, à Versailles, Racine n'assiste pas à la représentation de ses *Plaideurs*. Il se tient rue de Richelieu dans l'un des immeubles qui fait face à son appartement, chez Marquise Du Parc qui vient de mourir. Fausse couche ? Avortement ? Empoisonnement comme on le dira très vite, jusqu'à le soupçonner, lui, son amant, l'auteur d'*Andromaque* ? Elle a eu le temps de renier sa profession, soufflant la formule qui ouvre aux comédiens les portes de l'Église : « Je promets à Dieu de tout mon cœur, avec une pleine liberté de l'esprit, de ne plus jouer la comédie le reste de ma vie, et quand même il plairait à son infinie bonté de me rendre la santé[19]. » On pourra donc l'enterrer chrétiennement aux Carmes-Billettes, dans le petit cimetière qui sert aujourd'hui de cour à l'école primaire de la rue de Moussy.

Vivre à mourir de rire

Le travail de persuasion autour du *Tartuffe* continue à travers les visites chez les dignitaires et les influents. Ceux qui reçoivent la troupe et font jouer la pièce maudite sous leur toit sont nombreux et rassemblent souvent les mêmes personnes. La levée royale de l'interdiction ne fait donc pas de scandale. Les temps ont changé.

Il s'est passé cinq années entre la première représentation de *La Princesse d'Élide* et celle-là au Palais-Royal. Que d'événements ! Louis XIV a aimé Mlle de La Vallière puis Mme de Montespan ; la reine mère est morte d'un cancer du sein et Conti de la syphilis ; la Franche-Comté a intégré le royaume ; Mairet s'en est retourné à Besançon où il mourra en 1686 ; Molière a écrit et joué dix pièces. *Le Tartuffe*, sorti de son contexte effervescent, ne brûle plus, il scintille pendant quarante-quatre représentations consécutives. Et la recette est là : la première rapporte deux mille huit cent soixante livres.

« Un si fameux succès ne lui fut jamais dû et s'il

a réussi, c'est qu'on l'a défendu », note un critique amer pour qui la réussite finale venait du dénouement des intrigues plus que de la valeur du texte.

Faut-il que *Le Tartuffe* s'accompagne de mort ? Le 27 février, Jean Poquelin, le père de Jean-Baptiste, décède.

À soixante-quatorze ans, il habitait depuis quelque temps la maison de l'Image Saint-Christophe dont le délabrement nécessitait de lourds travaux et un endettement de vingt mille livres. Du premier mariage de son père, Jean-Baptiste est le seul survivant. De la famille, il reste trois neveux : un autre Jean-Baptiste, fils de Jean ; deux garçons Boudet (André et Jean-Baptiste), fils de Madeleine et du tapissier André Boudet. Fruit du deuxième mariage, Catherine-Espérance prie à Notre-Dame-des-Anges de Montargis.

La succession commence. Elle sera longue et litigieuse. Molière s'en charge, réglant contre ses cousins de petites sommes et cachant à tout le monde qu'il a lui-même prêté de l'argent à son père. L'entreprise reviendra aux Boudet mais ils n'ont pas le nom pour garder la charge de tapissier du roi. Molière, encore une fois, se place en première ligne. Pour sauver la famille, il faut garder la confiance du roi.

Parmi les résidences qui abritent la Cour, Chambord aura été rarement habité, trois fois seulement. Louis XIV ne s'y déplace que pour chasser et s'éloigner des affaires du pays qu'il règle plutôt du Louvre ou de Saint-Germain, de la grandeur en construction qu'il gère à Versailles. Fontainebleau et Vincennes sont plus vétustes.

À Chambord, au début de l'automne 1669, la vénerie et les fêtes sont au menu : de la légèreté sans scandale, des plaisirs sans remords, de la joie sans arrière-pensée. Charge aux deux Jean-Baptiste de mettre cela en scène.

En réponse, Molière et Lully proposent une véritable folie : *Monsieur de Pourceaugnac*.

Tout le monde se lâche : juristes, apothicaires, médecins, on va même jusqu'à se moquer d'un pauvre homme de province venu épouser une jeune fille de la capitale ! Les ignominies des corps constitués de la médecine puis de la justice s'en donnent à cœur joie et s'y montrent effrayantes.

À la première, encouragés par les fous rires des spectateurs, comédiens et musiciens redoublent de fantaisie : une vraie pitrerie au cours de laquelle Lully s'effondre sur son clavecin qui se casse en morceaux sous les éclats de rire du roi. Ce n'est ni écrit dans le texte ni prévu dans le déroulement, et c'est un miracle de théâtre : on se tient les côtes, les larmes roulent sur les joues écartées. Et Molière, habillé de vert, comme l'auguste au cirque, la démarche lourde, regarde son compère avec des yeux énormes et ses moustaches agitées. Gonflé par la clameur, il en rajoute dans la balourdise et la folie. Sous les applaudissements et les rires, il sait que l'affaire du *Tartuffe* est enterrée à jamais. Et la bile noire d'Alceste ? Oubliée. D'ailleurs, on pourrait la guérir si on le voulait. Pour la première fois, Molière laisse les autres improviser, monologuer, jouer à leur guise. C'est vraisemblablement La Thorillière, en premier médecin, qui se moque de la bile, des bilieux et des atrabilaires :

Je dis donc, Monsieur, avec votre permission, que notre malade ici présent est malheureusement attaqué, affecté, possédé, travaillé de cette sorte de folie que nous nommons fort bien mélancolie hypocondriaque, espèce de folie très fâcheuse, et qui ne demande pas moins qu'un Esculape comme vous, consommé dans notre art, vous, dis-je, qui avez blanchi, comme on dit, sous le harnois, et auquel il en a tant passé par les mains de toutes les façons. Je l'appelle mélancolie hypocondriaque, pour la distinguer des deux autres ; car le célèbre Galien établit doctement à son ordinaire trois espèces de cette maladie que nous nommons mélancolie, ainsi appelée non seulement par les Latins, mais encore par les Grecs, ce qui est bien à remarquer pour notre affaire : la première, qui vient du propre vice du cerveau ; la seconde, qui vient de tout le sang, fait et rendu atrabilaire ; la troisième, appelée hypocondriaque, qui est la nôtre, laquelle procède du vice de quelque partie du bas-ventre et de la région inférieure, mais particulièrement de la rate, dont la chaleur et l'inflammation portent au cerveau de notre malade beaucoup de fuligines épaisses et crasses, dont la vapeur noire et maligne cause dépravation aux fonctions de la faculté princesse, et fait la maladie dont par notre raisonnement il est manifestement atteint et convaincu. Qu'ainsi ne soit, pour diagnostic incontestable de ce que je dis, vous n'avez qu'à considérer ce grand sérieux que vous voyez ; cette tristesse accompagnée de crainte et de défiance, signes pathognomoniques et individuels de cette maladie, si bien marquée chez le divin vieillard Hippocrate ; cette physionomie, ces yeux rouges et hagards, cette grande barbe, cette habitude du corps, menue, grêle, noire et velue, lesquels signes le dénotent très affecté de cette maladie, procédante du vice des hypocondres : laquelle maladie, par laps de temps naturalisée, envieillie, habituée, et ayant pris droit de bourgeoisie chez lui, pourrait bien dégénérer ou en manie, ou en phtisie, ou en apoplexie, ou même en fine frénésie et fureur. Tout ceci supposé, puisqu'une maladie bien connue est à demi guérie, car *ignoti nulla est curatio morbi*, il ne vous sera pas difficile de convenir des remèdes que nous devons faire à Monsieur. Premièrement, pour remédier à cette pléthore obturante, et à cette cacochymie luxuriante par tout le corps, je suis d'avis qu'il soit phlébotomisé libéralement, c'est-à-dire que les saignées soient fréquentes et plantureuses : en premier lieu de la basilique, puis de la céphalique ; et même, si le mal est opiniâtre, de lui ouvrir la veine du front, et que l'ouverture soit large, afin que le gros sang puisse sortir ; et en même temps, de le purger, désopiler, et évacuer par purgatifs propres et convenables, c'est-à-dire par cholagogues, mélanogogues, et cætera ; et comme la véritable source de tout le mal est ou une humeur crasse et féculente, ou une vapeur noire et grossière qui obscurcit, infecte et salit les esprits animaux, il est à propos ensuite qu'il prenne un bain d'eau pure et nette, avec force petit-lait clair, pour purifier par l'eau la féculence de l'humeur crasse, et éclaircir par le lait clair la noirceur de cette vapeur ; mais, avant toute chose, je trouve qu'il est bon de le réjouir par agréables conversations, chants et instruments de musique, à quoi il n'y a pas d'inconvénient de joindre des danseurs, afin que leurs mouvements, disposition et agilité puissent exciter et réveiller la paresse de ses esprits engourdis, qui occasionne l'épaisseur de son sang, d'où procède la maladie. Voilà les remèdes que j'imagine, auxquels pourront être ajoutés beaucoup d'autres meilleurs par Monsieur notre maître et ancien, suivant l'expérience, jugement, lumière et suffisance qu'il s'est acquise dans notre art. *Dixi*[1]. »

La bile noire ! La bile noire ? En un mot : on s'en moque ! N'était-il pas ridicule et d'un comique fervent que de se croire mélancolique en voyant vivre les autres ?

Mes yeux sont trop blessés, et à la cour et à la ville
Ne m'offrent rien qu'objets à m'échauffer la bile :
J'entre en une humeur noire, et un chagrin profond,
Quand je vois vivre entre eux les hommes comme ils font [2].

La mélancolie est bien plus ancrée dans l'âme humaine qu'on ne le pense. Molière en est conscient et s'amuse de ceux qui veulent la guérir autant que de celui qui prétend en être atteint : lui-même. Chambord n'est pas un séjour pour la réflexion.

Il faut rire à tout prix, oublier aussi *L'Avare* qui n'a pas plu. Faut-il de la musique ? Hop ! Lully excelle au clavecin, chantant, dansant, dodelinant de la tête : « Ne songeons qu'à nous réjouir : la grande affaire est le plaisir[3]. » Molière traverse la scène en se tenant les fesses : « Tout ce que je vois me semble lavement. » Puis : « Ne sens-je point le lavement ? Voyez, je vous prie[4]. » Fous rires et franche partie de rigolade. On peut bien se moquer à la Cour puis à Paris puisqu'on rit des autres ; d'un Limougeaud et de quelques paysans. Molière déploie sa connaissance des dialectes du Sud, de la langue d'oc : « Tout Pézenas a bist notr mariage », dit une jeune femme. Souvenirs… Il invite la langue du terroir à la Cour.

Le succès est si assuré par la gaieté du noble public, que la troupe reprend *Monsieur de Pourceaugnac* au Palais-Royal à partir de la mi-novembre, pour vingt représentations et treize mille quatre cent soixante-trois livres de recettes ; assez pour que Molière décide de ne plus jouer que ses propres textes. Il a besoin de temps pour écrire, pour animer la troupe, pour préparer ses rôles et pour tenter de se reposer.

Deuils et pitreries

Au début de l'année 1670, Le Boulanger de Chalussay, inconnu de tous sauf de Molière, publie *Élomire hypocondre ou les Médecins vengés*, comédie en cinq actes. Élomire est l'anagramme de Molière : « Oui, c'est lui, je viens de le reconnaître à sa toux », dit le texte. L'œuvre le met en scène sous bien des travers : on l'y voit inquiet de sa santé, surtout hargneux et autoritaire envers ses comédiens. La pièce comporte tant de vérités que Molière la fait retirer et demande la confiscation de tous les exemplaires. Il obtient gain de cause et on attendra en vain une deuxième pièce promise par Le Boulanger de Chalussay. Mais le mal est fait et les regards de la Cour blessent, chargés de sous-entendus et de sourires fabriqués. Molière enrage.

> Et tandis qu'à l'ardeur de leurs expressions
> Je réponds d'un geste de tête,
> Je leur donne tout bas cent malédictions[1].

Pourquoi, depuis douze ans qu'il est revenu à Paris, faut-il toujours se battre et si méchámment ? La jalousie des gens du métier, liée à la susceptibilité légitime des portraits qu'il a jetés en pâture sur la scène, motive les détracteurs. Mais Molière garde sa conception du théâtre, de la comédie, qui peut redresser les caractères en les montrant au théâtre. N'a-t-il pas le droit de dénoncer les travers quand les siens propres sont mis en avant dans chaque rôle ? Surtout, il ne voit pas de mal à faire rire. La gaieté n'est-elle pas la tendresse du rire ? Molière la développe dans tous ses spectacles comme une banderole heureuse qui appelle à la danse, aux chants, aux plaisirs. À travers sa pièce, Boulanger de Chalussay ressemble à Montfleury du temps de *L'École des femmes*, faisant jouer des horreurs sous forme d'impromptu et allant jusqu'à adresser au roi une accusation d'inceste concernant la vie privée de Molière. Faut-il croire que tout était toujours à recommencer, que rien n'était jamais acquis ? Et pourquoi vient-on rire chez Molière pour le détruire quand le rideau est tombé ?

Quelque temps plus tard, Marie Hervé Béjart meurt à l'âge de soixante-seize ans et cinq mois, rue Saint-Thomas-du-Louvre. Elle laisse à sa fille aînée l'appartement du quatrième étage qu'elles partageaient. Madeleine s'occupe de tout jusqu'à la plaque mortuaire aux charniers de Saint-Paul : « Cy-git le corps de Marie Hervé, veuve d'honorable homme Joseph Béjart, décédée le 9e janvier 1670, âgée de soixante-treize ans[2]. » Pourquoi graver dans le marbre trois années de moins ? Pour rendre crédible qu'elle fut la mère d'Armande ? Une façon de sauver Molière de l'inceste et surtout de cacher encore Modène. Comment, après tant d'années, Madeleine s'obstine-t-elle à maintenir cette vérité qui n'a plus vraiment de conséquence ni pour elle, ni pour Modène, ni pour Armande ? Mais à cinquante-deux ans, quittant la scène pour vivre pleinement son rôle de femme, de fille, de mère, d'amante et trouver une unité à sa vie, elle s'attache à donner sens à tout ce qu'elle a vécu. La mort de Marie Hervé la place en chef de famille, du moins de ce qu'il en reste : ses frère et sœur Louis et Geneviève, deux cas en réalité.

Louis n'a jamais eu de chance : boiteux, peut-être un peu stupide, il lui est arrivé de prendre part vivement aux discussions de rue, recevant de violents coups d'épée qui lui ont valu, à quelques années d'intervalle, des convalescences sous le toit de Madeleine, la protectrice de toujours — ils ont douze ans de différence. À la mort de sa mère, il décide de quitter la troupe du Palais-Royal pour entrer dans l'armée, du moins pour en avoir le titre, et demeurer près de sa sœur aînée. Est-ce Madeleine qui lui conseille de prendre quelque distance envers le Palais-Royal ?

Geneviève, veuve d'un premier mariage (dont elle a un fils), a épousé Jean-Baptiste Aubry, le fils de Léonard Aubry, le paveur de l'Illustre-Théâtre. Elle aussi prend ses distances par rapport à Molière et Armande.

Louis XIV sent bien que Molière n'est pas heureux. Il suffit de l'observer lors des levers. Une fois encore, il sait le motiver en faisant diversion :

> Deux princes rivaux qui, dans le champêtre séjour de la vallée de Tempé, où l'on doit célébrer la fête des jeux Pythiens, régalent à l'envi une jeune princesse et sa mère de toutes les galanteries dont ils se peuvent aviser[3].

Tel est le sujet qu'il lui dicte pour *Les Amants magnifiques*.

À trente-deux ans, Louis XIV y joue Neptune puis Apollon comme si toute la pièce, les intermèdes et les entrées étaient pensés pour sa spectaculaire et ultime apparition :

> Apollon, au bruit des trompettes et des violons, entre par le portique, précédé de six jeunes gens, qui portent des lauriers entrelacés autour d'un bâton et un soleil d'or au-dessus, avec la devise royale en manière de trophée. Les six jeunes gens, pour danser avec Apollon, donnent leur trophée à tenir aux six hommes qui portent les haches, et commencent avec Apollon une danse héroïque, à laquelle se joignent, en diverses manières, les six hommes portant les trophées, les quatre femmes armées avec leurs timbres, et les quatre hommes armés avec leurs tambours, tandis que les six trompettes, le timbalier, les Sacrificateurs, la Prêtresse et le chœur de musique accompagnent tout cela, en s'y mêlant par diverses reprises : ce qui finit la fête des jeux Pythiens et tout le divertissement[4].

Il triomphe, une fois de plus, lui le premier danseur du royaume qui inventa le pas royal qu'on dit fait de sept entrechats, lui dont la souplesse n'a pas d'égale, lui qui règle sa politique avec la minutie d'un pas de danse et la Cour avec la rigueur d'une chorégraphie. « Tous les malheurs des hommes, tous les revers funestes dont les histoires sont remplies, les bévues des politiques, et les manquements des grands capitaines, tout cela n'est venu que faute de savoir danser [5] », semble-t-il affirmer au milieu des étoiles.

Vigarani a réalisé des effets fabuleux : « Notre Vénus a fait des merveilles ; et l'admirable ingénieur qui s'est employé à cet artifice a si bien disposé de tout, a coupé avec tant d'adresse le plancher de cette grotte, si bien caché ses fils de fer et tous ses ressorts, si bien ajusté ses lumières et habillé ses personnages, qu'il y a peu de gens qui n'y eussent été trompés[6]. » C'est beau, simplement beau.

Toutefois, Molière ne fera pas imprimer le texte ni ne le jouera en son théâtre. Le roi lui a imposé un sujet qui ne l'a pas beaucoup inspiré. Surtout, il lui semble que tout est prévu pour faire place à Lully, à sa musique, au lieu de chercher à composer un spectacle total, comme ils ont aimé et réussi à en faire. Est-ce une suspicion supplémentaire ? Certains signes ne trompent pas. Lully est de plus en plus présent près du roi et prend part aux spectacles comme s'il en était l'auteur lui-même. La place de chacun est à revoir.

Louis XIV et Molière ont un terrain d'entente, la scène, et un univers commun, le spectacle. Louis le danseur et Jean-Baptiste le comédien ont tout pour s'entendre. La musique les relie. Le musicien les divise : Lully, l'autre Jean-Baptiste. Le Florentin complote avec des arguments parfaits. Il veut de l'argent et de la gloire. Il propose l'œuvre des œuvres : l'opéra. Et cela touche le roi. Jamais la musique ne sera censurée : qui pourrait-elle abîmer ? Qui pourrait-elle ennuyer ? La gloire s'y exprime et les mots du théâtre s'en trouvent affadis. Or la comédie, les déplacements, les mouvements et la liberté du comédien sur scène donnent plus de latitude au théâtre. La musique sert la comédie. Quand les deux vont de pair, la magie opère et le miracle s'offre à tous. « La musique est accoutumée à ne point faire ce qu'on veut [7]. »

Avec Molière, Lully composera neuf comédies-ballets pour des orchestres de plus en plus importants dans lesquels on trouve presque toujours un oncle ou un cousin Mazuel. Molière connaît ainsi les commentaires et les sentiments des musiciens.

Avec *Les Amants magnifiques,* Louis XIV a dansé pour la dernière fois. Il ne montera plus sur scène. C'est un notable changement dans la dramaturgie, car depuis le début de son règne, on peut s'attendre à chaque spectacle à une de ses apparitions. Molière a maintenu le suspense dans *L'Impromptu de Versailles* ou dans *Le Tartuffe*. On s'attend à ce que le roi lui-même y intervienne. Las, désormais, il faudra jouer sans lui.

Les Amants magnifiques sont une fête où l'on exprime la jeunesse et la liberté : « Et pourquoi, sans être blâmable, ne peut-on pas aimer ce que l'on trouve aimable ? » La troublante légèreté, l'écumante sensualité se sont emparées du théâtre, encore une fois. La préciosité ne posait plus, elle dansait.

Le roi a d'autres raisons de se réjouir. Le traité de Douvres* est signé avec l'Angleterre grâce à Henriette, déléguée du roi, qui l'a négocié avec son frère. Faut-il qu'elle soit exceptionnelle pour que Louis XIV donne un tel pouvoir à une femme ? Elle rentre à Paris sous les ovations et les honneurs. Se sentant fatiguée, elle se retire à Saint-Cloud, s'alite et, étouffant, demande un peu d'eau. Elle en boit et meurt.

Écoutons Bossuet, à Saint-Denis, le 21 août 1670, pour comprendre l'émotion d'un royaume qui affecte Molière. Confesseur de Madame et orateur infatigable, il a assisté aux derniers instants de l'épouse de Monsieur :

> Ô nuit désastreuse ! ô nuit effroyable ! où retentit tout à coup comme un éclat de tonnerre, cette étonnante nouvelle : Madame se meurt ! Madame est morte ! Qui de nous ne se sentit frappé à ce coup, comme si quelque tragique accident avait dévoilé sa famille ? Au premier bruit d'un mal si étrange, on accourut à Saint-Cloud de toute part ; on trouve tout consterné excepté le cœur de cette princesse. Partout on entend des cris, partout on voit la douleur et le désespoir, et l'image de la mort. Le roi, la reine, Monsieur, toute la cour, tout le peuple, tout est abattu, tout est désespéré ; et il me semble que je

* Le traité de Douvres est signé secrètement entre Louis XIV et Charles II d'Angleterre le 22 mai 1670. Il engage le roi d'Angleterre à se convertir au catholicisme, à suivre Louis dans sa guerre contre les Provinces-Unies et à soutenir ses droits éventuels à la couronne d'Espagne en échange d'une aide financière et militaire.

vois l'accomplissement de cette parole du prophète : *le roi pleurera, le prince sera désolé et les mains tomberont au peuple, de douleur et d'étonnement.*

Mort terrible, en pleine gloire, en plein appui du roi pour asseoir la puissance de son royaume, fin tragique car subite et qui élève le croyant par l'immense dévotion qui s'y est manifestée. Bossuet était dans la chambre et retraça précisément l'agonie dans sa plus grande intimité :

Elle s'écrie : « Oh, mon Dieu pourquoi n'ai-je pas toujours mis en vous ma confiance ? » Elle s'afflige, elle se rassure, elle confesse humblement, et avec tous les sentiments d'une profonde douleur, que de ce jour seulement elle commence à connaître Dieu, n'appelant pas le connaître que de regarder encore tant soit peu le monde. Qu'elle nous parut au-dessus de ces lâches chrétiens qui s'imaginent avancer leur mort quand ils préparent leur confession ; qui ne reçoivent les saints sacrements que par force : dignes certes de recevoir pour leur jugement ce mystère de piété qu'ils ne reçoivent qu'avec répugnance ! Madame appelle les prêtres plutôt que les médecins. Elle demande d'elle-même les sacrements de l'Église ; la pénitence avec componction ; l'Eucharistie avec crainte, et puis avec confiance ; la sainte onction des mourants avec un pieux empressement. Bien loin d'en être effrayée, elle veut la recevoir avec connaissance : elle écoute l'explication de ces saintes cérémonies, de ces prières apostoliques, qui, par une espèce de charme divin, suspendent les douleurs les plus violentes, qui font oublier la mort (je l'ai vu souvent) à qui les écoute avec foi : elle les suit, elle s'y conforme ; on lui voit paisiblement présenter son corps à cette huile sacrée, ou plutôt au sang de Jésus qui coule si abondamment avec cette précieuse liqueur [8].

Pour Molière, la perte est importante. Henriette incarnait, avec La Mothe Le Vayer, son meilleur appui auprès du roi. Elle l'a soutenu en tout, même dans les moments difficiles du *Tartuffe*, parce qu'elle a beaucoup ri à la pièce qu'il lui avait dédiée, *L'École des femmes*, parce qu'elle a dansé avec lui pour le roi, enfin parce qu'elle lui a manifesté une entière confiance dans tout ce qu'il a entrepris. L'affection unanime du royaume pour sa magnifique princesse renforce Molière dans son chagrin, son désappointement. Comment une personnalité si vive peut-elle mourir si rapidement, en quelques heures ? Empoisonnée comme on l'a dit de la Du Parc ? En tout cas, elle est morte mal soignée par l'archiatre lui-même, Antoine Valot. On lit alors l'épigramme qui ne manqua pas de circuler :

> Le croirez-vous, race future,
> Que la fille du grand Henri
> Eut, en mourant, même aventure
> Que feu son père et son mari ?
> Tous trois sont morts par assassin,
> Ravaillac, Cromwell, médecin :
> Henri, d'un coup de baïonnette,
> Charles finit sur un billot,
> Et maintenant meurt Henriette
> Par l'ignorance de Valot [9].

Le traité de Douvres est un coup de maître. On ne peut en rester là. Louis XIV veut en établir un autre, cette fois en direction de la Turquie et invite un représentant du royaume ottoman, Soliman Aga. Premier ambassadeur d'un Grand Turc en visite à un monarque européen, Soliman Aga va être reçu avec les plus grands honneurs. Et que cela se sache ! On sensibilise le roi à l'orgueil oriental qui apprécie la rivalité de richesse et de puissance. Louis XIV se fait faire « un habit de brocart d'or tellement couvert de diamants qu'il semblait être environné de lumière » ainsi qu'un trône scintillant sur une estrade couverte de tapis or et soie, élevée de quatre marches d'argent.

Le chevalier d'Arvieux sert d'interprète. La surprise et la déconvenue sont au rendez-vous : Soliman Aga n'est ni ambassadeur ni envoyé du Grand Turc ! Le ridicule du roi n'atteint pas Louis XIV qui prend sur son goût de la mise en scène pour ne rien laisser paraître.

Il décide même d'en faire rire la Cour et commande à Lully un « ballet turc ridicule » non pour se moquer des Turcs mais de notre façon de les imaginer. Charge à d'Arvieux de le renseigner sur les us, les coutumes et les costumes, et à Molière d'écrire l'argument.

Lully et d'Arvieux vont à Auteuil et s'enferment avec Molière. Un « ballet turc ridicule », trois mots du roi. À Lully le ballet ; à d'Arvieux le turc ; à Molière le ridicule. Il convient donc de partir de ce qu'on veut montrer : le final. Pourquoi un ballet turc ? Pour exprimer le ridicule d'un personnage. Comment du ridicule peut naître la turquerie ? Par un extravagant : « Celui qui s'est mis dans la tête de vouloir faire l'homme de condition ». M. Jourdain naît sur les bords de Seine et sans doute à l'*Auberge du Mouton*

Blanc[*]. L'entente est parfaite et enjouée. Molière prête même onze mille livres à Lully pour la construction d'une maison à l'angle de la rue Sainte-Anne et de la rue des Petits-Champs.

Le 13 octobre, on joue *Le Bourgeois gentilhomme* à Chambord. Après *Pourceaugnac*, on peut s'attendre à moins de tenue que de délire et l'on assiste à une turquerie, donc, avec chœur, mufti et grand orchestre. La pièce coûte quarante-neuf mille livres ! Somme qu'on reprochera et qui semble en effet disproportionnée. Mais tout est calculé dans ce spectacle : la folie de son héros (qui n'a rien à voir avec Poquelin, le père, qui, lui, ne s'était jamais fait appeler *de* Poquelin), les intermèdes pastoraux, le sacre de M. Jourdain et le ballet final. C'est une fois de plus l'alliance des deux Jean-Baptiste qui fait merveille, car *Le Bourgeois gentilhomme* répond exactement à la commande royale de « ballet turc ridicule ».

Lully chante le grand mufti et se place en symétrie de Molière enrobé de broderies. On comprend les éclats de rire de Mlle Beauval (Nicole, au rire si communicatif que Molière en usa dès son entrée) voyant son maître costumé en grand mamamouchi. Armande aime La Grange, La Thorillière prend les manières de l'aristocrate et aime Mlle de Brie, Molière incarne M. Jourdain et le rôle de sa femme est tenu par Hubert, rôle travesti, donc,

[*] *L'Auberge du Mouton Blanc* se trouve toujours au 40 de la rue d'Auteuil. Elle est ouverte tous les jours de midi à deux heures du matin.

qui souligne la folie de la famille Jourdain. Les deux Jean-Baptiste en Jourdain et en mufti sont irrésistibles, se jouant l'un de l'autre sur des rythmes truculents. Car le succès vient du mouvement. Tout tourne autour de Jourdain : valets, amants, danseurs et faux Turcs. Le ballet est un manège incessant que les mots font tourner — sans quoi on aurait deux spectacles aux scènes juxtaposées. L'unité de leurs spectacles vient du mouvement.

Malgré la bouffonnerie de la pièce, le roi ne rit pas. Il ne dit même pas un mot, silence qui autorise les critiques : « Le pauvre homme, Molière, extravague, il est épuisé : si quelque autre auteur ne prend le théâtre, il va tomber dans la farce italienne. »

Molière, terré dans sa chambre, envoie Baron écouter les commentaires. Cela dure ainsi cinq jours avant la deuxième représentation. Les comédiens tâchent de rassurer leur directeur. Celui-là craint un nouveau froissement. Les pliures dans la soie étranglent en silence. Il ne le sait que trop.

Tandis que l'ouverture commence, que les lumières se hâtent d'allumer les bougies de l'avant-scène et qu'on lève les chandeliers au-dessus du parterre, alors que les danseurs s'étirent, que les comédiens, regards à terre, soufflent et se concentrent prêts à se lancer dans le tourbillon de la scène, Molière cherche à oublier sa crainte. Il repense à son texte. Les gentilshommes n'y paraissent pas idiots : pas de petits marquis, pas de dévots, pas de signes du roi...

Lully se démène et, par regards croisés, les deux Jean-Baptiste reprennent leur numéro de deux, l'alliance de la musique et du texte qu'ils savent spectacle.

À la fin de la représentation, le roi applaudit et la sentence tombe sur l'auteur pour l'élever : « Molière, vous n'avez encore rien fait qui m'ait plus diverti et votre pièce est excellente. »

On peut désormais la présenter au Palais-Royal, Paris s'y précipitera.

Mais ce genre de sentence royale encourage les créations et stimule les concurrences.

Chef de troupe, directeur de théâtre, Molière veut damer le pion à l'Hôtel de Bourgogne. Auteur reconnu mais vieillissant, Corneille doit supplanter Racine. Écrivain génial et rêvant de gloire, Racine cherche à s'imposer. On le voit : le devoir d'être occupe le terrain du théâtre. D'abord, il serait souhaitable de ramener Racine à un peu d'humilité. Après le triomphe d'*Andromaque*, Molière commande une pièce à Corneille pour la somme incroyable de deux mille livres. Ce sera *Attila*, qui ne répondra pas aux espoirs ni du directeur de théâtre ni de l'auteur.

Il faut aller plus loin. La passion des détracteurs et des supporteurs mène à l'affrontement : le 21 novembre 1670, l'Hôtel de Bourgogne joue *Bérénice*. Le 28 novembre, le Palais-Royal représente *Tite et Bérénice*. Est-ce Molière qui propose à Corneille ce thème pour rappeler à Racine la déconvenue subie au moment d'*Alexandre* ? Est-ce, comme on le dira, Henriette d'Angleterre qui, avant de mourir, a proposé cette joute théâtrale aux deux dramaturges ? Quoi qu'il en soit, l'événement est de taille. *Bérénice* l'emporte. Corneille, perdant la partie, en voudra longtemps à Molière. A-t-il été vraiment si bien servi par la façon originale que les comédiens du Palais-Royal utilisent comme une marque de fabrique ? Depuis treize ans, Corneille et Molière collaborent prudemment. Jean-Baptiste d'abord a été impressionné puis déçu, trouvant en Corneille un de « ces cœurs pusillanimes qui, pour trop prévoir les suites des choses, n'osent rien entreprendre [10] ». D'autant que ses pièces n'obtiennent pas vraiment le succès escompté :

> Après *Héraclius*, on siffla *Rodogune* :
> *Cinna* le fut de même, et *Le Cid* tout charmant
> Reçut avec *Pompée*, un pareil traitement.
> [...] Je veux dire qu'au lieu des pièces de Corneille,
> Je jouai *L'Étourdi*, qui fut une merveille.
> [...] Mon *Dépit amoureux* suivit ce frère aîné,
> Et ce charmant cadet fut aussi fortuné.
> [...] Et de tous les côtés chacun cria tout haut :
> « C'est la faire et jouer des pièces comme il faut [11]. »

Pour Corneille, ce Molière est d'abord un comédien, puis un directeur de troupe. Ses pièces sont certes drôles mais ne tiendront pas sans lui. Elles sont plutôt des entreprises hasardeuses. Cependant, il a l'oreille du roi et de bonnes comédiennes, et Madeleine Béjart dit les vers admirablement. Pour l'un comme pour l'autre, la déception l'emporte sur l'admiration.

La tragédie n'est décidément pas le genre des comédiens du Palais-Royal qui rêvent de grandes œuvres mais excellent dans le rire, la gaieté, le mouvement, non comme les Italiens à qui on les a associés jadis mais dans un mouvement *à la française*, comme Le Nôtre réalisait des jardins *à la française*. Molière peut bien piller les écrits des Anciens ou les pièces transalpines, il réussira toujours à écrire du Molière. La notice de Chapelain, en 1663, ne l'a-t-elle pas dédouané des larcins littéraires en indiquant clairement : « L'invention de ses meilleures pièces est inventée, mais judicieusement » ? Au printemps 1671, on joue *Les Fourberies de Scapin.*

Scapinno est un personnage connu que Molière a changé en Mascarille dès *La Jalousie du barbouillé. Les Fourberies* rappelent-elles les vieux démons italiens qui firent ses débuts ? Assurément. Pourquoi cette nouvelle pièce sinon, tel un chant du cygne, pour donner un dernier souffle de vie en reprenant les premières pièces ? Pour se passer, aussi, de Lully et de la musique, pour créer un spectacle enlevé dont le mouvement engendre le mot, dont le mot suscite le mouvement. Le public a aimé *Gorgibus dans le sac*, qu'il faut transformer en vraie comédie digne de ce nom. Aussi peut-on se nourrir de ce qui venait de se passer. La turquerie du *Bourgeois gentilhomme* a servi Lully plus que Molière. Une comédie-ballet ? Qu'est-il allé faire dans cette galère ?

La pièce est facile pour la troupe et permet d'autres travaux préparatoires. La Grange, dans la marge de son registre, note au 7 juin : « Les répétitions de *Psyché* ont commencé [12]. »

Mots contre notes

Cette commande royale est la nouvelle grande affaire. Molière croit y tenir le même rôle dans lequel il excelle et qu'il a tenu auprès de Conti pour *Le Ballet des incompatibles*, auprès de Fouquet pour *Les Fâcheux* puis auprès du roi pour *Les Plaisirs de l'île enchantée*, le *Ballet des Muses*, *Amphitryon*, le « Grand Divertissement royal de Versailles », *Monsieur de Pourceaugnac, Les Amants magnifiques* ou encore *Le Bourgeois gentilhomme*. Quand il s'agit de coordonner, d'organiser, de donner l'impulsion, il sait faire.

Le roi veut quelque chose de grand, on s'en doute. La commande vise plus la grandeur et l'ampleur que le divertissement et la légèreté. Lui aussi, il mûrit.

Il a d'abord réuni tous les auteurs qui comptaient à ses yeux pour leur demander une idée de sujet. Racine propose *Médée*. Molière suggère *Psyché* parce qu'il en a longuement débattu avec La Fontaine à propos des *Amours de Psyché et de Cupidon* que son ami vient de publier. Ces causeries l'ont aussi engagé à écrire quelques esquisses qui lui permettront de répondre rapidement à une éventuelle commande. Louis XIV approuve ce choix et constitue immédiatement une équipe pour travailler au plus vite. Elle sera composée de Molière, Corneille, Quinault et Lully, évidemment. Le roi, bien sûr, se moque de l'œuvre et de l'auteur pourvu que le grandiose et l'émotion soient déployés comme des forces de paix. Quinault écrit les paroles des airs composés par Lully ; Corneille versifie, « monsieur de Molière a dressé le plan de la pièce, et réglé la disposition, où il s'est plus attaché aux beautés et à la pompe du spectacle qu'à l'exacte régularité[1] ». À Baron, il confie le rôle de l'Amour (ce qui déçoit La Grange, habitué à cet emploi), à Armande celui de Psyché. Pour elle, on ne lésine pas sur le costume :

> Une jupe de toile d'or garnie de trois dentelles d'argent avec un corps en broderie garni d'un tonnelet et manches d'or et d'argent fin, une autre jupe de toile d'argent dont le devant garni de plusieurs dentelles d'argent avec une mante de crêpe garnie de pareille dentelle et une autre jupe de moire verte et argent, garnie de dentelle fausse, avec le corps en broderie, le tonnelet et les manches garnis d'or et d'argent fin, une autre jupe de taffetas d'Angleterre bleu, garnie de quatre dentelles d'argent fin[2].

Elle séduit Corneille et se laisse donc aimer par… Baron !

Après le soufflet qui remonte déjà à 1666, pendant les répétitions de *Mélicerte*, un baiser qui n'a rien de feint marque une entente durable sous les yeux de Molière ahuri, qui est le dupe en sa « maturité d'une jeune innocente et d'un jeune éventé [3] ». Amour et Psyché s'aiment donc à la ville comme à la scène. Il n'y a rien de scandaleux ; cela reste en famille, c'est-à-dire que la troupe ne s'en trouvera pas morcelée. Molière ne peut pas intervenir, même au nom du mariage ; il vaut mieux fermer les yeux et se taire pour préserver ce qu'il a de plus cher : ses comédiens. Que peut-il répondre à Armande qui lui reproche la de Brie ? Ne prend-elle pas les mêmes armes ? À lui de se consoler comme il le pourra et de tâcher d'en rire. Jouer Sganarelle ou *L'École des femmes* prend alors un relief toujours plus surprenant.

Pourtant, ses tracas conjugaux l'empêchent de créer. Ils engendrent une réflexion plus importante que le simple chagrin de se savoir trompé qui touche l'acte même d'écrire. La littérature crée la réalité. Ce qu'on écrit, que ce soit une fiction, un rêve, un délire, peut advenir, car les mots contiennent ce pouvoir mystérieux et terrible : ils nous échappent autant que, dans une conversation, un mot de trop peut tout changer. Molière en a vécu maintes fois l'expérience. Ce qu'il a écrit en 1662 est devenu sa propre réalité :

> En sage philosophe on m'a vu vingt années,
> Contempler des maris les tristes destinées,
> Et m'instruire avec soin de tous les accidents
> Qui font dans le malheur tomber les plus prudents ;
> Des disgrâces d'autrui profitant dans mon âme,
> J'ai cherché les moyens, voulant prendre une femme,
> De pouvoir garantir mon front de tous les affronts,
> Et le tirer de pair d'avec les autres fronts.
> Pour ce noble dessein, j'ai cru mettre en pratique

Tout ce que peut trouver l'humaine politique ;
Et comme si du sort il était arrêté
Que nul homme ici-bas n'en serait exempté,
Après l'expérience et toutes les lumières
Que j'ai pu m'acquérir sur de telles matières,
Après vingt ans et plus de méditation
Pour me conduire en tout avec précaution,
De tant d'autres maris j'aurais quitté la trace
Pour me trouver après dans la même disgrâce[4] ?

Il en a été de même pour les tempêtes du *Tartuffe* ou de *Dom Juan*. La prémonition de l'écriture, la question la plus grave de la littérature, l'incite à la prudence. Jamais il n'écrit sur la mort ni sur Dieu. Parce qu'il en a peur. Sa *Gloire du Val-de-Grâce*, qui aurait dû trancher sur les effets de la grâce, la fécondité spirituelle, et reprendre le grand débat spirituel du moment à partir de saint Augustin (questions qu'il connaissait parfaitement), est une ode à la peinture. Il évite les sujets métaphysiques. Dom Juan ? Le schéma préexistait et la lecture qu'il en a faite est gaie, rapide, cinglante ; ne visant pas le spirituel mais l'affrontement de caractères, de classes sociales. Dom Juan transgresse le mariage et, par orgueil, outrepasse la religion avec l'insolence de sa jeunesse « pour l'amour de... l'humanité[5] ! ». Les mots peuvent-ils dépasser sa pensée, sait-on jamais ? Sganarelle cherche à en amenuiser la portée : « Mon raisonnement est qu'il y a quelque chose d'admirable dans l'homme, quoi que vous puissiez dire, que tous les savants ne sauraient expliquer. Cela n'est-il pas merveilleux que me voilà ici, et que j'aie quelque chose dans la tête qui pense cent choses différentes en un moment, et fait de mon corps tout ce qu'elle veut [6] ? »

Fallait-il qu'il atteigne ce point de maturité d'auteur pour mesurer l'autorité de ses propres textes sur lui-même ? Rien n'est gratuit dans ce qu'on écrit.

Les infidélités d'Armande illustrent ce qui ne peut se raisonner : de la puissance de la littérature sur l'existence de l'auteur. Effrayant. Alors, pour *Psyché*, il s'étourdit de travail : il organise, stimule et met en place un spectacle détonnant. Les chanteurs, pour la première fois, se présentent, au regard des spectateurs, costumés selon les figurants au lieu d'être dissimulés derrière des treillis. Une idée de Lully, certainement, qui a en tête bien d'autres projets que l'accompagnement des comédies… Les rivalités, qu'elles soient esthétiques ou amoureuses, ne transpirent pas de la salle des Tuileries. « Sa Majesté s'est trouvée servie dans le temps qu'elle avait ordonné. » Ce seul résultat compte.

Carlo Vigarani a déployé tous ses talents, encore une fois. La scène finale embrase les cœurs des spectateurs : « C'est bien la chose la plus étonnante qui se puisse voir, car l'on voit en un instant paraître plus de trois cents personnes suspendues ou dans les nuages ou dans une gloire, et cela fait la plus belle symphonie du monde en violons, théorbes, luths, clavecins, hautbois, flûtes, trompettes et timbales[7] », écrit Saint-Maurice, envoyé de la cour de Savoie.

Les trente-huit premières représentations rapportent trente-deux mille neuf cent cinquante-six livres de recettes. Une deuxième série de trente-deux représentations s'impose pour des recettes équivalentes. Le spectacle mêle poésie, musique, danse et machinerie : il est parfait. Pour l'occasion, le théâtre a subi des travaux pendant plus d'un mois. Au lieu des cinquante-cinq livres trois sols de frais ordinaires, on compte trois cent cinquante et un livres chaque jour. Une folie royale, certes, que Molière a la bonne idée de vouloir transmettre au plus grand nombre. *Psyché* détient le record de fréquentation : le 20 novembre 1672, on compte 944 spectateurs dont 544 au parterre[8].

Spectacle total, *Psyché* annonce l'opéra français. Qui en est l'auteur ? Sans Molière, il n'y aurait pas de cohérence. Sans Corneille, les vers ne seraient pas parfaits. Sans Quinault, les notes auraient été étrangères à la musique. Sans Lully ? Point de spectacle... Sans Vigarani, pas d'effets visuels. On salue, on se félicite, on applaudit. Le roi gratifie. L'histoire retiendra la représentation autant que le public a retenu son souffle. Qu'en restera-t-il ? Le livret, le programme, les affiches ; trois documents sur lesquels un nom manque : Lully. Qui a relu le bon à tirer ? La Grange ? La Thorillière ? Molière. Au risque de froisser l'autre Jean-Baptiste, parce que la musique ne fait que servir la comédie. Il veut le lui rappeler.

Monsieur se remarie avec Élisabeth-Charlotte, fille de l'électeur palatin, dite « la grosse Madame ». Joli coup diplomatique qui mérite un ballet, *Le Ballet des ballets*, à Saint-Germain ; du bricolage qui rappelle cette façon de tapissier d'écrire un spectacle et qu'on a déjà vu au moment des *Fâcheux* à Vaux-le-Vicomte : « Pour ne point rompre aussi le fil de la pièce par ces manières d'intermèdes, on s'avisa de les coudre au sujet du mieux que l'on put[9]. » La pièce s'appelle *La Comtesse d'Escarbagnas*. « Cette comédie n'a été faite que pour lier ensemble les différents morceaux de musique, et de danse, dont on a voulu composer ce divertissement[10]. » On s'y moque d'une femme d'Angoulême éblouie par ce qu'elle avait vu de la Cour lors d'un passage à Paris.

Le roi voulait de la danse, Lully, « le ténébreux coquin* » impose sa musique. *Le Ballet des ballets* reprend le premier intermède de *Psyché*, la troisième entrée du *Ballet des Muses*, le troisième intermède de *George Dandin*, la cérémonie turque du *Bourgeois gentilhomme*. Le compositeur rappelle ainsi au public que le meilleur de Molière vient de sa musique à lui. Il extirpe la magnificence de la comédie.

Molière, ne pouvant en rester là, confie la musique de *La Comtesse d'Escarbagnas* à Marc Antoine Charpentier. Le succès ne peut qu'exciter davantage Lully. Le divorce entre les deux artistes est consommé. Molière se croit-il plus près du roi que le Florentin pour s'autoriser de le malmener ?

* L'expression est de Boileau.

Adieu, Jean-Baptiste

Le 17 février, en plein carnaval, Molière rentre d'urgence à Paris au chevet de Madeleine. Est-elle morte lorsqu'il y parvient ? Sans doute.

Elle avait cinquante-cinq ans et s'était repentie de son métier de comédienne, mourant saintement, munie des sacrements de l'Église, selon la formule consacrée qu'avait dite la Du Parc.

Huit jours auparavant, elle a rédigé son testament, instituant Armande pour sa légataire universelle. Elle y renonce à sa profession, reprenant pour elle les mots de Done Elvire :

> Pour moi, je ne tiens plus à vous par aucun attachement du monde ; je suis revenue, grâce au Ciel, de toutes mes folles pensées ; ma retraite est résolue, et je ne demande qu'assez de vie pour pouvoir expier la faute que j'ai faite et mériter, par une austère pénitence, le pardon de l'aveuglement où m'ont plongée les transports d'une passion condamnable. Mais dans cette retraite, j'aurais une douleur extrême qu'une personne que j'ai chérie tendrement devînt un exemple funeste de la justice du Ciel ; et ce me sera une joie incroyable si je puis vous porter à détourner de dessus votre tête l'épouvantable coup qui vous menace. [...] Je vous ai aimé avec une tendresse

extrême, rien au monde ne m'a été si cher que vous ; j'ai oublié mon devoir pour vous, j'ai fait toutes choses pour vous ; et toute la récompense que je vous en demande, c'est de corriger votre vie, et de prévenir votre perte [1].

Et chargeait Pierre Mignard, le si fidèle ami, de dix sept mille huit cent neuf livres en liquide pour Armande. Elle laisse plus de trois mille livres de bijoux et demande qu'on fasse à cinq pauvres une rente de cinq sols quotidiens jusqu'à la fin de leurs jours.

Il passe du temps devant la morte. S'agenouille-t-il ? Prie-t-il ? Devant lui gît cette femme étonnante qui l'a fait. Madeleine. Ce nom l'a enflammé puis accompagné tout au long de sa vie. La belle rousse, pulpeuse et drôle, si nature, savait donner de la voix avec éclat, rire et pleurer. Elle avait la fierté des femmes qui souffrent sans pleurer et qui ne pleurent que de reconnaissance ou d'émotion. Elle lui avait appris le métier, l'avait introduit auprès de Charles Dufresne, d'Épernon et sans doute de Corneille. Elle avait créé l'Illustre-Théâtre, participé à ses illusions, subi leur faillite. Elle emportait dans la tombe ses secrets et ce qui devint avec l'âge ses petites manies. Pourquoi avait-elle tenu à payer elle-même la plaque mortuaire de Marie Hervé, sa mère, pour inscrire une fausse date de naissance et la rajeunir de trois ans ? Pour rendre plausible la naissance d'Armande et sauver Molière de l'inceste ? Mais alors, pourquoi avoir doté sa petite sœur au moment de son mariage ? Pourquoi avoir refait son testament pour la désigner comme seule héritière ? Jean-Baptiste sait qu'Armande était la sœur de Françoise, première fille de Madeleine et du comte de Modène ; frondeur condamné à mort par contumace et auquel Madeleine était restée fidèle jusqu'à la mort bien qu'il se fût marié avec une autre Madeleine. Fidèle ? Comme Molière lui-même. D'un attachement sincère qui dure dans le temps et qui n'a rien à voir avec les appels de la peau, le déhanchement surprenant d'une robe, le décolleté généreux auxquels on ne résiste ni dans l'hommage de la main ni dans l'accomplissement du baiser. Elle ne lui avait jamais reproché ses amours futiles et rapides parce qu'elle savait qu'il lui reviendrait toujours. Jusqu'à Armande. L'aurait-il épousée si elle-même s'était séparée de Modène ? Possible. Tout était possible avec Madeleine, dans la vie comme au théâtre. Elle fut la seule comédienne de la troupe à savoir jouer la tragédie, parce qu'elle la vivait en elle-même. Ses rôles ? Dès l'Illustre-Théâtre, elle avait le droit de se les attribuer... On se souvenait d'Épicaris devant Néron. Oui, elle avait imposé, dès le premier acte de leurs aventures, de pouvoir choisir ses rôles. Parce qu'elle savait ce qu'elle voulait : se constituer un répertoire, se faire remarquer. Si Corneille lui avait ouvert le théâtre du Marais, elle y serait allée. L'Hôtel de Bourgogne demeurait son ambition. La Du Parc, Marquise, plus jeune, plus belle, plus racée, avait suivi cette exacte trajectoire qu'elle s'était dessinée pour elle-même.

Comment avait-elle pu aussi s'accrocher à l'idée que Tristan L'Hermite l'aiderait ? Parce que Jean-Baptiste, son frère, était un oncle par alliance ? Madeleine entretenait l'idée que la famille était un groupe uni dans l'affection et la solidarité. Quand on entre dans une famille, on la sert, on l'aide, on y contribue non par son sang mais par l'apport de toute sa personne. Voilà ce que Madeleine pensait de la famille et ce qu'elle avait toujours vécu avec les siens : avec sa mère, Marie Hervé, avec ses sœur et frère, Geneviève et Louis.

La troupe, au début, c'était celle de LA Béjart avant de devenir celle de Molière. Ils avaient gagné de l'argent, beaucoup d'argent et ils vécurent ensemble, c'est-à-dire dans la même maison, jusqu'en 1662. Lors, Madeleine s'était effacée derrière Armande qui jouait Elmire (*Le Tartuffe*) ou Célimène (*Le Misanthrope*) mais aussi derrière la de Brie, la Beauval avec son rire sonore et magnifique. Elle avait vieilli et les rôles de vieille étaient désormais tenus par Hubert, beaucoup plus drôle. Depuis quand ne jouait-elle plus dans les pièces de Molière ? La de Brie avait les meilleurs rôles depuis qu'elle incarnait Agnès. La Beauval incarnait les bonnes, les nourrices, les Arlequin au féminin, réplique exacte de Sganarelle. Madeleine se produisait dans les grands rôles tragiques des premières parties de spectacle : Corneille, toujours. Elle laissait la comédie aux autres, comme si elle avait gardé la hiérarchie naturelle entre les deux genres bien que les deuxièmes parties de soirée la fissent rire, elle aussi. Après avoir incarné Cléonice (*Les*

Amants magnifiques), elle ne joua plus pour Molière et ne se consacra plus qu'à la tragédie. Fallait-il que Molière eût été cruel en écrivant son rôle de Cléonice, la confidente... d'Armande ! Il les avait placées seules sur la scène et, parlant d'un ballet :

Ériphile : Je ne crois pas qu'on puisse mieux danser qu'ils dansent, et je suis bien aise de les avoir à moi.

Cléonice : Et moi, Madame, je suis bien aise que vous ayez vu que je n'ai pas si méchant goût que vous en avez pensé.

Ériphile : Ne triomphez pas tant ; vous ne tarderez guère à me faire avoir ma revanche. Qu'on me laisse ici[2].

Elle ne brillait plus que dans Corneille : ils avaient monté onze de ses tragédies depuis 1659 sans qu'on la remarque ni que son nom apparaisse !

Elle avait vieilli, beaucoup plus vite que les autres. On ne se voit pas vieillir. La de Brie jouait toujours les ingénues, l'Agnès de *L'École des femmes*. Fallait-il avoir du toupet ! Or elle, Madeleine, on l'avait assassinée quand elle était apparue pratiquement nue dans un coquillage, belle naïade à déclamer le prologue de la fête. En ce soir funeste, elle avait enterré sa jeunesse, brûlée à vie par quelques lignes incendiaires, deux mots exactement, nous les répétons : « vieux poisson ».

Elle était restée dans la troupe par commodité, par habitude et parce qu'elle y gagnait de l'argent comme jamais elle n'en aurait gagné. Elle n'avait pas de raison d'en vouloir ni à Armande ni à Molière. Elle avait toujours été l'aînée, la mère. On finirait sans doute par confondre les deux.

Que de désillusions avait-elle vécues ! Comptable, elle utilisait son argent pour aider les siens, elle resserrait les liens de chacun, elle se posait en pierre angulaire d'une tribu sans cesse effritée par les deuils et les séparations. Elle avait cru en une trajectoire et on lui avait raflé la mise. Mais elle n'était pas aigrie, Madeleine, résignée peut-être. Elle gardait l'idée qu'elle avait toujours eue de sa famille et de sa place, de ses amitiés indéfectibles pour des gens que l'Histoire range dans le camp des perdants, la Fronde, parce qu'ils croyaient en un idéal, un nouvel ordre. Y adhéra-t-elle ? Non. Elle avait suivi ses amitiés sans se rendre compte des dangers qu'elles représentaient pour son métier comme pour elle-même. Molière détestait la politique mais, tout en disant qu'il y était totalement étranger, savait qu'un seul faux pas égarerait son théâtre. Madeleine s'obstinait à rencontrer les mêmes satellites du duc d'Orléans, ceux qui restaient, qu'ils s'appelassent Dufresne, Épernon, Modène, L'Hermite.

Elle avait voulu que la troupe soit une famille, elle en avait payé la facture, perdant sa fille et son amant. Les comédiens du roi constituaient en effet une famille mais plus autour d'elle, Madeleine…

Jean-Baptiste regarde les habits. Sa toux rompt le silence de la chambre comme ses mains froissent les jupes de satin vert de gaine, garnie de piqûre ou garnie de six broderies or et argent, jupe de toile d'argent, tablier de satin blanc garni de dentelles d'argent, une robe de toile de coton rouge, un bonnet doublé de draps, un habit de taffetas couleur chair, deux paires de manches de taffetas, un habit de drap d'Espagne noir, une jupe d'entre-deux, un habit couleur de feu, garni d'un petit galon d'argent, brodé d'argent, une paire de bottine garnie de galon or et argent, un carquois[3]. Que de matières, que de couleurs, que de souvenirs. La vie de Madeleine était celle d'un théâtre qu'elle lui avait confié, qu'il avait aimé et transformé.

Trahison : on confisque la musique

Le 9 mars 1672, le public du théâtre du Palais-Royal est surpris de voir, après le spectacle, Molière lui-même tenir le rôle de l'orateur pour le petit compliment de fin de soirée. Depuis huit ans, La Grange le remplace pour cet office et sait charmer les balcons comme le parterre. Molière harangue plutôt et continue de faire rire. Ce soir-là, il se montre plus humble et, dans son enthousiasme, annonce pour le surlendemain une nouvelle pièce, une création : « Il n'y aura pas lieu, dit-il, de chercher dans cette comédie des applications. » Autrement dit : « Toute ressemblance avec une personne existante ou ayant existé serait tout à fait fortuite. » Pour que le directeur l'annonce ainsi, faut-il qu'on s'en donne à cœur joie : la pièce sera certainement truffée de personnages très en vue. À moins qu'il prépare quelque surprise.

« Tout ce qui n'est point prose est vers, et tout ce qui n'est point vers est prose », a-t-il écrit. Ses pièces se partagent en dix-sept textes en prose et douze en vers. Et cependant, de son vivant, Molière est plus connu pour ses alexandrins que pour ses répliques : question de mode, de genre.

En ce temps-là, la langue se fixe et le mètre ressemble à une structure syntaxique idéale ; proche du latin, obligeant à la concision et à la précision. Comptes rendus et lettres sont versifiés. À la Cour, on joue aux bouts-rimés et on correspond en vers pour ce qui a trait à la galanterie. D'où une confusion entre le poète et le versificateur, entre l'inspiration et la versification. Il y a de quoi se moquer, Molière se moque. Car les prétentions littéraires des uns et des autres dépassent l'entendement. Il l'a déjà écrit :

> Quel besoin si pressant avez-vous de rimer ?
> Et qui diantre vous pousse à vous faire imprimer ?
> Si l'on peut pardonner l'essor d'un mauvais livre,
> Ce n'est qu'aux malheureux qui composent pour vivre.
> Croyez-moi, résistez à vos tentations,
> Dérobez au public ces occupations ;
> Et n'allez point quitter, de quoi que l'on vous somme,
> Le nom que dans la cour vous avez d'honnête homme,
> Pour prendre, de la main d'un avide imprimeur,
> Celui de ridicule et misérable auteur[1].

Mais le chagrin d'un écrivain qu'on ne lit pas, d'un auteur qu'on ne joue pas, a quelque chose de touchant, de sérieux, de pathétique. Car en littérature le silence ressemble à l'anathème : « Souviens-toi de ton livre et de son peu de bruit [2]. » La susceptibilité d'un versificateur froissé par le mutisme des gens de lettres relève du ridicule, de la drôlerie, du dramatique.

Ils sont si nombreux, à l'époque, à déclamer leurs vers qu'on ne distingue plus les poèmes des textes, les bons vers des mauvais. Les courtisans riment leurs discours galants pour donner de l'effet et de la substance à leurs émois. La rime est la dentelle du verbe. Louis XIV lui-même s'y essaye. Qui peut lui dire la platitude de ses strophes ? Il ne s'en serait pas offusqué, car, bien incapable d'aligner trois mots qui soient poétiques, il en confie secrètement le soin à Benserade. Au marquis venant réciter son sonnet, Alceste oppose une chanson à boire du temps d'Henri IV. Autre façon de s'opposer en rompant le silence poli. Molière a de quoi s'agacer quand, par la suite, on se permet de le juger, en vers, dans des quatrains alambiqués et tordus. Il s'autorise, puisque la comédie peut corriger les caractères, de les montrer sur la scène, de les dénoncer publiquement, ces « petits grimauds », « barbouilleurs de papiers », « rimeurs de la balle », « opprobres du métier », « fripiers d'écrits », « impudents plagiaires » afin de faire cesser ces écrits sans valeur qui noient la beauté ou du moins le talent.

Avec la gloire, Molière change : il ne veut pas partager le succès qui est le sien. Jaloux de sa pension, mesurant le travail accompli en dix ans pour régner sur Paris, faire vivre une troupe, imposer son théâtre, inventer sans arrêt ; il écrit lentement s'appliquant davantage. Ses écrits ne sont-ils que « bagatelles » ? On veut autre chose que de la prose et plus de naturel que des vers, c'est cela ?

Je ne veux ni prose ni vers.

— Il faut bien que ce soit l'un ou l'autre.

— Pourquoi ?

— Par la raison, Monsieur, qu'il n'y a pour s'exprimer que la prose ou les vers.

— Il n'y a que la prose ou les vers ?

— Non, Monsieur : tout ce qui n'est pas prose est vers, et tout ce qui n'est pas vers est prose.

— Et comme l'on parle, qu'est-ce que donc que cela ?

— De la prose.

— Quoi ? Quand je dis : « Nicole apportez-moi mes pantoufles, et me donnez mon bonnet de nuit », c'est de la prose ?

— Oui Monsieur[3].

Depuis *Le Misanthrope*, à l'exception d'*Amphitryon*, il n'écrit plus qu'en prose : *Le Médecin malgré lui, Le Sicilien, George Dandin, L'Avare, Monsieur de Pourceaugnac, Les Amants magnifiques, Le Bourgeois gentilhomme, Les Fourberies de Scapin, La Comtesse d'Escarbagnas* ; comme s'il laissait aux versificateurs courtisans les platitudes de vers artificiels pour revenir à la vérité des caractères, à la nature des situations. Oh, il faut bien le dire : sa langue parfois est imprécise, bien en deçà de la perfection de Corneille ou du sublime Racine, mais parce que le théâtre n'est pas une question de forme ni une mondanité exquise, Molière tutoie sa salle, s'adresse au parterre, au public, aux comédiens, sa famille, dont il exige plus de rythme, toujours plus de mouvement et de consistance psychologique.

Il y a aussi que, depuis l'insuccès de *L'Avare*, il écrit secrètement une pièce en vers qu'il hisse en lui-même à la hauteur du *Tartuffe* et du *Misanthrope*. Ce sera *Les Femmes savantes*, cinq actes en vers comme *L'École des femmes*, jouant de l'autre sexe comme *Les Précieuses ridicules*, mettant en scène un travesti, Hubert, comme pour *Le Bourgeois gentilhomme*.

Le 11 mars 1672, on s'en donne encore à cœur joie. Tout est réglé à la seconde, prêt comme un ballet de syllabes, chaque geste est pensé, chaque espace occupé. Hubert (en femme) et Geneviève Béjart rivalisent de drôlerie ; la de Brie et Armande se jalousent et se détestent dès la première scène ; La Thorillière et du Croisy, deux plumitifs, font concours de méchancetés ; La Grange soupire pour Armande avec toujours plus de vérité. Au cœur du dispositif, Molière peine à mener son monde, jouant l'inverse de ce qu'il est à la ville, et, malgré un bon sens à la Sganarelle, se défait face à l'autorité féminine. Pour parfaire la vie de famille, la Forêt fait la bonne salutaire qui dénoue l'intrigue. La troupe est ce qu'on attend d'elle et le succès est au rendez-vous. Et chaque vers sonne juste et les scènes s'enchaînent. Une mécanique de précision. Plus besoin de musique pour faire un grand spectacle.

Molière a pris son temps pour écrire sa pièce, quatre années environ. Il accouche d'un chef-d'œuvre. Le public aime les portraits ? Il lui en livre deux au moins, à peine déguisés. Et avec une cruauté exquise, il brise deux plumitifs : Ménage et Cotin. N'avaient-ils pas été ensemble à l'hôtel de Rambouillet pour dénoncer *Le Misanthrope* au soir de la première et attiser les colères de certains influents ? Molière s'en souvient six ans plus tard.

> Ceux de qui la conduite offre le plus à rire
> Sont toujours sur autrui les premiers à médire [4].

Il était temps pour lui de les jeter en pâture au ridicule de la comédie.

Depuis *Les Fâcheux*, à Vaux-le-Vicomte, Gilles Ménage raille Molière, le trouvant en deçà des exigences obligées du théâtre et de la représentation. Homme d'érudition, d'intelligence, il fustige les œuvres des autres tout en ne parvenant pas à en faire une lui-même. Molière le caricature dans le personnage de Vadius. Il est plus terrible avec l'abbé Cotin, qu'il appelle sur scène Tricotin puis Trissotin. Molière est-il si pressé qu'il ne peut écrire un sonnet « à la manière de » l'abbé et qu'il cite sur scène un poème de Cotin in extenso ? De quel droit dénonce-t-il publiquement le manque de talent ? Il muselle ainsi un vieillard de soixante-quinze ans : « Consterné de ce coup, il se regarda et on le considéra comme frappé de la foudre. Il n'osait plus se montrer, ses amis l'abandonnaient[5] », écrira Bayle. Ou faut-il que Cotin soit si caricatural pour qu'il n'y ait rien à ajouter, rien à inventer ? C'est de toute façon monstrueux de la part de Molière. Faut-il croire qu'il est à ce point pressé d'en finir avec les fâcheux ?

Cette pièce est celle à laquelle il a sans doute le plus travaillé, qu'il a pensée avec précaution pour se garantir contre les critiques. Lui reprochera-t-on de s'opposer aux femmes, d'être misogyne ? Il y a mis plusieurs thèmes, la préciosité, la langue française, l'érudition, l'hypocrisie, qui se conjuguent autour d'une intrigue habituelle : deux amants aux amours contrariées par l'autorité parentale, exercée non plus par un père mais par une mère !

Il répond aussi aux attaques contre *L'Avare*. Le trouve-t-on léger ?

Il répond aussi à ceux qui l'accusent d'imprécisions de langage. Molière est attentif à la fixation des règles. Il les suit à travers les débats animés et amicaux avec La Fontaine, Chapelle, et particulièrement avec Boileau qui, soucieux de sa carrière autant que de la forme parfaite, se tient au courant des travaux de l'Académie française pour ce qu'on peut en dire dans les salons qu'ils fréquentent.

Vaugelas est mort depuis vingt-deux ans mais son esprit perdure et l'idée que le bon langage est à la Cour demeure. De là à comprimer la nature et à réfréner l'expression des sentiments, et tout simplement le bon sens, il n'y a qu'un pas.

Molière prend le langage précieux non comme la langue élevée qui cisèle les nuances et sculpte l'intelligence mais comme le patois des courtisans. Il en veut à ses pairs qui pèchent par orgueil : leurs mots prétendent à l'universel, à l'éternel. L'alexandrin jamais ne fera le grand style, car la langue est vivante et le théâtre agit. La langue de

Molière est d'abord naturelle : qu'elle soit tout en prose ou bien versifiée, elle incite à l'action, au drame programmé.

La langue doit servir le théâtre et non le théâtre servir la langue. Qu'est-ce que Molière apporte de plus ou de mieux au théâtre de son époque ? La vie, la vitalité, la nature. Qu'est-il besoin du bien tourné pour être ? Demande-t-on à une cuisinière de travailler avec tant de manières ?

> Qu'importe qu'elle manque aux lois de Vaugelas,
> Pourvu qu'à la cuisine elle ne manque pas ? [...]
> Je vis de bonne soupe, et non de beau langage.
> Vaugelas n'apprend point à bien faire un potage[6].

Molière ne fige pas ses personnages pour un vers bien tourné ou une posture de langage. Il casse le mètre, va à l'essentiel. Une tirade chez un autre est un moment de bravoure ; un monologue chez lui est une occasion pour rigoler et regarder bruyamment le parterre dans les yeux : Moron se bat avec un ours, Harpagon cherche son voleur, Argan fait les comptes de l'apothicaire. On croit qu'il improvise alors que tout est écrit. La nature interdit le bavardage ; les causeries chez Molière, qui place deux phrases contradictoires dans la bouche d'une même personne, ne sont jamais longues, toujours percutantes. Visant moins l'éloquence que les sensations, la langue de Molière ne cabotine pas en mots d'auteur mais exprime simplement la vie et les éclats des caractères. En un mot : elle pétille. Et fait recette !

Comme toujours, la trajectoire semble interrompue : quand ce n'est pas la destruction du théâtre, le départ de comédiens, un deuil ou l'interdiction d'une pièce, il faut trouver une trahison, qu'elle vienne d'un proche ou du destin. Après *Les Femmes savantes*, Lully obtient le monopole de la musique et de la danse pour l'Académie royale de musique, par lettre patente du 13 mars 1672 qui lui donne autorité sur tous les musiciens de France. Désormais, aucun spectacle ne pourra utiliser plus de deux musiciens sans son accord préalable, et toute musique jouée sur scène sera liée à une redevance.

La troupe accuse le coup. On se souvient de l'importance de la musique dès l'Illustre-Théâtre, quand on s'était endetté pour deux violons et un danseur de profession. Et là, alors que les meilleures recettes proviennent de comédies jouées, dansées, chantées, alors que triomphent *Le Bourgeois gentilhomme* et ses turqueries, que l'art de Molière se réalise dans la musicalité la plus précise, on interdit la musique et la danse au profit de cet autre Jean-Baptiste qu'on croyait un ami et avec qui on a tant ri et travaillé ! Lully aurait-il été en position d'obtenir le monopole si Molière ne l'avait pas fait monter sur scène ?

Les comédiens du Palais-Royal protestent très officiellement. À l'injustice, ils répondent par le droit en laissant une trace écrite de leur contestation au procureur, maître Claude Rollet, au greffe de la Cour. Chacun signe le pouvoir : Molière, La

Thorillière, La Grange, du Croisy, de Brie, Hubert, Beauval « et leurs femmes, tous comédiens de la troupe du roi ». Ils tempêtent et finalement obtiennent la possibilité de douze violons et de six chanteurs. Consolation qui interdit l'ampleur de la musique, le final de *Psyché*, et diminue l'intensité scénique du *Bourgeois gentilhomme* ou de *George Dandin*.

La plupart des pièces de Molière et des spectacles du Palais-Royal se trouvent déshabillés. L'ancienne amitié des deux Jean-Baptiste a instauré la musique et la comédie en sœurs jumelles. L'interdiction royale au profit de Lully risque d'engendrer une hémorragie de comédiens, notamment ceux qui aiment jouer Corneille et que l'Hôtel de Bourgogne ne manquera pas de solliciter.

Est-ce pour compenser et affermir les membres de la troupe que Marie Ragueneau de Lestang, fille d'un pâtissier, devient sociétaire pour une demi-part ? Cela ressemble à une faveur pour une comédienne de moindre importance, bien qu'elle ait créé le rôle de la comtesse d'Escarbagnas. Comme pour récompenser La Grange de sa fidélité indéfectible, de la conscience avec laquelle il consigne chaque jour les événements de la troupe et ses comptes, de sa façon aussi de jouer les jeunes premiers avec une ténacité qui a toujours réjoui le public. Le 24 avril, au dimanche de Quasimodo*, le premier dimanche après Pâques, elle se fiance

* On appelle « dimanche de Quasimodo » le premier dimanche après Pâques à cause des premier mots de l'introït : « *Quasi modo geniti infantes, Alleluia !* » (semblables à des enfants nouveau-nés, Alléluia !).

avec La Grange, qu'elle épouse le lendemain à Saint-Germain-l'Auxerrois.

Molière s'essouffle. Il aspire à une vie tranquille, bourgeoise, rythmée par la fête du théâtre, l'écriture de ses pièces et le repos que prodigue la gloire. Armande est enceinte. Se sont-ils retrouvés ? Molière l'aime comme il a aimé Madeleine, comme il a toujours aimé les femmes, sans fidélité mais dans la continuité. Or Armande est devenue comme lui. Depuis *Les Plaisirs de l'île enchantée,* elle n'est pas insensible aux scintillements du vieux Corneille ni à l'apparat des marquis. Pourquoi toutes les actrices se font-elles appeler « Mademoiselle » sinon pour souligner la séduction, le cœur à prendre, le corps à admirer sur scène ? N'est-ce pas marquer sa liberté que de demeurer Mademoiselle ? Bien sûr, mais entre l'actrice et la femme facile, il n'y a qu'un pas, que le spectateur ne voit pas : « Ils croient que la femme de l'un de nous autres l'est indubitablement de toute la troupe[7] », signalait Georges de Scudéry.

Armande connaît tout de son homme : elle a admiré le « père », joué avec l'ami, écouté le directeur de troupe. Une fois mariée, il lui a semblé qu'elle avait fait le tour de sa personne. Possédant la clef de ses mystères, croyait-elle, elle a perçu ses failles, ses fragilités. Si un amant peut combler toutes les attentes parce que sa seule présence comble un vide, un mari peut créer de l'impatience : un fossé ou un mur se crée entre les conjoints qui vivent dès lors des vies parallèles. Molière s'en console avec philosophie : « La tranquillité en amour est un calme désagréable ; un bonheur tout uni nous devient ennuyeux ; il faut du haut et du bas dans la vie ; et les difficultés qui se mêlent aux choses réveillent les ardeurs, augmentent les plaisirs[8]. »

Cet événement marque une charnière. Les jeunes mariés décident de changer d'appartement. La maison Bourdon, emménagée dans la joie, ne leur plaît plus ; à l'exception de leur étage, un décès a marqué chaque pallier : Edme Villequin au deuxième, Marie Hervé puis Madeleine au quatrième, Léonard au cinquième. À croire que certains immeubles dans Paris recèlent la mort comme d'autres imposent la solitude à leurs occupants. Jean-Baptiste et Armande s'installent 40, rue de Richelieu, dans l'hôtel particulier de René Baudelet, tailleur et valet de chambre de la reine, pour préparer la naissance à venir. Ils signent le nouveau bail le 26 juillet 1672, bail « signé pour ledit Molière à Auteuil, pour ladite femme en leur demeure à Paris ». Se sont-ils franchement retrouvés, pour ne pas vivre sous le même toit pendant l'été ?

Ils occuperont trois caves, une cuisine, une écurie « où il pourra mettre son cheval quand il en aura[9] », les premier et second étages, l'entresol, la moitié du grenier pour mille trois cents livres par an. Un palais pour qu'Armande reçoive et fasse salon, une large demeure pour que Molière s'isole dans le travail et le repos. Le train de vie d'Armande importe :

> Sans lui verrions-nous une chambre si belle ?
> Ces meubles précieux sous de si beaux lambris,
> Ces lustres éclatants, ces cabinets de prix,
> Ces miroirs, ces tableaux, cette tapisserie,
> Qui seule épuisa l'art de la Savonnerie :
> Enfin tous ces bijoux qui te charment les yeux,
> Sans ce divin talent, seraient-ils en ces lieux[10] ?

Ainsi parle un détracteur qui semble bien renseigné.

Le 15 septembre, Armande accouche de Pierre-Jean-Baptiste-Armand.

La naissance d'un fils est pour Molière une joie. Ses difficultés à respirer, ses toux de plus en plus fréquentes et l'incapacité des médecins à le soigner autrement que par des clystères et des saignées, qu'il refuse, n'augurent rien de bon. Il sait que ses années sont comptées. Avoir enfin un fils continuera sa présence sur cette terre. Rêve perdu : baptisé le 1er octobre, Pierre est enterré le 11.

De quoi assommer un homme. Molière se soumet, sa fatigue l'emporte. Sa santé s'altère et on le voit diminuer de jour en jour :

> Vous voilà dans un pitoyable état, lui dit Boileau. La contention continuelle de votre esprit, l'agitation continuelle de vos poumons sur votre théâtre, tout devrait vous déterminer à renoncer à la représentation. N'y a-t-il que vous dans la troupe qui puissiez exécuter les premiers rôles ? Contentez-vous de composer, et laissez l'action théâtrale à quelqu'un de vos camarades ; cela vous fera plus d'honneur dans le public ; vos acteurs, d'ailleurs, qui ne

sont pas des plus souples avec vous, sentiront mieux votre supériorité.

Molière met un point d'honneur à ne pas quitter la scène. En réalité, il sait que le public vient au Palais-Royal pour *le* voir.

Il est maigre à présent. « Et ces bras qui naguère étaient de vrais gigots, comment les trouves-tu ? — Ce ne sont que des os, et je crois que bientôt, plus secs que vieux squelettes, on s'en pourra servir au lieu de castagnettes[11] », raille Le Boulanger de Chalussay. Fallait-il relever ce mauvais dessin ?

> Oui, mon corps est moi-même, et j'en veux prendre soin.
> Guenille si l'on veut ma guenille m'est chère[12].

La fatigue et la toux suscitent les insomnies et s'en nourrissent. La nuit, Molière lit.

Sa bibliothèque comporte plus de trois cent cinquante volumes : les *Œuvres complètes* de François de La Mothe Le Vayer, de Sénèque, de Corneille, de Virgile, de Térence, de Tite-Live, et des ouvrages de Juvénal, de Cassaudius, des volumes de comédies françaises, italiennes, espagnoles, un dictionnaire de philosophie et « cinquante autres volumes in-douze, et in-seize en parchemin[13] ». Il n'a rien perdu de son latin qu'il lit autant que le français et qui lui apporte la concision nécessaire à l'emploi de l'alexandrin. Les lectures nourrissent ses réflexions. Il n'a besoin que de caresser les livres pour s'en imprégner : ouvrir, feuilleter, picorer, copier, méditer, refermer. Sa mémoire de comédien enregistre facilement ce qu'il lit. Que vient-on lui reprocher de piller les Anciens ? Il engrange et ignore où il a bien pu trouver telle ou telle réplique. Parce qu'il digère ce dont il se gave : le théâtre.

Scènes ultimes

Il n'est pas vieux : seulement malade et usé non par l'âge mais par une vie encombrée, si tournée vers le théâtre qu'elle ne fera plus qu'un avec lui. Comme son père, il a répondu aux commandes ; il est parvenu à contenter le roi. Proche du soleil, il ne s'est pas brûlé les ailes mais n'a pas non plus profité de sa place pour en jouir autrement que pour jouer davantage. Tout passe si vite. Que devrait-il dire s'il fallait tout refaire, tout revivre ? S'il ne fallait garder qu'une seule idée ? « Ne perdez point ces précieux moments : la beauté passe, le temps s'efface, l'âge de glace vient à sa place, qui nous ôte le goût de ces doux passe-temps. Profitez du printemps de vos beaux ans, aimable jeunesse : profitez du printemps de vos beaux ans. Donnez-vous à la tendresse[1]. » L'amour ? Un grand mystère, mais la tendresse…

N'y aurait-il que le goût de la vie qui guérisse de tout ? Que faire donc quand on est malade ? Il répond : « Rien. Il ne faut que demeurer en repos. La nature, d'elle-même, quand nous la laissons faire, se tire doucement du désordre où elle est tombée. C'est notre inquiétude, c'est notre impatience qui gâte tout, et presque tous les hommes meurent de leurs remèdes, et non pas de leurs maladies[2]. » Faut-il appeler un médecin et entrer dans l'engrenage du malade qui ne scrute plus que l'effet des médicaments plutôt que la guérison ? Il s'en moque et écrit le même schéma de la vie impossible d'une famille tyrannisée par un père. Mais d'Orgon à Argan, on passe de l'hypocrisie à l'hypocondrie.

Il prend encore l'un de ses travers et le transforme ; il montre le monde par le prisme de ses propres défauts. Agacé par son entourage, il a écrit *Le Misanthrope*. Énervé par l'hypocrisie, il a conçu *Le Tartuffe*. Las des prétentions, il a donné *Le Bourgeois gentilhomme*. Fatigué du pouvoir de l'argent, il a créé *L'Avare*. Désormais usé par la toux, les inquiétudes devant la vie qui s'en va, il joue *Le Malade imaginaire* ; en compagnie de Mlle de Brie, sa seconde femme ; d'Armande, sa première fille ; de La Grange, l'amoureux de la précédente ; de La Thorillière, son frère ; de Mlle Beauval qui laisse son rire éclater en jouant la servante ; d'Hubert et de Beauval, enfin, qui se font respectivement le médecin et l'apothicaire. Comme toujours, Molière utilise les siens qui s'y reconnaissent tant qu'ils s'amusent.

Pour donner du rythme, il faut de la musique, d'autant que la pièce est écrite comme *Le Bourgeois gentilhomme* avec un ballet délirant au final. Il n'est plus question de travailler avec Lully. Avec Marc Antoine Charpentier, alors ? Molière hésite.

Il veut quelque chose de moins sage qui colle au mieux avec la folie truculente qui s'emparera de la scène. Il pense un moment à d'Assoucy, qui vit désormais à Paris et que Claude Chapelle fréquente toujours. Il n'a pas le temps de s'occuper de ses propres amis. Pourquoi perdrait-il de longues soirées à revenir sur des différends qui remontent aux années passées à Pézenas ? Il opte pour Charpentier.

Rien n'est pire sans doute que de mourir étouffé dans les fluxions de poitrine. La nuit ne lui laisse pas de repos. Tousser dans ses draps à s'arracher la gorge dans le silence nocturne, se laisser retomber en sueur sur sa couche humide, n'est-ce pas la mort qui frappe ? N'a-t-il pas écrit lui-même ce qui aujourd'hui prend un tout autre sens :

> Quoi ? l'astre qui s'obstine à me désespérer
> Ne me donnera pas le temps de respirer[3] ?

Molière veut en rire non pour braver la mort mais parce qu'il tient là l'essentiel de la diversion : un moment de gaieté. Il a peur : « Tout ce qui n'entre pas dans le corps, je l'éprouve volontiers ; mais les remèdes qu'il faut prendre me font peur ; il ne faut rien pour me faire perdre ce qui me reste de vie[4]. »

Il souffre ? C'est un fait. Il souffre de s'observer ? Une évidence.

Il veut se moquer d'un consommateur de médecins ; d'un homme qui prend douze médecines et vingt lavements le mois précédent, huit médecines et seulement douze lavements ce mois-ci. De quoi désespérer. Molière charge l'ordonnance :

> [...] un clystère [...] pour amollir, humecter et rafraîchir les entrailles ; un bon clystère détersif [...] pour balayer, laver et nettoyer le bas-ventre ; [...] un julep hépatique, soporatif et somnifère pour faire dormir ; [...] une bonne médecine purgative et corroborative pour expulser et évacuer la bile ; [...] une potion anodine et astringente pour faire reposer ; [...] un clystère carminatif pour chasser les vents ; [...] le clystère réitéré le soir ; [...] une bonne médecine pour hâter d'aller et chasser dehors les humeurs ; [...] une prise de petit-lait clarifié et dulcoré pour adoucir, lénifier, tempérer et rafraîchir le sang ; [...] une potion cordiale et préservative[5].

De quoi assommer un homme !

Railler les médecins semblait facile tant qu'il était en bonne santé. Montrer leur inutilité, l'importance qu'ils se donnaient, ne pouvait que le soulager comme si le rire exorcisait la peur de la maladie. Certes, les médecins de ses comédies pourront clairement s'identifier, il n'empêche que leurs caricatures se brossent à travers le jeu de ses comédiens qui en rajoutent dans leurs mines effrayantes.

Il y a aussi la vérité des symptômes et la difficulté à partager le physiologique du psychologique. Pour n'être point malade, il faut se faire médecin. De même qu'il ne faut pas se marier si l'on ne veut point devenir cocu. « Si n'être point cocu vous semble un si grand bien, ne vous point marier en est le vrai moyen[6]. » Même logique.

En quoi la toux de Molière relève-t-elle du moral ou d'un dérèglement d'humeurs ? Il pose la question au parterre, forçant le trait, parlant du ventre.

Rien en effet n'est plus communément partagé ni plus déséquilibrant que les questions digestives. Le ventre est LE sujet ; moins grave et cependant plus universel que le sexe : du plus humble au plus riche, du plus petit garçon de ferme au roi, les nécessités de la nature règlent le quotidien. L'expression française qui demande « comment allez-vous ? » ou « ça va ? » vient de là ; elle interroge sur la façon dont se passe la défécation : se vider, aller à la selle ou s'asseoir sur la chaise percée.

Dans la farce, les comédiens populaires n'hésitaient pas à en rajouter. Depuis *La Farce de maître Pierre Pathelin**, où l'on évoque des crottes dures comme des pierres, aux succès contemporains de Poquelin, on se régale d'en parler ouvertement. Molière n'y coupe pas. Il tient ce filon comique mais avec élégance : au lieu de rire des obsessions gastriques des hommes, il se joue de ceux qui en font le dérèglement, les médecins.

Nous ne serions pas des colopathes si la médecine n'en avait pas inventé le mot, si elle n'en avait pas énoncé les maux : pourquoi se plaindre quand le sujet n'est pas public ? Purger un corps, n'est-ce pas corrompre la nature ? On cherche moins à guérir qu'à observer les effets de la méde-

* Chef-d'œuvre anonyme du théâtre comique médiéval (1465).

cine sur le corps : le patient s'inquiétera davantage du traitement (est-ce que cela me convient ?) que de la guérison :

> Mon lavement aujourd'hui a-t-il bien opéré ?
> — Votre lavement ?
> — Oui, ai-je bien fait de la bile ?
> — Ma foi, je ne me mêle point de ces affaires-là ; c'est à M. Fleurant à y mettre le nez, puisqu'il en a le profit[7].

D'un lavement, on ne se remettait pas en trois jours et l'on attribuait le dérèglement aux déficits des humeurs. Fallait-il amollir, humecter et rafraîchir ou balayer, laver et nettoyer le bas-ventre ; expulser et évacuer la bile ; chasser les vents enfin ? Or rien n'est plus obsédant pour un homme que l'incontinence qui l'empêche de paraître. Le scatologique est drôle au théâtre ; il est tragique au quotidien. Ne pouvoir en public retenir une diarrhée, et particulièrement à la Cour où ne sont théoriquement rassemblés que les hommes aguerris et valeureux, est un handicap social, terrible et humiliant. Tel est aussi le sujet du *Malade imaginaire* : un bourgeois gentilhomme paralysé par ses diarrhées, condamné à la chambre, à la proximité du pot (il sort deux fois de scène pour aller se vider), à la névrose obsessionnelle de son ventre.

M. Léonard de Pourceaugnac, venant de Limoges, voulait-il paraître ? À grands coups de clystères et de lavements, on lui interdit de se montrer.

Le ventre guide les pas et rythme les aspirations. Les viscères noués et brûlants semblent descendre et fondre ; le mal de ventre envahit le derrière ; la respiration se fait courte, les mains moites ; le corps lutte contre son amollissement, sa décomposition ; la sueur prend les tempes, le front et le cou, parce que la volonté quittant le corps, celui-ci va bientôt se lâcher. Il faudrait fuir avant qu'il ne fuie lui-même.

Le besoin de la nature se fait dérèglement qui tourne à l'obsession : puis-je marcher du château à la pièce d'eau de Jupiter et aller jusqu'au théâtre d'eau sans devoir déféquer ? Combien de temps pourrai-je demeurer assis au spectacle, voire à la sainte messe sans que le ventre ou la vessie ne prenne le dessus ?

Il n'y a plus alors qu'à garder la chambre, à ne vivre qu'au diapason de son corps et des catastrophes possibles, et, lucidement, envisager la moindre de ses réactions. La colopathie met hors jeu ceux qu'elle tyrannise. Son stade ultime paralyse. Il se nomme hypocondrie.

Neurasthénique et tuberculeux, Molière est tombé dans l'hypocondrie, dans l'impatience de son propre corps. À sa mort, on comptabilisera cent soixante-sept livres de dettes chez ses apothicaires[8]. Paniqué par les saignées, refusant les clystères, il multiplie les onguents, les herbes, voire les orviétans, bourrant son oreiller de plantes pour respirer et s'endormir, ne sachant plus à qui se vouer, se regardant dépérir :

Un homme incommode à tout le monde, malpropre, dégoûtant, sans cesse un lavement ou une médecine dans le ventre, mouchant, toussant, crachant toujours ; sans esprit, ennuyeux, de mauvaise humeur, fatigant sans cesse les gens, et grondant jour et nuit servantes et valets.[9]

Joli tableau du malade en proie à lui-même !

Sait-il que ce sera sa dernière pièce ? Sa toux empire et la fatigue le domine. Aurait-il fallu le saigner qu'il aurait refusé. Aurait-il bu du vin émétique, à nouveau autorisé depuis 1666 ? On disait qu'Henriette d'Angleterre en était morte ainsi que, plus récemment, La Mothe Le Vayer, son dernier appui auprès du roi. Les clystères ? Faut-il rappeler aux médecins qu'il souffre du poumon ? Et à lui-même que la nature reprend toujours ses droits, car la nature est bonne. Les anathèmes des hommes le toucheraient-ils ? Argan craint la médecine, sa toute-puissance. Il est à la maladie ce que furent Orgon pour la religion ou Harpagon pour l'argent : envoûté. Molière s'en moque jusqu'à un certain point.

Comme la prémonition du *Mariage forcé*, Molière sent qu'une autre tempête, plus personnelle, l'attend. Argan le nomme :

C'est un bon impertinent que votre Molière avec ses comédies, et je le trouve bien plaisant d'aller jouer d'honnêtes gens comme les médecins[10].

Et, plus loin :

Si j'étais que des médecins, je me vengerais de son impertinence ; et quand il sera malade, je le laisserais mourir sans secours. Il aurait beau faire et beau dire, je ne lui ordonnerais par la moindre petite saignée, le moindre petit lavement, et je lui dirais « Crève, crève ! cela t'apprendra une autre fois à te jouer de la Faculté »[11].

Grave question de la prémonition, grave question de la littérature. Peut-on écrire n'importe quoi au risque que cette réalité créée se réalise ? Tout auteur peut se poser la question. Si l'on est responsable de ce qu'on écrit, n'en est-on pas redevable ? Pourquoi tant d'auteurs se cachent-ils derrière des personnages sinon pour éviter que ce qu'ils racontent ne leur arrive à eux-mêmes ? « N'y a-t-il point de danger à contrefaire le mort[12] ? » se demande Argan-Molière. Et voulant atténuer ce qu'il vient de saisir, il ajoute : « Tout ceci n'est qu'entre nous » ; répliques qu'il avance en tremblant comme Sganarelle devant la crânerie de Dom Juan. Il sait qu'il ne pourra pas reculer, qu'il faudra aller jusqu'au bout. La maladie l'épuise et nul n'y peut rien.

Rideau !

Le 17 février 1673, Armande, Baron, Boileau le supplient de se reposer. Ne jouons pas ce soir, c'en est trop.

> Comment voulez-vous que je fasse ? Il y a cinquante pauvres ouvriers qui n'ont que leur journée pour vivre ; que feront-ils si l'on ne joue pas ? Je me reprocherais d'avoir négligé de leur donner du pain un seul jour, le pouvant faire absolument[1].

Il n'est pas raisonnable en effet de jouer, de prendre les courants d'air entre la loge et la scène, de laisser le corps suer sous la robe de chambre à la chaleur de la salle. Il le sent et prévient que si, à quatre heures précises, le rideau ne se lève pas, il faudra rembourser les gens, car il ne jouera pas.

Il faut rappeler que si les spectateurs viennent à partir de deux heures, la pièce ne commence pas tant que la salle n'est pas pleine. Ce jour-là, à l'Hôtel de Bourgogne, on joue *Mithridate* de Racine, suivi d'une pièce de Montfleury, *L'Ambigu comique*. Font-ils salle pleine, eux, et suffisamment rapidement pour commencer à l'heure ou presque ? Molière exige qu'on ne dépasse pas quatre heures, pressé d'en finir avec la représentation, de rentrer chez lui et de se reposer, de manger un peu au moins. Tout le monde est prêt à l'heure dite. Il y a quelque chose de grave cet après-midi-là ; on prête une attention particulière au directeur, à l'acteur, à cet Argan amaigri, énervé et terriblement amoindri. Le roi n'a toujours pas assisté à la pièce. Est-ce lié à la pension qui n'est plus payée depuis quelque temps ?

Le prologue commence dans une forêt.

Puisque l'on ne peut plus jouer de musique au théâtre sans l'autorisation royale dispensée par le seul Lully, Molière décide d'en faire moquer la salle. Au moment où l'on s'attend à un ballet et à une entrée triomphale sous les trompettes et timbales, Arlequin se prend de querelle avec des violons, leur interdisant de jouer : « La musique est accoutumée à ne point faire ce qu'on veut. » Les musiciens massacrent le comique... Molière n'aurait jamais imaginé en venir à ce point, lui qui a mis de la musique dans tous les spectacles jusque dans le rythme même de ses répliques, jouant sur les accents chantants des provinces qu'il a traversées et aimées. Sensible à la musique ? Oui et depuis tout petit, car la maison Poquelin n'était pas silencieuse et les violons Mazuel y venaient parce qu'ils n'étaient pas des gueux mais des « violons du roi ». Servir le roi directement : tel était le statut de l'entourage des Poquelin. Et voilà que Lully entrave les développements naturels de l'art pour des satisfactions politiques et personnelles ! Ah, il vaut mieux en rire et s'en moquer. La comédie n'en sera que plus éclatante ; et si l'on ne peut disposer de chanteurs, on fera chanter les acteurs — ce qui ne sera pas sans effets.

Argan est présent pendant vingt-sept scènes sur les trente et une qui constituent la pièce. Autant dire qu'il porte toute l'action. Exténuant. Et ce 17 février, il en rajoute ! Tousse à se faire éclater les bronches, saigne de la bouche. N'est-ce pas une scurrilité de plus ? Au seuil de la mort, cela relève de l'héroïsme. Il continue la pièce, veut aller jusqu'au bout, hurle « Juro ! » en tendant la main comme Dom Juan devant le commandeur. Le ballet des médecins, clystère en main, tourne autour de lui, envoûte ce bourgeois malade, ce gentilhomme imaginaire, cet atrabilaire malgré lui, cet imposteur magnifique, ce Sganarelle tantôt ballot, tantôt terrible, ce Mascarille, ce cocu, cet avare, ce fâcheux et ce jaloux… Le chœur acclame :

> Vivat, vivat, vivat, vivat, cent fois vivat
> Novus doctor, qui tam bene parlat,
> Mille, mille annis, et manget et bibat,
> Et seignet et tuat[2] !

Le rideau tombe. On se précipite pour le porter. Il saigne de plus en plus. « J'ai un froid qui me tue », dit-il. Baron cherche à lui chauffer les mains. Ses doigts sont glacés. On le porte jusqu'à la chaise qui l'emporte à travers les rues. Le trajet n'est pas long du théâtre du Palais-Royal à la rue de Richelieu. Cent pas à peine.

Dans sa chambre, Baron lui propose du bouillon. Non, il veut juste un peu de parmesan que lui apporte la Forêt prestement avec un peu de pain. Deux bonnes sœurs sont là. Les sœurs ne sortent jamais qu'accompagnées. L'une accompagne l'autre. Qui est-elle ? Une visitandine ? Une quêteuse ? Ou simplement sa demi-sœur, Catherine-Espérance, sortie de Notre-Dame-des-Anges de Montargis, seule survivante de ses huit frères et sœurs, venue le visiter ? « Il leur fit paraître tous les sentiments d'un bon chrétien et toute la résignation qu'il devait à la volonté du Seigneur », témoignera Baron qui s'affole, appelle Armande, demande de l'aide. Il n'est pas question de médecin mais de prêtres comme trois ans auparavant à Saint-Cloud au chevet d'Henriette d'Angleterre. Pas de rémission possible ; Molière le sait, Molière le sent. Il est temps de mourir. A-t-il peur ? Il ne montre qu'une énorme lassitude entre deux quintes de toux qui lui déchirent la poitrine et gonflent les veines de sa gorge. Mort bruyante, arrachée comme l'air qu'il recrache. « Le sang qui sortait par sa bouche en abondance l'étouffa[3]. » Meurt-il d'un anévrysme de Rasmussen, complication fréquente de la tuberculose pulmonaire ? Qu'importe les noms qui donnent aux maux leur réalité. Personne n'aurait pu sauver le malade. Jean-Baptiste Poquelin meurt en étant Molière, jouant une dernière fois sa dernière pièce. Quand la mort adhère si parfaitement à un destin, la personne entre dans l'Histoire.

Il faut quatre jours pour que le roi, cédant aux supplications d'Armande, accepte qu'on enterre le corps au cimetière Saint-Joseph. « Quatre prêtres soutenaient la bière de bois recouverte du poêle des tapissiers » et un peuple silencieux suit le cercueil de celui qui a fait tant rire et dont la fortune force le respect.

L'inventaire après le décès, établi en mars à la demande de « Claire-Élisabeth-Armande-Grésinde Béjart, veuve de feu Jean-Baptiste Poquelin de Molière » donne une estimation précise du mobilier et de l'intérieur des Molière.

De Molière on reparlera un peu. « Ridicule comme du Molière », écrira la marquise de Sévigné. Le nom passera comme une marque de drôlerie. Et encore...

Neuf années plus tard, Louis XIV s'installe à Versailles. Depuis quatre ans, Mme de Maintenon le prend sous son autorité et change peu à peu la Cour qui vieillit.

Trente ans ont passé...

Le roi est las. Comme tous les matins on le réveille, on le lève devant la balustrade qui contient difficilement les courtisans ayant ce jour-là le privilège d'assister à la cérémonie. Il prie. Puis on l'habille, on le tourne, on l'assied.

Tous ces fâcheux viennent quémander un regard, un sourire, un geste esquissé, une requête, bien que Louis déteste les requêtes de bonne heure, à moins qu'elles soient importantes pour la sérénité du jour qui se lève sur l'État.

Il aimerait réfléchir, penser silencieusement, retrouver dans le cabinet adjacent Mme de Maintenon, la seule personne qui lui parle et à qui il se livre.

Il n'aurait jamais cru que Versailles fût déjà trop étroit pour contenir son monde. De la chambre, on voit la pièce d'eau, immense étendue qui pousse le regard vers l'horizon, l'au-delà. On devine, sur la gauche, le théâtre d'eau, lieu de plaisirs, de comédies, de ballets pour lesquels on se précipitait. La vie était si joyeuse alors, quand les excitations de la scène affirmaient les troubles exquis de l'existence.

Un à un, les sujets s'agenouillent devant lui tandis que dans son dos deux maîtres tapissiers tirent les draps, sortent les nouvelles étoffes parfumées et préparent le lit comme tout à l'heure on préparera l'autel pour la sainte Eucharistie. Quel auteur se tient devant lui ? Boileau pour les uns, Racine pour d'autres : en tout cas, un homme au verbe mesuré pour lequel ce qui se conçoit bien s'énonce clairement. Le roi grimace imperceptiblement. Il souffre des dents, de la tête, du dos, du ventre ; aujourd'hui encore, il n'échappera pas à la saignée. L'auteur s'approche. Le roi veut lancer une pique pas tant par méchanceté que par ennui. Il inspire en se tenant aux bras du fauteuil. Puisqu'il endure, il veut faire souffrir. Il parle : « Quel est le plus rare des grands écrivains qui auront honoré la France pendant mon règne ?

— Molière, Sire.

— Je ne le croyais pas ; mais vous vous y connaissez mieux que moi. »

Molière surpassant Corneille, Boileau si parfait aux yeux de Mme de Maintenon, Racine, La Fontaine, La Bruyère et tant d'autres ? Molière ? Qu'écrivit-il, lui qui jouait et qui faisait rire, tant rire ? Un éclat de rire ferait-il un grand écrivain ?

Molière est mort depuis trente ans. Il serait aujourd'hui un vieillard édenté. Il a quitté la scène dans un éclat de sang après les éclats de rire. Il n'a pas connu l'installation de la Cour à Versailles ni les achèvements du château. Molière, un écrivain ? Louis XIV s'en souvient plutôt comme d'une fête au temps béni de la jeunesse et de l'insouciance ; le temps où tout semblait plus simple, plus limpide. Car Molière, c'était la jeunesse du roi et la maturité de la France. Fallait-il que la gaieté l'emporte sans cesse dans son théâtre pour que les portraits des fâcheux et des petits marquis s'estompent à jamais et laissent des personnages vivants, drôles et toujours dansants ?

Fallait-il que la nature et l'écriture ne fassent qu'un, pour qu'on désigne le français enfin parlé, enfin écrit, enfin lu comme « la langue de Molière » ?

Il ne restait plus qu'à la fêter.

ANNEXES

REPÈRES CHRONOLOGIQUES

1622. *15 janvier* : naissance à Paris de Jean-Baptiste Poquelin, premier né de l'union de Jean Poquelin (tapissier) et de Marie Cressé.

1632. *11 mai* : mort de Marie Cressé.

1633. Remariage de Jean avec Catherine Fleurette.

1633-1640. Études au collège de Clermont puis études de droit à Orléans.

1637. Jean Poquelin obtient la survivance de sa charge de tapissier du roi.

1643. Création de l'Illustre-Théâtre avec Madeleine Béjart.

1644. *28 juin* : l'Illustre-Théâtre engage un danseur professionnel, Mallet. Jean-Baptiste Poquelin signe « Molière ».

1645. *Juillet* : incarcéré à la prison du Châtelet pour dettes jusqu'au 2 août.

Automne : quitte Paris, intègre la troupe de Dufresne et voyage : Toulouse, Narbonne, Poitiers, Agen, Lyon, Grenoble, Pézenas, etc.

1653. La troupe obtient la protection du prince de Conti et s'installe à Pézenas.

1655. Création de la première pièce de Molière, *L'Étourdi*, puis du *Dépit amoureux* (1656).

1657. Le prince se convertit et chasse « ses » comédiens.

1658. À Rouen, Molière rencontre les frères Corneille et prépare son retour à Paris.

1658. *24 octobre* : désormais sous la protection du frère du roi, Monsieur, la troupe se produit devant la Cour et Louis XIV, qui accorde la salle du Petit-Bourbon en alternance avec les Italiens.

1659. *18 novembre* : première des *Précieuses ridicules.* Succès.

1660. *6 avril* : mort de son frère cadet, Jean. Molière reprend la charge de tapissier du roi.

28 mai : première de *Sganarelle ou le Cocu imaginaire.*

11 octobre : démolition du théâtre du Petit-Bourbon. Les comédiens de Molière obtiennent le théâtre du Palais-Royal qu'il faut entièrement reconstruire.

1661. *4 février* : *Dom Garcie de Navarre ou le Prince jaloux.* Insuccès.

Pâques : Molière songe à se marier.

24 juin : *L'École des maris.*

17 août : Molière organise la fête de Vaux-le-Vicomte pour le surintendant Fouquet. Il crée *Les Fâcheux.* Madeleine apparaît en naïade.

1662. *20 février* : Molière épouse Armande Béjart, qu'il a élevée.

26 décembre : *L'École des femmes.* Triomphe.

1663. *1er juin* : *La Critique de l'École des femmes.*

Été : Molière est pensionné par le roi, inscrit sur la liste des auteurs qui comptent. Il écrit un *Remerciement au roi.*

Octobre : *L'Impromptu de Versailles.*

1664. *29 janvier* : *Le Mariage forcé.*

28 février : baptême de Louis, premier enfant de Molière et d'Armande. Il a pour parrain le roi et pour marraine Henriette d'Angleterre.

Avril-mai : *Les Plaisirs de l'île enchantée* à Versailles célèbrent Mlle de La Vallière. La troupe de Molière joue *La Princesse d'Élide* et *Le Tartuffe.*

10 novembre : mort de Louis Poquelin, le fils.

1665. *15 février* : *Dom Juan.*

4 août : naissance d'Esprit-Madeleine, seul enfant qui survivra.

1665-1666. *Décembre-janvier* : longue relâche de près de deux mois. Molière est gravement malade.

1666. *4 juin* : première du *Misanthrope ou l'Atrabilaire amoureux.*

6 août : *Le Médecin malgré lui.*

1er décembre : créations de : *Le Ballet des Muses, Mélicerte, Le Sicilien ou l'Amour peintre.*

1667. *Avril-mai* : nouvelles interruptions pour raison de santé.

5 août : première parisienne du *Tartuffe*. Interdiction immédiate. Molière en appelle au roi parti pour Lille.

21 août : premier séjour de repos forcé à Auteuil.

1668. *13 janvier* : première d'*Amphitryon*.

18 juillet : première de *George Dandin*.

9 septembre : première de *L'Avare*.

1669. *5 février* : on joue *Le Tartuffe* définitivement.

27 février : mort de Jean Poquelin, le père.

6 octobre : *Monsieur de Pourceaugnac* à Chambord.

1670. *4 février* : *Les Amants magnifiques* à Saint-Germain.

13 octobre : *Le Bourgeois gentilhomme* à Chambord.

1671. *17 février* : *Psyché* aux Tuileries.

24 mai : *Les Fourberies de Scapin*.

2 décembre : *La Comtesse d'Escarbagnas* à Saint-Germain.

1672. *17 février* : mort de Madeleine Béjart.

11 mars : première des *Femmes savantes*.

1673. *10 février* : première du *Malade imaginaire*.

17 février : mort de Jean-Baptiste « Poquelin-Molière ».

RÉFÉRENCES BIBLIOGRAPHIQUES

Philippe Beaussant, *Le Roi-Soleil se lève aussi*, Gallimard, 2000, coll. « Folio », 2002.

— *Lully ou le Musicien du Soleil*, Gallimard/Théâtre des Champs-Élysées, 1992.

Paul Bénichou, *Morales du grand siècle*, Gallimard, 1948, coll. « Folio », 1988.

François Bluche, *Louis XIV*, Fayard, 1986, Hachette, 1999.

— *Dictionnaire du Grand Siècle*, Fayard, 1990, 2005.

Georges Bordonove, Molière, Pygmalion, 2003.

Mikhaïl Boulgakov, *Le Roman de Monsieur de Molière*, traduction du russe par Michel Pétris, Champ Libre, 1972 ; Gallimard, coll. « Folio », 1993.

Robert Garapon, *Le Dernier Molière*, Société d'édition d'enseignement supérieur (Sedes), 1977.

Pierre Gaxotte, *Molière*, Flammarion, 1977.

Jean-Paul Goujon et Jean-Jacques Lefrère, « *Ôte-moi d'un doute...* ». *L'énigme Corneille-Molière*, Fayard, 2006.

Jean Léonor de Grimarest, *La Vie de Monsieur de Molière*, édition critique par Michel Brient, 1955, Slatkine Reprints, 1973.

Madeleine Jurgens et Élizabeth Maxfield-Miller, *Cent ans de recherches sur Molière, sur sa famille et sur les comédiens de sa troupe*, Imprimerie nationale, 1963.

Charles Varlet de La Grange, *Le Registre de La Grange, 1659-1685 : reproduit en fac-similé avec un index et une notice sur La Grange et sa part dans le théâtre de Molière*, par Bert Edward Young et Grace Philputt Young, 1947, Slatkine Reprints, Genève, 1977.

Jean-Louis Loiselet, *De quoi vivait Molière ?*, Deux Rives, 1950.

Antony McKenna, *Molière dramaturge libertin*, Champion, 2005.

Francine Mallet, *Molière*, Grasset, 1986, 1990.

Gustave Michaut, *La Jeunesse de Molière*, Hachette, 1922.

Georges Mongrédien, *La Vie quotidienne des comédiens au temps de Molière*, Hachette, 1966.

Georges Monval, *Premier Registre de La Thorillière : 1663-1664*, Librairie des bibliophiles, 1890, Slatkine Reprints, 1969.

Alain Niderst, *Molière*, Perrin, 2004.

Agnès Pierron, *Dictionnaire de la langue du théâtre*, Le Robert, 2002.

Alfred Simon, *Molière ou la Vie de Jean-Baptiste Poquelin*, Le Seuil, 1995.

Jules-Antoine Taschereau, *Histoire de la vie et des ouvrages de Molière*, Ponthieu, 1825.

René Thuillier, *La Vie maladive de Molière*, Jouve et Cie, 1932.

Édouard Thierry, *Charles Varlet de La Grange et son registre*, Imprimerie Jules Claye, 1876.

Voltaire, *Le Siècle de Louis XIV*, 1751, Le Livre de poche, 2005.

ACTE I : DE POQUELIN À POQUELIN

DU CÔTÉ DE CHEZ JEAN

1. *L'École des femmes*, acte I, scène 4.
2. *Le Bourgeois gentilhomme*, acte III, scène 12.
3. L'expression est de Gustave Lançon.
4. Extrait de l'article 15 de la Constitution de la Confrérie du Saint-Sacrement et de l'Autel, cité *in* François Bluche, *Dictionnaire du Grand Siècle*, Fayard, 1990, 2005.
5. Madeleine Jurgens et Élizabeth Maxfield-Miller, *Cent ans de recherches sur Molière, sur sa famille et sur les comédiens de sa troupe*, Imprimerie nationale, 1963.
6. *Le Bourgeois gentilhomme*, acte III, scène 12.
7. Madeleine Jurgens et Élizabeth Maxfield-Miller, *Cent ans de recherches sur Molière, op. cit.*
8. *Le Bourgeois gentilhomme*, acte IV, scène 3.
9. *L'Impromptu de Versailles*, scène 1.
10. *Le Malade imaginaire*, acte III, scène 3.
11. *L'Avare*, acte III, scène 1.

LES BONS PÈRES

1. Cité par Francine Mallet, *Molière*, Grasset, 1986.
2. *La Comtesse d'Escarbagnas*, acte I, scène 7.

3. *Le Bourgeois gentilhomme*, acte II, scène 5.

4. *Le Malade imaginaire*, acte II, scène 5.

5. *Le Bourgeois gentilhomme*, acte II, scène 4.

6. *Le Bourgeois gentilhomme*, acte II, scène 3.

7. Pierre Corneille, *Le Cid*, acte II, scène 2.

8. Francine Mallet, *Molière*, Grasset, 1986.

9. François Angelier, *François de Sales*, Pygmalion, coll. « Chemins d'éternité », 1997.

10. Pierre Corneille, *L'Illusion comique*, acte V, scène 6.

11. Jean-Léonor de Grimarest, *La Vie de Monsieur de Molière*, édition critique de Georges Mongrédien, Slatkine Reprints, Genève, 1973.

12. *George Dandin*, acte II, scène 2.

LES COPAINS D'ABORD

1. *L'Avare*, acte I, scène 2.

2. *Les Fourberies de Scapin*, acte I, scène 3.

3. Nicolas Boileau, *Les Embarras de Paris*, *Satire VI*, v. 60-61.

4. *Les Fourberies de Scapin*, acte I, scène 4.

5. *Le Misanthrope*, acte V, scène dernière.

6. *Le Ballet des incompatibles*, IVe entrée.

7. *Divorce comique*, « comédie en comédie », dans *Élomire hypocondre ou les Médecins vengés* (acte unique).

UNE NOUVELLE FAMILLE

1. *Le Tartuffe ou l'Imposteur*, acte I, scène 5.

2. *Les Femmes savantes*, acte I, scène 3.

3. Tallemant des Réaux, *Historiettes*, éd. Gallimard, coll. « Bibliothèque de la Pléiade », tome II.

4. Tallemant des Réaux, *Historiettes*, *op. cit.*

5. Tristan L'Hermite, *Mariane*, acte II, scène 6.

UN RÊVE DE JEUNESSE : ILLUSTRE ET FORCÉMENT THÉÂTRAL !

1. *Le Médecin malgré lui*, acte II, scène 1.

2. Madeleine Jurgens et Élizabeth Maxfield-Miller, *Cent ans de recherches sur Molière, op. cit.*

3. *Les Femmes savantes*, acte V, scène 3.

4. *Le Bourgeois gentilhomme*, acte III, scène 3.

5. *L'Avare*, acte I, scène 2.

6. *L'Avare*, acte III, scène 1.

7. *Les Fourberies de Scapin*, acte II, scène 5.

8. Les Fourberies de Scapin, acte II, scène 5.

ACTE II : LA NATURE APPRIVOISÉE

ERRANCES OU APPRENTISSAGE ?

1. *Le Ballet des incompatibles*, VIIe entrée.

2. L'*Amour médecin*, acte II, scène 6.

3. *La Comtesse d'Escarbagnas*, acte I, scène 1.

4. Tallemant des Réaux, *Historiettes*, éd. Gallimard, coll. « Bibliothèque de la Pléiade », tome II.

5. Tristan L'Hermite, *La Mort de Sénèque*, acte III, scène 1.

6. Tristan L'Hermite, *La Mort de Sénèque*, acte V, scène 3.

VIE DE FAMILLE

1. *Dom Juan*, acte I, scène 2.

2. *Les Amants magnifiques*, troisième intermède, scène 3.

3. *Les Précieuses ridicules*, acte I, scène 4.

4. *Le Misanthrope*, acte II, scène 4.

CONTI, ARMAND DE BOURBON, PRINCE DE

1. Cité par Francine Mallet, *Molière*, Grasset, 1986.

2. Cardinal de Retz, *Mémoires*, Gallimard, coll. « Bibliothèque de la Pléiade ».

3. *Le Ballet des incompatibles.*

4. *Dom Juan*, acte I, scène 2.

5. *Le Bourgeois gentilhomme*, acte I, scène 2.

6. *L'École des maris*, acte I, scène 2.

7. Tallemant des Réaux, *Historiettes, op. cit.*

8. *Le Malade imaginaire*, acte III, scène 14.

9. *Le Ballet des incompatibles*, cinquième entrée.

10. Cardinal de Retz, *Mémoires, op. cit.*

RAYONNER EN PROVINCE

1. Madeleine Jurgens et Élizabeth Maxfield-Miller, *Cent ans de recherches sur Molière, op. cit.*

2. *L'Amour médecin*, acte I, scène 1.

3. Molière, *La Gloire du Val-de-Grâce*, *Œuvres complètes*, Gallimard, coll. « Bibliothèque de la Pléiade », édition établie par Georges Couton, tome II, p. 1187.

4. *Le Médecin volant*, scène XIV.

5. *L'Étourdi*, acte I, scène 2.

6. *L'Étourdi*, acte III, scène 1.

7. *L'Étourdi*, acte II, scène 11.

8. Cardinal de Retz, *Mémoires, op. cit.*

9. *Le Dépit amoureux*, acte IV, scène III.

10. Donneau de Visé, *Les Nouvelles nouvelles*, *in* Molière, *Œuvres complètes, op. cit.*, tome I, p. 1019.

UNE CONVERSION

1. Abbé Voisin, *Défense du traité de Mgr le Prince de Conti*, 1671, cité *in* Molière, *Œuvres complètes, op. cit.*, tome II, p. 1293.

2. *Dom Juan*, acte IV, scène 5.

3. *Dom Juan*, acte V, scène 1.

4. Cité *in* Molière, *Œuvres complètes, op. cit.*, tome II, p. 1294.

DERNIÈRE LIGNE DROITE VERS... PARIS !

1. Jules Maître, cité par Paul Bénichou *in Morales du grand siècle*, Gallimard, coll. « Folio », 1988.

2. Tallemant des Réaux, *Historiettes*, *op. cit.*

3. *Les Précieuses ridicules*, scène 1.

4. Tallemant des Réaux, *Historiettes*, *op. cit.*

5. *Les Précieuses ridicules*, scène 1.

6. Jean Donneau de Visé, *Les Nouvelles nouvelles*, *op. cit.*

7. *Le Bourgeois gentilhomme*, fin de l'acte I.

8. Jean Léonor de Grimarest, *La Vie de Monsieur de Molière*, *op. cit.*

9. Béatrix Dussane, *Reine des théâtres*, cité par José Belle, *Marquise du Parc*, Fécamp, Louis Durand & fils, 1967.

UN AUTEUR MALGRÉ LUI

1. Cité par Pierre Gaxotte, *Molière*, Flammarion, 1977.

2. Tallemant des Réaux, *Historiettes*, *op. cit.*

3. Cité par Jean-Louis Loiselet, *De quoi vivait Molière*, Deux Rives, 1950.

4. *Les Précieuses ridicules*, scène IX.

5. *Les Précieuses ridicules*, scène IX.

6. *Le Malade imaginaire*, acte I, scène 5.

7. *Les Précieuses ridicules*, Préface.

8. *Lettre à un ami*, *in* Molière, *Œuvres complètes*, *op. cit.*, tome I.

9. Madeleine Jurgens et Élizabeth Maxfield-Miller, *Cent ans de recherches sur Molière*, *op. cit.*

UNE VUE DE PROFIL

1. Cité par Alfred Simon, *Molière ou la Vie de Jean-Baptiste Poquelin*, Le Seuil, 1995.

2. *Le Dépit amoureux*, acte I, scène 1.

ACTE III : UNE PLACE AU SOLEIL

PORTRAIT D'UN DIRECTEUR DE THÉÂTRE

1. *Cf. Premier registre de La Thorillière*, Librairie des bibliophiles, 1840.

2. Charles Varlet de La Grange, *Le Registre de La Grange, 1659-1685*, Librairie Droz, 1947.

3. Jean Léonor de Grimarest, *La Vie de Monsieur de Molière, op. cit.*

4. Scarron, *Jodelet*, acte II, scène 2.

5. Madeleine Jurgens et Élizabeth Maxfield-Miller, *Cent ans de recherches sur Molière, op. cit.*

6. *Dom Garcie de Navarre*, acte III, scène 4.

7. François Bluche, *Louis XIV*, Fayard, 1986, Hachette, 1999.

8. *Le Bourgeois gentilhomme*, acte I, scène 2.

9. *Des représentations en musique*, Paris, 1685, cité *in* Philippe Beaussant, *Lully ou le Musicien du Soleil*, Gallimard, 1992.

10. Bossuet, *Oraison funèbre pour Henriette d'Angleterre*, *Œuvres*, Gallimard, coll. « Bibliothèque de la Pléiade », 1936.

L'OMISSION

1. *Les Femmes savantes*, acte I, scène 1.

2. Jean Léonor de Grimarest, *La Vie de Monsieur de Molière, op. cit.*

3. Donneau de Visé, *Les Nouvelles nouvelles, in* Molière, *Œuvres Complètes, op. cit.*, tome I, p. 1019.

4. *Le Bourgeois gentilhomme*, acte IV, scène 15.

5. *L'Amour médecin*, acte I, scène 5.

6. *Le Malade imaginaire*, acte II, scène 6.

7. *Amphitryon*, acte I, scène 4.

1. *Les Fâcheux*, préface, *in* Molière, *Œuvres complètes, op. cit.*, tome I, p. 484.
2. *Les Fâcheux*, acte II, scène 1, *op. cit.*
3. *Les Fâcheux*, dédicace au roi, *op. cit.*
4. *Les Fâcheux*, acte I, scène 1, *op. cit.*
5. *L'Impromptu de Versailles*, scène 4.
6. *L'Impromptu de Versailles*, scène 4.
7. Donneau de Visé, *Les Nouvelles nouvelles, in* Molière, *Œuvres complètes, op. cit.*, tome I, p. 1021.
8. *Le Misanthrope*, acte I, scène 2.
9. Voltaire, *Le Siècle de Louis XIV*, Le Livre de poche, 2005.
10. Pierre Goubert, *Le Siècle de Louis XIV*, éd. Du Fallois, 1996.
11. *Les Fâcheux*, acte I, scène 6.
12. *Le Tartuffe ou l'Imposteur*, acte V, scène dernière.
13. *La Comtesse d'Escarbagnas*, acte I, scène 1.

CETTE ANNÉE-LÀ, 62… !

1. *L'École des maris*, acte I, scène 2.
2. *L'École des femmes*, acte III, scène 4.
3. *L'Impromptu de Versailles*, scène 1.
4. *L'École des femmes*, acte I, scène 1.
5. *L'École des femmes*, acte V, scène 7.
6. *L'Impromptu de Versailles*, scène 2.
7. *L'Impromptu de Versailles*, scène 2.
8. Charles Varlet de La Grange, *Le Registre de La Grange, 1659-1685, op. cit.*
9. Charles Varlet de La Grange, *Le Registre de La Grange, 1659-1685, op. cit.*
10. *L'École des femmes*, acte IV, scène 1.
11. *La Critique de l'École des femmes*, scène 3.
12. *La Critique de l'École des femmes*, scène 3.
13. *La Critique de l'École des femmes*, scène 3.
14. *L'École des femmes*, acte II, scène 5.
15. *La Critique de l'École des femmes*, scène 5.
16. *La Critique de l'École des femmes*, scène 6.

17. *La Critique de l'École des femmes*, scène 6.

18. *L'École des femmes*, acte I, scène 1.

19. *La Critique de l'École des femmes*, scène 6.

20. Paul Bénichou, *Morales du grand siècle*, introduction, *op. cit.*

21. *La Vengeance des marquis*, cité par Georges Couton, *in* Molière, *Œuvres complètes, op. cit.*, tome I, p. 1255.

22. Dédicace de *L'École des femmes*, Molière, *Œuvres complètes, op. cit.*, tome I, p. 542.

23. Dédicace de *L'École des femmes*, Molière, *Œuvres complètes, op. cit.*, tome I, p. 542.

24. Bossuet, *Oraisons funèbres, Œuvres, op. cit.*, p. 87.

CAR IL EST JALOUX DE LUI-MÊME

1. *Le Misanthrope*, acte III, scène 5.

2. *L'Impromptu de Versailles*, scène V.

3. Boursault, *Préface du Portrait du peintre, in* Molière, *Œuvres complètes, op. cit.*, tome I, p. 1051.

DES BATTEMENTS DE CŒUR AU RYTHME DE LA FÊTE

1. *La Princesse d'Élide*, acte I, scène 1.

2. *La Critique de l'École des femmes*, scène 6.

3. *La Princesse d'Élide*, acte I, scène 1.

4. *La Princesse d'Élide*, acte II, scène 2.

5. *La Princesse d'Élide*, acte IV, scène 7.

6. *La Princesse d'Élide*, acte I, scène 1.

7. *Les Plaisirs de l'île enchantée, in* Molière, *Œuvres complètes, op. cit.*, tome I, p. 826-827.

8. *Les Plaisirs de l'île enchantée, in* Molière, *Œuvres complètes, op. cit.*, tome I, p. 827.

9. *Le Tartuffe ou l'Imposteur*, acte III, scène 1.

10. Madeleine Jurgens et Élizabeth Maxfield-Miller, *Cent ans de recherches sur Molière, op. cit.*

11. *Le Mariage forcé*, scène III.

12. Bossuet, *Oraisons funèbres, Œuvres, op. cit.*, p. 92.

13. *Le Tartuffe ou l'Imposteur*, acte I, scène 5.

14. *Le Tartuffe ou l'Imposteur*, acte I, scène 5.

15. *La Princesse d'Élide*, acte I, scène 3.

16. *La Princesse d'Élide*, acte V, scène 4.

17. *Le Tartuffe ou l'Imposteur*, acte III, scène 3.

18. *Le Tartuffe ou l'Imposteur*, acte III, scène 3.

19. *Psyché*, acte I, scène 1.

FALLAIT-IL FARCIR OU TRUFFER ?

1. *Ragontin*, acte I, scène 3, cité *in Charles Varlet de La Grange et son registre*, Imprimerie Jules-Claye, 1876.

2. *L'Impromptu de Versailles.*

3. Charles Varlet de La Grange, *Le Registre de La Grange, 1659-1685, op. cit.*

4. Charles Varlet de La Grange, *Le Registre de La Grange, 1659-1685, op. cit.*

5. Charles Varlet de La Grange, *Le Registre de La Grange, 1659-1685, op. cit.*

ACTE IV : DES HYPOCRITES CONTRE UN JALOUX

DOM JUAN, POUR LA RAISON

1. *Dom Juan*, acte I, scène 1.

2. *Dom Juan*, acte II, scène 4.

3. *Dom Juan*, acte I, scène 1.

4. *Observations sur une comédie de Molière intitulée Le Festin de Pierre, in* Molière, *Œuvres complètes, op. cit.*, tome II, p. 1200.

5. Jean-Louis Loiselet, *De quoi vivait Molière, op. cit.*

6. Charles Varlet de La Grange, *Le Registre de La Grange, 1659-1685, op. cit.*

7. *Le Tartuffe ou l'Imposteur*, acte I, scène 5.

L'AUTEUR ET SON DOUBLE

1. *Le Misanthrope*, acte I, scène 1

2. *Le Tartuffe ou l'Imposteur*, acte V, scène 1.

3. *Remerciement au roi, in* Molière, *Œuvres complètes, op. cit.*, tome I, p. 632-633.

4. Chapelain, lettre du 22 août 1663. Cité *in* Boileau, *Œuvres complètes*, Gallimard, coll. « Bibliothèque de la Pléiade », p. 908.

5. Jules-Antoine Tachereau, *Histoire de la vie et des ouvrages de Molière*, Ponthieu libraire-éditeur, 1825.

6. *Mémoires*, tome III, cité par Jules-Antoine Taschereau, *in Histoire de la vie et des ouvrages de Molière, op. cit.*

7. *Mémoires*, cité par Alfred Simon, *Molière ou la Vie de Jean-Baptiste Poquelin*, Le Seuil.

8. *Le Tartuffe ou l'Imposteur*, acte V, scène dernière.

MALADES ET MÉDECINS

1. *L'Amour médecin*, avertissement « au lecteur » de Molière à la publication de la pièce.

2. *L'Amour médecin*, acte III, scène 1.

3. *L'Amour médecin*, avertissement au lecteur, Molière, *Œuvres complètes, op. cit.*, tome II, p. 95.

4. *Dom Juan*, acte III, scène 1.

5. Propos rapportés par Jean Léonor de Grimarest, *La Vie de Monsieur de Molière, op. cit.*

6. François Bluche, *Louis XIV, op. cit.*

7. *Le Malade imaginaire*, troisième intermède.

8. *Monsieur de Pourceaugnac*, acte I, scène 5.

DE QUELLE ÉTRANGE MALADIE ?

1. *L'Amour médecin*, acte II, scène 1.

2. *Dom Juan*, acte II, scène 1.

3. *L'Avare*, acte I, scène 4.

4. *La Comtesse d'Escarbagnas*, acte I, scène 1.

5. *Les Précieuses ridicules*, scène 9.

6. *Le Misanthrope*, acte I, scène 1.

7. Jean Léonor de Grimarest, *La Vie de Monsieur de Molière, op. cit.*

8. Jean Léonor de Grimarest, *La Vie de Monsieur de Molière, op. cit.*

9. *La Comtesse d'Escarbagnas*, acte I, scène 8.

10. *Le Misanthrope*, acte I, scène 1.

11. *Le Misanthrope*, acte IV, scène 3

12. *Le Misanthrope*, acte I, scène 1.

NOUVEL AMOUR

1. *Le Bourgeois gentilhomme*, acte I, scène 2.

2. *Le Bourgeois gentilhomme*, fin de l'acte I

3. *Le Ballet des Muses, Pastorale comique*, dixième entrée, récit du Satyre.

4. Lettre du 22 février 1666, citée par Jean Léonor de Grimarest, *La Vie de Monsieur de Molière, op. cit.*

5. Jean Léonor de Grimarest, *La Vie de Monsieur de Molière, op. cit.*

6. *L'École des maris*, acte I, scène 2.

7. *Le Sicilien ou l'Amour peintre*, scène XIII.

8. Le Boulanger de Chalussay, *Élomire hypocondre ou les Médecins vengés*, acte I, scène 3.

LA CAMPAGNE D'AUTEUIL

1. *Le Misanthrope*, acte V, scène 1.

2. *Les Amants magnifiques*, prologue, troisième intermède.

3. *Le Bourgeois gentilhomme*, acte IV, scène 1.

4. Louis Racine, *Mémoire sur la vie de Jean Racine*, cité par Georges Mongrédien dans son édition critique de Jean Léonor de Grimarest, *La Vie de Monsieur de Molière, op. cit.*

5. *Le Tartuffe ou l'Imposteur*, acte II, scène 3.

6. Cité *in* Jacques Hillairet, *Dictionnaire historique des rues de Paris*, Éditions de Minuit, tome II.

7. *Amphitryon*, acte II, scène 3.

8. *Amphitryon*, acte II, scène 5.

9. *Les Amants magnifiques*, troisième intermède.

10. Nicolas Boileau, *Satire II : « Sur la difficulté de trouver la rime »*, *Œuvres complètes, op. cit.*

11. *Le Tartuffe ou l'Imposteur*, acte II, scène 3.

12. *L'Impromptu de Versailles*, scène V.

13. Tallemant des Réaux, *Historiettes, op. cit.*, tome II, p. 321.

14. La Martinière, *Vie de Molière*, Paris, 1725, cité par Georges Mongrédien dans son édition critique de *La Vie de Monsieur de Molière* de Jean Léonor Grimarest, *op. cit.*

15. *Le Tartuffe ou l'Imposteur*, acte IV, scène 3.

16. Le Boulanger de Chalussay, *Élomire hypocondre ou les Médecins vengés*, acte III, scène 2.

17. Le Boulanger de Chalussay, *Élomire hypocondre ou les Médecins vengés*, acte II, scène 6.

18. *Les Amants magnifiques*, troisième intermède.

19. *Le Bourgeois gentilhomme*, acte III, scène 9.

20. Angélique dans *George Dandin*, acte III, scène 6.

21. Angélique dans *George Dandin*,acte II, scène 3.

22. *Dom Juan*, acte III, scène 5.

23. *L'École des femmes*, acte IV, scène 1.

24. *La Princesse d'Élide*, acte II, scène 1.

UNE AFFAIRE TROP IMPORTANTE

1. Cité par Ramon Fernandez, *La vie de Molière*, Gallimard, 1929.

2. Molière, second placet présenté au roi, *in* Molière, *Œuvres Complètes, op. cit.*, p. 891-893.

3. Lettre de Mgr l'archevêque de Paris, Hardouin de Péréfixe, *in* Molière, *Œuvres complètes, op. cit.*, p. 1145-1146.

4. Cité par François Bluche, *Louis XIV*, Hachette littérature, 1999.

5. François Bluche, *Louis XIV, op. cit.*

6. *Le Tartuffe ou l'Imposteur*, acte III, scène 2.

7. *Le Tartuffe ou l'Imposteur*, acte IV, scène 5.

8. *Le Tartuffe ou l'Imposteur*, acte V, scène 1.

9. *Le Tartuffe ou l'Imposteur*, acte IV, scène 5.

10. Guéret, *Promenade à Saint-Cloud*, 1669, cité par Georges Mongrédien dans son édition critique de *La Vie de Monsieur de Molière* de Jean Léonor de Grimarest, *op. cit.*

11. *Le Misanthrope*, acte II, scène 6.

ACTE V : LA VITALITÉ ORDONNÉE

COMME SI DE RIEN N'ÉTAIT

1. *L'École des femmes*, acte IV, scène 7.

2. Cité *in* Philippe Beaussant, *Lully ou le Musicien du Soleil*, Gallimard/Théâtre des Champs-Élysées, 1992.

3. *Amphitryon*, acte II, scène 3.

4. Molière, Dédicace d'*Amphitryon* au Grand Condé, *Œuvres complètes, op. cit.*, tome II, p. 360.

5. *Amphitryon*, acte II, scène 6.

6. *Amphitryon*, acte III, scène 10.

7. *Amphitryon*, acte III, scène 10.

8. *Lettre à d'Alembert sur les spectacles*, cité *in* J.-A Taschereau, *Histoire de la vie et des ouvrages de Molière, op. cit.*

9. Charles Varlet de La Grange, *Le Registre de La Grange, op. cit.*

10. *Les Amants magnifiques*, troisième intermède, scène 5.

11. Madeleine Jurgens et Élizabeth Maxfield-Miller, *Cent ans de recherches sur Molière, op. cit.*

12. Philippe Beaussant, *Lully ou le Musicien du Soleil, op. cit.*

13. *L'Avare*, acte II, scène 5.

14. *L'École des Femmes*, acte I, scène 6.

15. *L'École des femmes*, acte I, scène 4.

16. Molière, *Œuvres complètes, op. cit.*, tome I, p. 319.

17. Boileau, *Réflexions critiques sur quelques passages du rhéteur Longin* in *Œuvres complètes, op. cit.*, p. 812.

18. *Ragontin*, acte I, scène 3, cité *in Charles Varlet de La Grange et son registre*, Imprimerie de Jules-Claye, 1876.

19. *Les Fâcheux*, acte I, scène IV.

VIVRE À MOURIR DE RIRE

1. *Monsieur de Pourceaugnac*, acte I, scène 8.
2. *Le Misanthrope*, acte I, scène 1.
3. *Monsieur de Pourceaugnac*, acte III, scène 8.
4. *Monsieur de Pourceaugnac*, acte II, scène 4.

DEUILS ET PITRERIES

1. *Amphitryon*, acte III, scène 1.
2. Madeleine Jurgens et Élizabeth Maxfield-Miller, *Cent ans de recherches sur Molière, op. cit.*
3. Molière, Préface des *Amants magnifiques*.
4. *Les Amants magnifiques*, sixième intermède.
5. *Le Bourgeois Gentilhomme*, acte I, scène 2.
6. *Les Amants magnifiques*, acte IV, scène 3.
7. *Le Malade Imaginaire*, premier intermède.
8. Bossuet, *Oraisons funèbres, op. cit.*
9. Cité *in Histoire de la vie et des ouvrages de Molière*, par Jules-Antoine Taschereau, *op. cit.*, p. 121.
10. *Les Fourberies de Scapin*, acte III, scène 1.
11. *Divorce comique* « Comédie en comédie », *in Élomire hypocondre* (acte unique).
12. Charles Varlet de La Grange, *Le Registre de La Grange, 1659-1685*, *op. cit.*

MOTS CONTRE NOTES

1. Molière commence le travail d'écriture : il rédige le livret, versifie l'acte I et la première scène de l'acte II. Là, en marge, on lit : « Ce qui suit, jusqu'à la fin de la pièce est de M. C..., à la réserve de la première scène du troisième acte, qui est de la même main que ce qui a précédé. » (*Psyché, in* Molière, *Œuvres complètes*, Gallimard, « Bibliothèque de la Pléiade », t. II, p. 847.) Le lecteur s'aperçoit soudain du changement. La métrique est parfaite, la rime est naturelle. On aimerait imaginer les deux hommes penchés sur le papier. Il n'en fut rien car si Molière arrête, c'est par

manque de temps, non de talent. Curieuse relation que celle de ces deux hommes à la fois rivaux et collaborateurs, si différents et si proches d'aspiration qu'on les confondra plus tard, jusqu'à se demander s'il ne s'agissait pas d'une seule et même plume. *Psyché* montre deux styles. C'est suffisamment net pour séparer les deux hommes, les deux écritures, les deux regards sur un même art. Pierre Louÿs, en 1919, travaillera passionnément sur l'hypothèse selon laquelle certaines grandes comédies de Molière devraient être attribuées à Corneille. Cette question a été reprise récemment par Jean-Paul Goujon et Jean-Jacques Lefrère, dans *« Ôte-moi d'un doute... »*. *L'énigme Corneille-Molière*, Fayard, 2006.

2. Madeleine Jurgens et Elizabeth Maxfield-Miller, *Cent ans de recherches sur Molière*, *op. cit.*, doc. CCLXXXIV.

3. *L'École des femmes*, acte IV, scène 7.

4. *L'École des femmes*, acte IV, scène 7.

5. *Dom Juan*, acte III, scène 2.

6. *Dom Juan*, acte III, scène 1.

7. Molière, *Œuvres complètes*, *op. cit.*, tome II, p. 795.

8. Jean-Louis Loiselet, *De quoi vivait Molière*, *op. cit.*

9. *Les Fâcheux*, Préface, *in* Molière, *Œuvres complètes*, *op. cit.*, tome I, p. 484.

10. *La Comtesse d'Escarbagnas*, acte I, scène 7.

ADIEU, JEAN-BAPTISTE

1. *Dom Juan*, acte IV, scène 6.

2. *Les Amants magnifiques*, acte II, scène 1.

3. Madeleine Jurgens et Élizabeth Maxfield-Miller, *Cent ans de recherches sur Molière*, *op. cit.*, inventaire après décès de Madeleine Béjart, doc. CCL, p. 506.

TRAHISON : ON CONFISQUE LA MUSIQUE

1. *Le Misanthrope*, acte I, scène 2.

2. *Les Femmes savantes*, acte III, scène 3.

3. *Le Bourgeois gentilhomme*, acte II, scène 4.

4. *Le Tartuffe ou l'Imposteur*, acte I, scène 1.

5. Cité par Jules-Antoine Taschereau, *Histoire de la vie et des ouvrages de Molière, op. cit.*

6. *Les Femmes savantes*, acte II, scène 7.

7. Cité *in* Tallemant des Réaux, *Historiettes, op. cit.*, tome II.

8. *Les Fourberies de Scapin*, acte III, scène 1.

9. Madeleine Jurgens et Élizabeth Maxfield-Miller, *Cent ans de recherches sur Molière, op. cit.*

10. Le Boulanger de Chalussay, *Élomire hypocondre ou les Médecins vengés*, acte I, scène 1.

11. Le Boulanger de Chalussay, *Élomire hypocondre ou les Médecins vengés, op. cit.*

12. *Les Femmes savantes*, acte II, scène 7

13. Madeleine Jurgens et Élizabeth Maxfield-Miller, *Cent ans de recherches sur Molière, op. cit.*, doc CCLXXXIV.

SCÈNES ULTIMES

1. *Le Malade imaginaire*, second intermède.

2. *Le Malade imaginaire*, acte III, scène 3.

3. *L'École des femmes*, acte IV, scène 7.

4. Jean Léonor de Grimarest, *La Vie de Monsieur de Molière, op cit.*

5. *Le Malade imaginaire*, acte I, scène 1.

6. *L'École des femmes*, acte V, scène 9.

7. *Le Malade imaginaire*, acte I, scène 3.

8. René Thuillier, *La Vie maladive de Molière*, Jouve et Cie, 1932.

9. *Le Malade imaginaire*, acte III, scène 12.

10. *Le Malade imaginaire*, acte III, scène 3.

11. *Le Malade imaginaire*, acte III, scène 3.

12. *Le Malade imaginaire*, acte III, scène 11.

RIDEAU !

1. Jean Léonor de Grimarest, *La Vie de Monsieur de Molière, op. cit.*

2. *Le Malade imaginaire*, troisième intermède.

3. Jean Léonor de Grimarest, *La Vie de Monsieur de Molière, op. cit.*

FOLIO BIOGRAPHIES

Alexandre le Grand, par JOËL SCHMIDT

Lou Andreas-Salomé, par DORIAN ASTOR

Attila, par ÉRIC DESCHODT. Prix « Coup de cœur en poche 2006 » décerné par *Le Point*.

Joséphine Baker, par JACQUES PESSIS

Beethoven, par BERNARD FAUCONNIER

Sarah Bernhardt, par SOPHIE AUDE PICON

Bouddha, par SOPHIE ROYER

James Brown, par STÉPHANE KOECHLIN

Maria Callas, par RENÉ DE CECCATTY

Calvin, par JEAN-LUC MOUTON

Camus, par VIRGIL TANASE

Le Caravage, par GÉRARD-JULIEN SALVY

Céline, par YVES BUIN

Cézanne, par BERNARD FAUCONNIER. Prix de biographie de la ville de Hossegor 2007.

Chopin, par PASCALE FAUTRIER

Cléopâtre, par JOËL SCHMIDT

Colette, par MADELEINE LAZARD

Diderot, par RAYMOND TROUSSON

Albert Einstein, par LAURENT SEKSIK

Gandhi, par CHRISTINE JORDIS. Prix du livre d'histoire de la ville de Courbevoie 2008.

Federico García Lorca, par ALBERT BENSOUSSAN

De Gaulle, par ÉRIC ROUSSEL

Geronimo, par OLIVIER DELAVAULT

Goya, par MARIE-FRANCE SCHMIDT

Billie Holiday, par SYLVIA FOL

Jésus, par CHRISTIANE RANCÉ

Louis XIV, par ÉRIC DESCHODT

Machiavel, par HUBERT PROLONGEAU

Bob Marley, par JEAN-PHILIPPE DE TONNAC

Moïse, par CHARLES SZLAKMANN

Mozart, par JEAN BLOT

Musset, par ARIANE CHARTON

Nerval, par GÉRARD COGEZ

Pasteur, par JANINE TROTEREAU

Louis Renault, par JEAN-NOËL MOURET

Rimbaud, par JEAN-BAPTISTE BARONIAN

Stendhal, par SANDRINE FILLIPETTI

Jacques Tati, par JEAN-PHILIPPE GUERAND

Tchekhov, par VIRGIL TANASE

Van Gogh, par DAVID HAZIOT. Prix d'Académie 2008 décerné par l'Académie Française (fondation Le Métais-Larivière).

Verlaine, par JEAN-BAPTISTE BARONIAN

Léonard de Vinci, par SOPHIE CHAUVEAU

Andy Warhol, par MÉRIAM KORICHI

Oscar Wilde, par DANIEL SALVATORE SCHIFFER

Composition Nord Compo
Impression Maury-Imprimeur
45330 Malesherbes
le 20 janvier 2010.
Dépôt légal : janvier 2010.
1er dépôt légal dans la collection : janvier 2007.
Numéro d'imprimeur : 152932.

ISBN 978-2-07-031962-6. / Imprimé en France.

162238